恨水不成冰

喻一 著

人民东方出版传媒
東方出版社

图书在版编目（CIP）数据

恨水不成冰 / 喻一著. -- 北京：东方出版社，2020.6
ISBN 978-7-5060-8957-9

Ⅰ. ①恨…　Ⅱ. ①喻…　Ⅲ. ①长篇小说－中国－当代
Ⅳ. ①I247.5

中国版本图书馆CIP数据核字（2016）第034225号

恨水不成冰
（HEN SHUI BU CHENG BING）

著　　者：喻　一
画 作 者：李会东
责任编辑：若　鱼　杨　灿
出　　版：东方出版社
发　　行：人民东方出版传媒有限公司
地　　址：北京市朝阳区西坝河北里51号
邮政编码：100028
印　　刷：北京市大兴县新魏印刷厂
版　　次：2020年6月第1版
印　　次：2020年6月第1次印刷
开　　本：880 毫米 × 1230 毫米　1/32
印　　张：9.625
字　　数：192千字
书　　号：ISBN 978-7-5060-8957-9
定　　价：48.00 元
发行电话：（010）85924663　85924644　85924641

目 录

contents

第一篇

丛林生存法则

CONGLIN SHENGCUN FAZE

01

晚上七点半的时候，华灯初上，这里是这个城市最繁华的地段。

下班的人流高峰早就已经过了，可是这条路并没有显得冷清，各种娱乐饮食场所的排档才刚刚热场。林然走在大队人马的后面，即使低着头默默想事情，脸上也习惯性地带着微笑，这是她的职业习惯。刚刚和客户谈完事情，他们决定出来放松放松，先去红玺大酒店吃一顿，然后再去金爵会所续场，算是答谢客户的爽快签约。

“林总……”她正神思阑珊的时候，胳膊被人捅了捅，一直跟在她身边的助理小薇道，“你是不是身体不舒服？我看你精神不大好的样子。”

林然被她一下子推得从自己的世界里跳脱出来，下意识地遮掩自己的心不在焉：“啊？没有，可能是昨晚没睡好的缘故。”

小薇知道她一向要强，在心里揣摩好才开口：“林总，最近国家调整房价，出台了一系列的措施，所以麻烦的事情应该很多。”

“啊？什么？”林然一下子没反应过来，怎么话题一下子就被扯到了房地产上，随即心中又是一动，叶绍轩是做房地产的。这个下属一向最善于忖度自己的心思，看到自己刚刚发愣怎么会不明白呢？小薇是旁敲侧击地暗示她，叶绍轩最近应付一堆麻烦，所以根本脱不开身来看自己。

旁边有客户回头来找他们，隐约听见小薇和她的对话，不由得笑："哈哈哈，林总啊，你在广告业生意做得这么大，整个 H 市的市场几乎都被你垄断下来了，怎么没听你说过要涉足地产业呀？"

"不是的，是我想买房子了，所以关注多一点！刚刚向林总请教。"小薇连忙笑着把话题扯到自己身上，做他们这行就是要有这点眼色，适时帮老板挡住种种麻烦。

"哎呀，林总可是认识很多地产大亨呀，随便给你介绍一个，能打好多折扣的！"

"这位助手这么能干，怎么现在还要考虑买房子的事情呀？你对你的下属，尤其是这样漂亮能干的下属，可要大方厚道呀！"

"就是就是，要加薪，加薪！"

"这个没问题呀，诸位老板都觉得她是人才，我当然要给她加薪，哈哈哈！我们进去聊，进去聊！"林然指着旁边的酒店招牌跟他们说笑。

众人哄笑一团，气氛顿时融洽起来，林然嘴角噙着笑意，眼底却没有半点温度。小薇在旁边瞥见，额角渗出冷汗，幸亏刚刚……

“来来来，我们干一杯，感谢各位老板长久以来对我们新念广告的大力支持！”林然举着杯子，杯中红酒在温暖的灯光下摇晃着光泽。众人举杯，附和着她的话热场。

一共四五个老板，出动了公司七八个美女相陪，这样的豪华阵容是值得的。毕竟在场的老板背景涉及了影视娱乐、日用家居、电子产品和餐饮等几个圈子，这回经过自家的公关策划拉到一起来做一个广告系列，就是想要强强联合，以期达到最好的广告效果。

林然心里满意此时的宾主尽欢，借着敬完酒众人各自吃菜的空隙，她瞥了一眼手边的菜单，都是小薇安排的，很周到地考虑到了几个老板的口味喜好。她看了看，没有什么漏处，不禁赞许地看了小薇一眼，说道：“你这次安排的菜式比上回周到许多！”

“谢谢林总！”跟随林然才一年，小薇已经成熟干练得远超一般公司老总的助理，多少也跟这位上司的严格调教分不开。这两年，她的小心思越来越多，林然在业内混迹了这么长时间，当然知道自己手下这位美女一向都是有头脑的人，不甘久居人下。

小薇想另找门路林然挡不住，也不想挡。可是最近她协助自己管理手下一群美女，却屡屡放水，公司团队居然呈现出一股散漫习气，这是林然不能容忍的。林然想要给她一个警告，在她羽翼未丰之前，起码在离开自己公司之前，做一天工作就要尽到一天的责任。

“你很聪明，许多事情举一反三，适合做我们这一行。”林然的目光在对面那个有些沉闷的老总身上停了停道，“那位福华家居的秦总，好像是萧妍负责公关，怎么她今天没来？”

“这个……萧妍请假了。”小薇脸色微变，尴尬道，“她最近身体有点不舒服，所以我让刘苏顶替她来接待一下秦总。”

“打电话叫她来，你知道该怎么说。”林然淡淡地看着小薇，脸上的神情似笑非笑。有时候，老板对员工的体谅是一种意外的福气，却不是必然的客气。萧妍这些日子消极怠工太明显，林然早有不满，索性借来杀鸡儆猴，给小薇一个警告。

小薇被她脸上似乎明了一切的样子吓了一跳，连忙拿起手机打电话，中途两次拨错了号码又删掉，终于打通：“喂，萧妍吗？”

“你身体好点没有，方便来红玺吗？秦总在这里呢。”

“对，林总也在亲自招待，还有好几个老总在。”

“好的，我们等你来敬酒！”

小薇放下电话，心里兀自有些忐忑，酒桌上不乏有人看着她。在几秒的停顿后，便听到秦总饶有兴趣地问：“萧妍也要来吗？好些天没见她了，原来是生病了。”

林然看着自己的得力干将，对她在秦总面前的积极态度表示嘉许：“是啊，小薇刚刚突然想起来，秦总以前玩的时候都是要和萧妍一起对唱的，这回可不能扫兴！”

“哈哈哈，林总手下的女孩子，不仅年轻漂亮，还都善解人意啊！哈哈哈哈！”秦总开心地大笑，刚刚那个电话恰到好处地向他解释了萧妍这几天怠慢他的原因。这个林总虽然是个女人，却是出了名的八面玲珑，连自己今天的走神都看在了眼里，难怪短短几年就做出了这么骄人的成绩。

02

桌上再次开始热闹起来，每个女孩子都有自己负责的主要客户，就连小薇也不停地布菜添酒，照顾全场人的兴致。酒过三巡，菜都吃得差不多了的时候，酒店的侍者引着一个漂亮的女孩子进了包厢。

“对不起，不好意思，我来晚了。”女孩子说话气息稍稍有些弱，呼吸不匀的样子应该是一路赶过来的，她的目光首先跟正对着门的秦总打了个照面，随即就直接寻找到了背对她的林然身上。

林然并没有转头，手里兀自稳稳地端着小瓷碗给坐在身边的江总舀汤，江总连忙起身谦让，口中说着“劳驾林总了，真是不好意思”。

“没事，您坐您坐。”林然笑着说，“在场的老板以往都是合作过的，只有江总是第一回认识，您千万不要拘束，以后有空经常一起吃吃饭。”

"一定一定。"

"萧妍来了？坐那边去吧，秦总在那里。小姐，麻烦在那位先生旁边添个座位可以吗？"小薇看到林然正忙着应付江总，连忙转身招呼着替萧妍安排，同时暗暗使个眼色。

萧妍脸蛋在这群女孩子里面算是拔尖的，小小的个子，没有化妆，却有一种羸弱的清纯。秦总就是喜欢她这淡淡的感觉。几天不见，她似乎又瘦了几分，下巴尖尖，眼眶也深深凹陷了下去，这副样子让他有几分心疼。等她坐到自己身边，他就忍不住抓住了她的手关切道："怎么回事，听说你最近生病了？"

萧妍的脸色骤然变了变，下意识朝对面看了看，见林然没有注意过来，连忙摇头道："没什么大事，得了个小感冒而已，现在已经完全好了。"

"呵呵，萧妍有秦总这么关心，什么病也好得快些。"小薇在一旁凑着气氛打趣，一群老板也纷纷笑了。

林然这时已经招呼完江总，抬眼看了看对面的萧妍笑道："既然感冒好了，就敬秦总一杯酒吧，罚你来晚了，还有这几天的怠慢。秦总可是我们的重要客户，你平时要密切联系才行！"

"呃……"萧妍看着小姐走到面前来倒酒，脸色微微一变，抬头正对上林然一双平静无波的双眼，心下又是一跳。

"这个，萧妍的感冒刚好，喝酒是不是……可以免了？"秦老板注意到身边人的神色变化，善解人意地想要放过她这次。

“没事，我感冒已经好了，可以喝的。”萧妍心里打着鼓，知道自己这些天的怠工过分明显了，要是再不好好表现，只怕私下里林总不会让自己轻易过关，这杯酒无论如何不能拒绝。

“哈哈哈，秦总怜香惜玉了，你不知道，这位萧小姐可是林总手下难得的好酒量！她以往可是喝白酒的，怎么今天倒了红酒？”有老板曾经也和萧妍同桌喝过酒，对她的酒量很清楚，趁着这个机会起哄。

“哟，真这么厉害？那还矫情什么？喝白的喝白的。”旁边的几个老板难得看见这么能喝的女士，纷纷表示兴趣。萧妍脸色顿时变得复杂起来。

林然早就将一切瞧在眼中，不管对面秦总是什么神色，点头赞同道：“没关系，你身体刚好，只喝一杯白的就好，毕竟秦总一直以来对你关爱有加。至于其他老总，等下你用红酒就好，他们可以体谅的。”

她这么一开口，算是解了点围，萧妍略微迟疑了一下，终究横下心来答应了。她端起那杯白酒向秦总示意：“感谢秦总厚爱，我先干为敬！”

这一杯酒，以往很轻易就能灌下去，还不带喘气的。可是今天，萧妍只觉得浑身无力，胸口那股恶心欲吐的酸意随着酒精的灼烧感翻滚着不肯平息，似乎要向上涌。只是一杯酒，她喝得很艰难。

终于放下酒杯，林然看着她的脸色似乎不大好，终于站起来道："萧妍，你怎么样？"

"你脸色不大好。"秦总也意识到不大对劲，连忙去扶她。萧妍却觉得胸口那股恶心再也没能压制，"哇"的一声，把刚刚喝下去的酒全都吐了出来，秦总的西服顿时湿了一大块。

"哎，怎么回事？"

"萧姑娘是不是身体还有点不舒服？"

在场众人都愣住了，原本想要看着萧妍展现酒量的，想不到成了勉为其难，还弄得秦总一身衣服都毁了。

"萧妍，怎么回事？不能喝就该在家休息好再来嘛，秦总一直都体谅你的身体，你自己也该当心呀。"林然连忙走了过来，扶住差点摔倒的萧妍，瞧着她脸色不好，连忙向秦总道歉。

秦总不住摆手道："没关系没关系，可能萧妍身体还没完全好，让她喝酒有些难为她了。瞧这样子，还是赶紧送医院吧，别闹出什么危险来。"

"这……本来就想各位老总难得凑一起娱乐娱乐，顺便把萧妍也喊来，人多热闹点的，没想到她身体真的还没好。也是我这个老板疏忽了，给大家赔个不是啊！"林然尴尬地笑道，"不能让大家扫兴，其他几个替我好好招呼在座的老总，务必让大家玩得尽兴，所有开销记我账上！我先送萧妍去医院，小薇你送秦总回家换衣服，好吧？"

"这个，要不要我们先散了，改天……"

"不用不用，你们吃好玩好，尽兴！只是一些小事情，我和小薇可以处理的。”林然临走时不忘跟秦总道歉，语气真诚。

转身走出酒店，拉着萧妍上车，她的脸色顿时就沉了下来。

司机问：“去哪里？”

林然望着窗外缓缓倒行的灯红酒绿，像是随口一说：“麻烦，去市第一妇产医院！”

“啊……林总！”萧妍的脸顿时变了，结结巴巴道，“你，你怎么会知道？”

“哼哼，我怎么会知道？”林然冷笑，“怀个孩子就以为拿到了通往豪门的入场券，你未免太天真！”

萧妍浑身一软，眼底一片骇然和疑惧，这个秘密自己守了好些日子，正准备过两天和他说了博个富贵。今晚不惜冒着影响胎儿的危险，就是为了不让别人知道，想不到老板早就已经知道得一清二楚！

03

汽车飞快地行驶着，开着的车窗吹进来冰凉的风，还有一丝酒气在车里蔓延。车内昏暗的灯光足以让萧妍瞧见林然嘴角的冷笑，她心中一寒，忍不住惊问道，“林总，你是想……”

“不错！我是想要你去把胎堕了！”

一字一句，带着寒意扑面而来，吓得萧妍一个哆嗦，嘴巴张得老大。

“不……不要……你不能这样！”萧妍平日里见惯了老板的强势能干，此时却忍不住壮着胆气顶撞，“你，你知不知道我肚子里的是谁的孩子？”

林然侧过头来看着自己的员工，眼底决然道：“我当然知道你和霍总关系匪浅，甚至都已经让你怠慢了我们的客户。如果我今天不让小薇给你电话，你是不是准备得罪了秦总让公司蒙受损失呢？”

“林总，我已经怀孕了，很快就要离开公司，你明明知道。”

林然叹气：“连我都知道了，你以为这孩子你还能生得下来？”

萧妍不以为然，甚至带着些讽刺的语气：“林总，我就快不是你的员工了，难道你还敢得罪霍总，亲手杀了他的孩子？”

“不需要我来杀他的孩子，你只知道霍总有钱，难道不知道霍夫人的娘家更有钱？”

林然的话让萧妍瞬间面如死灰，原来如此……

林然心中暗暗叹气，说起来这萧妍的资质在自己手下的女生里面也算是顶尖了，虽然不及小薇妥帖圆滑，但是长相却最出色。她原本希望萧妍能够做出点出息的事情来，结果没想到出了这么麻烦的事情。

堕胎的手术看似恐怖，实际上很快。萧妍流着眼泪进手术室，出来的时候已经是一脸云淡风轻的模样，仿佛这是一个女人必须经历的阶段。

十几分钟前，当医生冰冷的手术钳夹着那一团带血的肉团出来，混着空气中浓浓的消毒水的味道，她突然间泪如雨下。她忍受了这么久，想要借此换来一场富贵的王牌，终于被她自己一手清洗。

在她走进这间医院之前，曾经在车里想了很久。林总的话说得没错，无论自己有多好，那个男人都不可能把自己娶回家。甚至还有可能招来他妻子的毒手，自己不过是求财求安稳，没必要将以后半生的幸福都搭进去。

林然瞧着面前这个女孩子，说不清是怜是惜还是恨，想要凭此嫁入豪门的女孩子何止她一个？可是滔天的富贵荣华，如果是用这种手段得来，又怎么可能安稳妥当？她今日让萧妍亲自送自己的孩子离开，未尝不是用孩子的死换来母亲的平安。

她还记得一个星期前，她和霍夫人坐在咖啡厅喝茶的时候，那个出身名门的女人姿态优雅地在自己面前轻笑："想要靠一个孽种就进我霍家门的女人，她不是第一个，也不会是最后一个。可是，不管她是第几个，结果都是一样的。"

敢说出这样的话，只怕手段也是雷霆万钧的，林然跟各色人物打交道，怎么会看不出对方眼底深深的杀机？与其平白损失这么一个得力干将，还不如自己亲自施与恩惠，一来卖对方一个面子，二来也让萧妍对自己死心塌地。

果然，林然今晚有意无意地安排成功了。虽然我扼杀了一个未来得及降临人世的小生命，但是萧妍显然已经被她的一番话吓到了。此时的她木然地靠在自己怀里，眼神空荡荡地飘在远方某处，孤单无助的样子像是一个小孩。

“林总，我什么都没有了，什么都没有了！”她终究是一个年轻的女子，堕胎这种事就已经让她承受了心理压力。林然心中冷笑，知道这个看似柔弱的女子，此时在自己怀里才算是稍微明白了一些教训。

她适时地拍拍对方肩膀安慰，和之前的声色俱厉完全不是一个样子：“你放心吧，新念永远都是你可以避风的地方。早在你们进公司的第一天起，我就曾经说过，当今社会，除非是你自己靠努力拼来的，其他的都不是你的。你可以远远看着羡慕，但是不要妄想不劳而获，不然就会遭到规则的惩罚。”

是的，这就是规则的惩罚，如果不是自己适时点醒，恐怕远远不止是这么点惩罚。

“林总，谢谢你！刚刚我有些冲动，如果有什么话说得偏激了，得罪之处还请你包涵。”天真女生一夜长大的效果很明显，就是学会收敛先前的锋芒。

林然心下明白地点头：“我没有太放在心上，你终究是我调教出来的得力人才，花费这么多心血，怎么忍心看着你被一个男人给毁了？你这些天怠慢秦总，我看在眼里急在心里，相比于那个花花公子霍总，这位秦总对你怎么样，你心里怎么可能一点都不明白？舍了西瓜捡芝麻这种行为，我不记得我教过你。”

她的话顿时让萧妍痛哭流涕，甚至可怜兮兮地跟自己忏悔，保证以后再也不会为了私事影响到公司的事情。林然心里明白，自己这回恩威并施的手法，让对方明知了理想和现实的巨大落差。接下来很长的一段时间，这女孩是要为自己所用了。

司机的车将萧妍一直送回家，林然目送着萧妍下车时道：“萧妍，放你一个星期的假，在家好好调养身体，然后快点回来。”

车沿着来时的路往回走，林然就是在这个时候，突然想起了很久很久以前，她一个人走进社会的那些场景。当初自己也不过是个走场子的小人物，从开始的时候跟老板学习交际，后来找准时机自己单飞，多年打拼才得今日成绩。

要说成功，她也算是成功人士了吧？可是不知道为什么，即使有了今天的成绩，再次回顾的时候，还是觉得少了点什么。

手机铃声响起得有些突兀，林然看了看屏幕上面的名字，接通：“喂？”

“林总，秦总我已经送回家了，萧妍没什么事吧？你们在哪家医院，我现在赶过来。”

“哦，不用了，我准备再回趟公司，你今晚也累了，早点回家休息吧！”

04

林然折返公司，在门口下车的时候，远远就瞧见了那辆路虎，还有车旁站着的人。她不动声色地叫司机停车，吩咐他先回去，然后慢慢向公司门口走去。

叶绍轩，三年前在一个商务酒会上认识的，本市有名的地产界大亨。

第一次见面时，她握着他一双冰凉的手，心里一个激灵。耳边有朋友悄悄介绍：“这是本城的地产大王，你可要看清楚了，真正的年轻有为。”然后抬头就撞见了他一双潭水般沉寂的眼睛盯着自己，充满了侵略性。她心里暗自冷笑。

第二次见面，她早就对他的背景资料掌握清楚，却依然拿腔拿调地看着对方，故作迟疑道：“你是杨总？哦，对不起对不起，还是没有印象了，不知道你是……”叶绍轩看着她的眼神越发不加遮掩，林然余光瞥见，心里更是得意。她一直跟身边的女孩讲，做我们这行，最低级的是主动搭讪客户殷勤小心，稍微高级的是和客户平等对话应付自如，最高级的是等着客户来搭讪游刃有余。当晚，她是游刃有余的。

再后来，她的公司遭遇同行的恶意竞争，因为小小的疏忽几乎被挤兑得在这个城市无法立足。那段时间，她拼命拉广告，公司的员工也几乎走了大半。幸好他的房产广告从天而降。她还记得站在他的办公室里，他递给自己一张酒店的房卡，似笑非笑："晚上七点见。"

要说他们的关系，客户？朋友？情人？似乎都可以，又似乎都不对。

在生意场上，叶绍轩有着掌控一切的睿智头脑。在床上，他有着掌控如水欢愉的足够资本。林然也不知道为什么他会对自己这样一个女人起了兴趣。喜欢自己什么呢？林然想不明白，自己强势、油滑、不爱撒娇，无论哪一点都是不讨喜的。原本以为，这种功成名就的男人，需要的是敬仰和崇拜。一般他们都是会找个年轻单纯。甚至有些傻的女孩子来当情人，可是叶绍轩偏偏口味独特，盯上了自己。

林然在商场摸爬滚打了这么久，从来没有遇到过这样的人，让她惊叹，同时也感兴趣。这个男人比自己大了几乎有一轮的年纪，甚至听说连家室都有了，以她在广告界打拼这么多年的前卫眼光，依然觉得他是个很有魅力的男人。但是这些都不足以让她靠近，叶绍轩这个名字最诱人的地方还是在金钱上面，如果他没有任何背景支撑，她怎么可能愿意？

她渐渐习惯他若有若无的试探和殷勤，虽然做这一行难免和各种男人打交道，习惯了逢场作戏的虚伪客套，但是面对叶绍轩，她还是不得不小心翼翼。

他已经消失了将近一个星期，怎么今晚会突然在这里出现？林然惊愕于自己内心淡淡的欣喜，同时还有几分警惕，有些男人注定不是自己能够掌控的，稍不冷静就是粉身碎骨的结局。

她又想起之前一行人对于自己心不在焉的疑惑，小薇解释说自己是在关心房产。关注房产？她嗤笑着，只有小薇知道，她关注的是那个人。

来不及多想，于是吩咐司机回去，然后才慢慢走过去，她笑着说："叶总这么晚杵在我们公司楼下，想干什么？"

叶绍轩看着她足足有半分钟没说话，突然笑道："接你。"

"我今天不能去酒店，最近太累了。"林然冷冷地，忍住那股恶心的感觉，他好像有阵子没来找自己了，一旦出现不外乎那档子事。

叶绍轩瞧她的神情，也当真了，不愿勉强："那就送你回家！"他拉开车门，抱出老大一束花来，塞到了林然的手里。

一大捧香水百合，很鲜嫩，林然感觉有水珠从花瓣滚落在手心，冰冰凉凉的，很舒服。对方送花的意思很明显，为这些天的冷落赔罪。

她坐在车里自嘲地笑道："我早就过了收花的年纪，你送得不是时候。"

"哦，送花也要分时候的？"叶绍轩认真地倒车，"我以为但凡女人，都对花无法抗拒。”

“花对我来说，有些不好的回忆。”她暗自想着，没有人会知道，这三年来一个女人从平凡走向耀眼的原因，那些日子因平凡而受到的屈辱和欺凌，让她想要反抗命运。而最终刺激她奋进的，居然是一束花。

她原本只是一个农村的姑娘，凭借优异的成绩才得以进到城市读书。无论是土气的辫子，还是艳俗的衣服，或者是蹩脚的方言口音，都让她成了同班女生眼中的异类。再加上她在学习上的执着劲儿，虽然受到老师的特别表扬，却也让她遭到了所有女生的排挤和讨厌。

城市的女孩儿眼高于顶，哪里甘心被一个乡村里来的土妞儿压过去？她们想尽了法子作弄林然，用蚊香烧坏了她的帐子，结果差点酿成火灾，害她受到学校的通报批评处分；骗她去高级的餐厅吃饭，留下身无分文的她结账，害她被送进派出所；打水的时候故意失手，把热水瓶摔碎在她脚边，热水瓶炸开的碎片割得她的脚鲜血淋漓。

无论多艰难，受到多大的屈辱，她始终咬牙隐忍着，人离乡贱的道理谁不懂？她既然选择要来这座城市发展，就要忍下所有苦累。为了有一份好的工作，她必须有优异的成绩。大学四年，她从来都没有收到过礼物，看着同宿舍的女生有男孩子送花送巧克力，不是不羡慕。但是，那么土气的自己，又怎么会有男孩子追？

她至今仍然记得情人节那天收到人生第一捧花的激动，让她忘记了一贯的矜持和低调，也没有注意到花店送花人异样的眼神。她一路小跑着冲进宿舍，却被同宿舍人集体羞辱了。

“呀！菊花，这是送给死人的，你误会成什么了？”

“就是，你还真以为是哪个男生看上你了？天哪！”

“乡巴佬，这是我们耍你的呀，居然真的上当了，去死啊！”

平时不忿于她在成绩上出类拔萃的女生们尽情展现出她们恶毒的一面，用字典里能找到的最难听的字眼谩骂侮辱着她。

她头一回感觉到孤独之外的绝望。

即使你再努力融入她们又如何？你的土气挥之不去，和这个城市的环境格格不入。

即使你再努力为自己的理想目标奋斗又如何？你的出身太卑微，所以寸步难行。

那一天，她狂奔出宿舍，花了整整一天的工夫终于想明白：改变自己，变得强大，总有一天，我要让你们不得不认同我！

“在想什么想得这么出神？快到了。”叶绍轩提醒林然的时候，她才回神，原来已经离自己家不远了。今天这一束花让她想起了许多前尘往事，虽然都是不愉快的事情，可是此时看来，如果没有当初的那些经历，就不会有如今的自己。

“你今天突然送我花，害我想起了很多伤心的往事。”林然笑，“所以发了一会儿呆。早过了收花的年纪，幸好我还有怀念的勇气。”

是的，怀念过去的自己。

05

叶绍轩将林然送回家之后，就离开了。林然转身上楼，慢慢地开门。

“回来了？”周家明的声音从厨房里传来，带着温热的汤水气息。

餐厅的灯亮堂堂的，林然抬头看看墙上的钟，已经是晚上十点半了，她并没有料到对方这么晚了居然还在自己家中。她独居，周家明经常来看她。平日里两个人各自忙事业，没有什么交汇的时间，

她把花放下，正看见周家明端着一碗热气腾腾的东西出来，喊她喝汤。

“今天客户送花了，还特意送我回来！”

“嗯，不错不错，证明我眼光好！”周家明笑眯眯地看着她。

甜汤滚热，林然吹着就见水汽氤氲，映得对面那人眸光清澈，心里突然一滞，当年他就是这么说的。所有人都瞧不起她

的时候，偏偏有一个他笑眯眯地站在自己跟前说：“他们没眼光，我眼光好，一下子就看上你了！”

他也是农村人，和她来自同一个地方，成绩也同样出类拔萃。她是广告专业第一，他是室内设计专业第一，因为上学放假总是一起坐车，所以熟识。平日里几乎天天一起自习，本来没有什么，后来大概是同病相怜，他们一毕业就顺理成章地走到了一起。

她始终记得他们确定关系的那天，他说：“以后我们就同进同退了，别人瞧不起我们无所谓，我们一起努力！”

如今，自己的事业如日中天，他也在室内装潢设计的领域小有建树，因为实力够强，得以应聘著名的设计公司。平日里只需要在家画图就能拿到不菲的薪水，作品屡屡拿奖人却始终低调。不知不觉，他们各自都已经在这个城市站稳了脚跟，实现了当初他们期望的：再也不会有人看轻了他们。

林然一边喝汤一边想：虽然很平淡，但是已经习惯，这样算不算……殊途同归?

第二天，有酒会。

事情很多，她不忘叫上了公司里几个资质不错的女孩子，要她们一起去见识见识，酒会上的都是本市的富豪名流。如果有本事和其中某位说上一两句话，说不定能替公司挣到一个机会。

新念公司的女孩子个个身材高挑，脸蛋出众，再加上经过林然平日里的细心调教，个个都气质不凡，站在酒会的场子里每一个都能拿得出手。林然吩咐几句，几个女孩子就分散开来，各自有重点地应酬交际去了。林然也暂时放开了挽着男伴的手，各自在场中招呼熟识的好友。

她随意转了一圈，已经有些累了，就听到有人突然迎了过来，赞她道："林小姐今天很漂亮！"

林然抬头见到来人心里就有几分数了，笑着应酬："谢谢！霍太太今天才叫贵气，这身旗袍剪裁手工很讲究，穿来应酬这个酒会真的很养眼！"

"呵呵，都是闲在家没事干才跑去做旗袍，林小姐忙于事业，哪天要是得空，可以一起去做嘛。我跟那里的老板熟，一定让他替你做得认真点！"此时的霍太太满脸春风，和一个星期前的冰冷高傲完全判若两人。

林然心里清楚，自己劝萧妍把孩子打掉了，以霍太太的本事怎么可能不知道。这可是间接卖了好给她，省得她费心对萧妍下手，甚至有可能跟自己丈夫撕破脸闹事，平静了结了所有可能的纠纷。以霍太太的身份背景，自然瞧不上林然的广告公司，但是她也不得不佩服，这个年轻的林总还未满三十岁就能靠自己的本事在本市做出这么好的业绩，底下那么多女孩子也被她管得死死的，萧妍这次的事情就是一个很好的例子。所以借着今天这个机会，她对林然表露了一丝好感。

林然瞧着她的行为举止，心里顿时明白了几分。她也早就想结交霍太太的娘家公司，对于自己拓展市场肯定会有不小的帮助，所以笑道："霍太太客气了，都知道你慷慨热情，娘家也是本市数得上的富贵名流，希望日后多多提携照顾小广告公司的生意才是。"

"一定一定，这绝对不是问题！"霍太太点头答应得爽快，目光微转，正看见不远处的萧妍亲昵地偎依在秦总怀里说话，嘴角笑意不觉得更深了。这个女孩子一度让她很是头疼，想不到现在轻轻松松就被摆平。她对于林然的办事能力很满意，日后自然少不了要卖她人情好处。说起来这是心甘情愿的事情，谁让这女孩儿对自己胃口呢？

酒会是全市几个清闲的富豪承办的，旨在交流沟通，所以并没有什么特别功利的主题。虽然如此，林然仍然很满意地看到自己公司的几个女孩子已经迅速在场中混得风生水起。

林然一边端着酒杯和几个富豪太太聊天，一边四下打量着，突然一抹熟悉的身影映入她的眼帘。

那个手挽着一名年轻漂亮的女孩，站在江总旁边说话的，不正是自己本来想要邀请一起前来的叶绍轩吗？他今天穿着一身灰色西装，搭配暗红色领带。那身西服华美的质料与精巧的剪裁，一眼就能看出价格不菲，穿在他身上别有一种贵族气质。

林然的目光在他身上停滞了两三秒的样子，差点就被吸引得无法挪开视线。最后，她的视线还是从他的身上移开，慢慢定格在他挽着的女伴上。这个女伴身材高挑，脸上画着精致的妆容，一看就是经常跟他出席这种场合的，不然怎么会时不时毫无拘束地跟他耳语一下？不是他的老婆，却有这么亲密默契的互动。

“林小姐认识叶总？”她正兀自猜想，秦总已经将身边的叶绍轩等人引到了她面前跟她介绍。也许是她的眼神太不加掩饰，这么轻易就被看了出来。

“是的，刚认识不久，林小姐年轻有为，让人印象深刻。”叶绍轩公式化的客套让林然暗自冷笑，她抬头瞧见对方脸上无懈可击的笑容，只能附和着谦逊一番。

视线短兵相接，只有他们心里清楚，那一丝若有若无的暧昧涌动。

这时秦总笑着说：“昨晚一起去玩的时候，林总一边走路一边还在走神想房产的事情，瞧瞧眼前就有个相识的房产内部人士嘛！有什么问题都可以请叶总帮忙。”

林然一下子就羞窘了。她昨晚陪同客户去吃饭的路上，就在想失踪了将近一个星期的叶绍轩。后来还是小薇编了个蹩脚的借口，才算是逃过别人的猜疑。这事儿原本不说也不会有人知道，哪里知道秦总居然还注意了这些小细节。

叶绍轩的手也霎时放开了身边的那位美女，脸色诡异道：“原来林总最近对房产感兴趣？没想到原来你还对我们这个行业有想法。”

林然正觉得浑身不自在，突然电话响起来了。她趁机告歉出来，接通，听到公司运营部的部长焦急说道："林总，出事了！博林景园这边的广告牌出问题了，客户反映我们家广告牌质量太差，非要你来出面处理不可。"

"好，我马上过来！"挂掉电话，林然果断往外走。刚出门就听到身后紧赶慢赶的脚步声，叶绍轩匆匆追上来道："发生什么事了？"

"我公司在博林景园的广告牌子出问题，有些麻烦需要我去现场跟对方交涉。"

林然还没来得及说"你先回去吧"这样的话，对方已经跑到自己车前开门道："来，坐我的车去吧！"

他们到达博林景园的时候，新念公司的运营部部长正愁眉苦脸站在那里，脚边是碎裂得砸在地上的广告牌，长十几米，宽五六米，从那么高的地方掉了下来。

"怎么样，有没有砸到人，引起损伤？"林然看到运营部部长摇头，这才稍稍放下心来，起码公司不会有什么公众信誉损失，剩下的就是和广告方的利益纠纷了。对方坚持称新念的广告牌制作不用心，采用劣质材料，才会导致这次的事故。

林然冷冷地瞧着对方经理气焰嚣张地指着自己鼻子骂，口水四溅，措辞也毫不客气。出来混这么久，她的胸怀和气魄就是在男人中也是少见的，这种被客户指责的场面见得多了，怎么可能退缩？

叶绍轩却瞧着广告牌断裂的地方理智分析道："这个裂口这么齐整，似乎不是自然断裂，更像是人为破坏吧？虽然你们口口声声说是新念公司做错事，但是我觉得这是人为破坏。”

“人为破坏？你以为随便胡扯几句，我们就会相信？”对方经理根本不看广告牌上面的断裂口，只是咬住不放，“不管怎么样，新念公司休想推卸责任！”

叶绍轩点头：“不管怎么样，我觉得应该把这个广告牌拿去找专业人士鉴定，看是人为破坏还是自然断裂。如果是自然断裂，新念公司肯定不会推卸责任，但是如果是有人蓄意陷害……”

对方经理正要继续争辩，一直在一旁保持沉默的林然开口道：“不用鉴定了，很明显是人为的。我知道贵公司想和别家广告公司合作，但是我们的合约还有半年，你们不想背上毁约的名声，就设计这一出！这么说，应该没有错吧？”她早就已经掌握了消息，这家公司意向不明已经很久了，只是没有想到会来这一套。刚刚在车上的时候，就已经有好几方消息传来，不然自己也不可能这么一口咬定。

06

事情解决得并不像想象中那么困难，最后对方道了歉，答应赔偿一笔损失。叶绍轩陪着林然一起把事情解决，然后送她回家。

车速始终很快，晃得她昏昏欲睡，林然转头看看身边的男子。

这已经不是他第一次替自己解决麻烦了。记得以前公司有几个女孩子为了业绩，陪一些品行低劣的老总去娱乐场所喝酒，被强行堵在包房不让走。当时自己赶着过去想办法解决问题，也是叶绍轩几个电话，轻易就摆平了。他在这个城市里混的时间长了，各种关系网远胜于她，解决问题也比她显得轻松容易许多。

他对自己说过最动听的话是："不要这么拼，这么漂亮的女人还这么要强，真的让人心疼！"那一刻她觉得自己跟他就像是在恋爱一样。

可是，就是这么一个男人，他的温柔有时候又是致命的。林然侧着头看他的脸，喃喃自语道："为什么还肯帮我？"

叶绍轩光顾着开车，一时之间也没有听清楚对方说什么，只是疑惑道："什么？"

"时候差不多了，你帮我已经不少了，是吗？"

汽车发出尖锐的响声，陡然在路边刹车停下。两个人因为巨大的惯性狠狠前倾了一下。这回换叶绍轩看着她，眼中莫测深浅的神色："你想说什么？"

"我想说，差不多是该到我们分道扬镳的时候了，谢谢你带我一程。"

叶绍轩笑了，四十多岁的年纪，岁月几乎没有在他脸上留下一丝皱纹。他似乎是弄明白了林然的意思，居然呈现出松一口气的神情，一边继续启动车，一边说："我可不可以理解为，你翅膀硬了，不需要我了？"

林然叹气："叶绍轩，还记得你刚开始帮我的时候吗？那是我用陪你睡觉换来的，之后我每周都要陪你去酒店，你也帮我一步一步打开局面。说起来，我们一直都是互不相欠的。"

"我想倒是我已经满足不了你了吧。"林然说完便下车拦了辆的士。

07

林然再没见到叶绍轩，原本该是松口气的事情，她却没有更多时间去想。

接下来的一周，她忙得不行。首先是原本答应赔偿新念损失的客户公司此回居然出尔反尔，推翻之前认可的责任说法，拒绝给予任何赔偿。

然后就是公司几个女孩子同时开始闹了点脾气，居然想要辞职不干。

林然本应被一桩桩事情搅得头疼，可她这时候却依然心安理得地坐在座位上喝茶。

小薇进到小店的时候，看到的就是她眯着眼坐在那里的样子，下午的阳光很暖，照得她慵懒欲睡。

“林总，公司最近的事情太难应付了，今天又有几个女孩吵着嫌待遇不好，想要跳槽去别的广告公司，我来请示该怎么办？”小薇一如既往的低眉顺眼，周围安静得很，只听到林然搅动咖啡时汤匙和瓷杯撞击的脆响。

林然叹气：“小薇，你跟了我有两年了吧？”

小薇不解地点点头，这两年，她跟着林然，几乎是完成了一场不可思议的蜕变。

“该是到了散的时候啦！”

小薇抬头，正对上她洞悉一切的眼神，心中顿时警觉：“林总，你，你的意思？”

“不明白？还是故意装作不明白？事到如今，你还不肯承认这些乱七八糟的事情里面，有你不少小动作在？”林然坐直身子，“前些日子你故意纵容萧妍扰乱公司作息休假制度，甚至对她和霍总的关系越来越乱睁一只眼闭一只眼，故意瞒着我，难道不是起了在那群女孩里面搅风搅雨的心思？她们个个埋怨萧妍，甚至以为是我偏心让萧妍这么违反规章办事，当然会惹出这么多事儿来！”

小薇愕然，眼睛瞪大看着对方，无法辩驳。事实……事实的确如此，让她怎么辩驳？

“我知道你想自立门户，索性借着现在的事情一并跟你说清楚。你，主动请辞，马上去财务那边结算这个月二十天的薪水，然后赶紧离开。”

我们总是不顾一切地朝前走，
却不知从何时已开始迷失。

"凭什么？"小薇怒了，一直以来苦苦忍耐终于冒出了头，声音高亢尖锐，"你想这么轻易就打发了我？让我主动请辞，你就不用付失业赔偿金了？你当我没有一点凭仗就敢偷偷给你使绊子？"

"叶绍轩？"林然不怒反笑，眼里闪现着毫不掩饰的嘲讽，"你的凭仗就只是这？你以为我真不知道？这几个月，他对我的喜好和行踪了如指掌，我喜欢什么花他一猜就中，我爱吃什么他一买就中，我回公司只对你说，他偏偏能早早等在公司门口。为了分散我的注意力，他也算是无微不至，可就是这无微不至让我一下子就怀疑到了你身上。除了你，谁能对我这么了解？你早就和他串通了，一边帮助我发展壮大新念，一边心怀不轨地想要把新念变成你们的。包括上回博林景园的广告牌事件，也不过是你们早就和那边串通好，想搞垮我公司的手段。到时候，他买下我的公司包装重组，你收下公司原班人马另起炉灶，也算是各有收获，算盘打得极好！"

从那个名字蹦出来的一瞬，小薇就已经惊呆了。林然这个女人实在是太聪明，一下子就戳到了点子上！

她这一番剖析已经完完全全把叶绍轩的别有居心说得清清楚楚，包括小薇和他的勾结，也早在她的眼中。原来这么久以来，她都是逢场作戏地应付叶绍轩，看似浑噩，却早已对他们警惕了。小薇心中又是惊惧又是佩服，自己跟她学了这么久，原来还差很远。想到这里，她不禁有些灰心丧气，不知道该说什么。

林然起身，看也不看一旁呆呆出神的小薇，临走时意味深长道："自己辞职，免得被安上窃取商业秘密的罪名，这一行，名声很重要！"她这番软硬兼施，已经再明显不过。如果小薇不识好歹，只会落得自取其辱的结果，甚至没办法在行业内混下去。

08

"大家安静一下，有个消息要宣布！"早会的时候，人事部经理站在公司全体员工面前严肃道，"特别助理孙薇薇，昨天上午递交辞职报告，已经得到批准。孙薇薇在公司期间，泄露公司机密给其他公司，甚至纵容个别员工扰乱公司秩序，欺上瞒下，林总很生气。鉴于这个案例很沉重，所以暂时不想用特别助理，想从公关部几个美女里面选择合适的，日后起用。希望大家好好表现，争取机会！"

底下一片安静，随着人事部经理的转身而议论纷纷。

"喂，孙薇薇真的是自己辞职的吗？你们信吗？"

"怎么可能，泄露公司秘密哎，肯定是林总开除的，不过是为了给她留点面子，委婉的说法。"

"说起来也是，上回萧妍不停请假、迟到早退那些事情，一看就不是林总平日里公平公正的处理方式，这个孙薇薇啊，做得太过了！”

“诶，你说新的特别助理会是谁呢？”

“我怎么觉得你看起来像呢，哈哈哈！”

……

众人议论纷纷，同时也不由得把注意力集中到了新的特别助理职位上，原本想要辞职的再也不见了之前的劲头。

09

林然站在办公室的百叶窗前，透过窗帘缝隙，满意地看着外面下属们的反应。

“人心总是可笑的。”林然微笑着拿起办公桌上的照片，照片上的她笑容灿烂眼神清澈，一副没心没肺的样子。那是大学时代，周家明用省了整整一学期的生活费才凑够钱买下的一台傻瓜相机为她拍的。他说，梦想就是牵着她的手一道环游世界，他负责拍，她只管笑。

林然苦笑一下，自己何尝不是可笑呢，如今的她还会那样去笑吗？

“喂，家明。”林然拨通了家明的电话。

“怎么啦？”家明的声音总是那么温暖平静。

“我们去旅行吧。”

“好。”

“明天就走。”

“好。”

“去有海的地方。”

“好。”

“家明……”

“嗯？”

“我们结婚吧。”

“……”

“……”

“好！”

第二篇

裸体的温度

LUOTI DE WENDU

01

武汉的早晨，天气有点寒冷，唐佳欣走在路上，忍不住打了一个哆嗦。这时候已经是冬天最冷的时候了，一大早，路上的行人有些稀少。

她抬头看看，正巧已经走到了工商银行的门口，连忙走进去，顿时感觉有股暖气扑面而来。熟练地插卡，输入密码，查询余额的时候，她忍不住皱了皱眉头：还剩五万多，这是她这几年的所有积蓄了，还差一点。

怎么办？她犹豫了一下，还是先拨了一个电话。

“喂？这么大早的，你干吗呢？”董俊的声音迷迷糊糊，似乎还没睡醒的样子。

佳欣犹豫道：“阿俊，我正在工行取钱的地方呢，打搅你睡觉了吧？”

“嗯？”电话那头窸窸窣窣的声音响起，大概是董俊听说了正事，顿时从床上爬起来了，“怎么样？你存了多少？”

“我看了一下，所有的加起来大概只有五万多的样子，好像还是缺了点儿，怎么办？”唐佳欣皱着眉头，很为难，压力太大了，她这几天都没怎么睡好。

“你再找你朋友想想办法嘛，能凑多少是多少，赶紧把房子定下来，我们可是还赶着结婚呢！”董俊叹气，似乎心事重重，过了半晌支支吾吾道，“佳欣……”

“什么？”

“你是不是……嗯，不愿意跟你的那些朋友借钱啊？”董俊补充道，“我是看你平时朋友挺多的呀，这回你一个都没找？是不是不大开得了口？”

唐佳欣一愣，突然不知道怎么说才好。她的确没有去找过自己的朋友，这么多年了，她没遇上过这么大开销的事情，自然不需要跟别人借钱。一点都不夸张的是，她从小到大都是节俭有分寸的女孩子，手里也因此显得宽裕，哪里有这么窘迫的时候？

或者说，这回情况有点特殊，可是她依然拉不下脸开不了口。她总在下意识里觉得，朋友就是有事没事互相聊聊心事分担分担压力的，怎么能老是扯上钱这种俗气的事情呢？有句话说得好，不要谈钱，谈钱伤感情。她一直是个纯粹的女孩，希望和朋友纯粹地交往，而不是整天扯着金钱上的关系。

可是董俊这么一问，她犹豫了，这回应该怎么办才好？

董俊听她不说话，略微猜想便知道她很不开心，想了想还是安慰她说："佳欣，算了，我知道你面皮薄，这些话你根本说不出口。那你先不要动吧，我再去找我的朋友们周转周转，很快会有消息的。我现在先补会儿觉。”

佳欣顿时就内疚了起来，自己怎么能在这个时候给他打电话呢？他在外省出差，每天那么辛苦，早上被自己这么一搅和，连觉都睡不成了。如他所说，自己还有一群朋友没有去求借。想到这里，她心疼道："哎，抱歉啊，我一大早就让你睡不着。你先去睡觉吧，我还有好几个朋友，去试试看能不能凑齐，放心吧！"

"嗯！我先挂了，啊呜……"董俊打了一个长长的哈欠，电话就此挂断。

佳欣犹豫了一下，终究把卡里所有的钱都提取了出来，然后小心翼翼地折叠了放在包里。

厚厚一沓钞票，全部都取出来，可是她多年工作的积蓄，一时之间真有点舍不得。可是一想到那天和董俊去看过的房子，她还是咬咬牙，狠心这么做了。那房子地段、朝向、楼层、安全系数、装修品质什么的都堪称优良，更重要的是董俊的朋友能通过关系替他们拿到很好的优惠折扣。她年纪也不小了，该结婚了，需要一栋房子。鉴于种种原因，他们决定买下那栋房子，明年年底结婚。

说好签订合同的日期必须在这个月内完成，首付款要足足十五万这么多。听到这个数字的时候，佳欣倒吸了一口凉气，这年头，房价居然涨成了这样？

那天，她避开售楼小姐热情的眼神，一把将董俊拉到一旁，红着脸说："怎么结婚要这么大的成本？我们领个小红本儿不就好了吗？"

董俊听了一愣，随即笑着捏她鼻子："傻瓜，结婚哪有不要家的？没有房子我们以后住哪儿？"

可是，这也太贵了！虽然他们的收入也还可以，但是要想负担这样一套房子，还是有不小的差距。佳欣其实觉得，跟着他，哪怕是住租来的房子，也是幸福甜蜜的。可是男人的想法和女人不一样，他们希望能有自己的房子，和自己的女人一起住进去，完全不受外来干涉的那种……都是自己的。这套理论佳欣虽然不明白，但是以前听颜露说过，以颜露阅人无数的经验，想来是不会错的。

这时候她打定了主意，轻轻挽着他的胳膊靠上去，脸上是一贯温婉顺从的笑意："都听你的，我没什么意见。"

于是，他们那天看准了要买的房子，然后心满意足地回家了。佳欣是个体贴善良的女孩，知道当今社会的压力很大，尤其是男孩要支撑整个购房的话，未免有些吃力。都已经到了谈婚论嫁的地步，她一直在焦躁地想着自己怎么也该出一份力。

从取款的地方出来，她心里一直很紧张，尤其是坐公车的时候，包横在胸前，从上车到下车眼睛就没离开过。里面的五万多，真的是全部家当，如果刚刚提取出来就被人偷了，可真是欲哭无泪了。

她想着反正现在还早，大家都还在睡觉，自己先去上班再说。

唐佳欣在幼儿园上班，离自己住的地方有两三站的路程，很方便。这是一家私立的幼儿园，收的学生并不多，但是大多数是有一定背景的。对他们的家长而言，学费多少根本不是问题，只需要老师极其耐心和细心地照顾，不能出一点纰漏。

她到幼儿园的时候时间还很早，把办公室迅速打扫了一遍，还泡了杯茶看了会幼儿教育方面的书，然后同事们陆续来到了办公室。

大概八点半的时候，幼儿园的门开了，许多家长陆续将自己家的孩子送进来，老师们站成一排在园门口迎接各自班上的同学，热闹非常。

唐佳欣脸上挂着微笑，亲切地和各位家长打招呼。她虽然年轻，但是贵在有耐心，性格又比一般的女孩子温和一些，所以园里安排她教小班，还特地给她配备了两个保育员帮忙。小班孩子早就过了刚开始的适应期，他们在家长的带领下来幼儿园都不再哭了，由保育员领着乖乖往教室走。

幼儿园快要关门了，其他老师已经带着自己班里的小朋友回去了，佳欣仍然站在原地张望。等着关门的张园长，见她这样，不由得问："怎么？你们班里还有没来的小朋友？"

唐佳欣焦急地点点头："还剩一个。"那个叫廖俊俊的小朋友，每天似乎都要睡懒觉什么的，很不好照顾。可是她必须把这个小祖宗伺候好，毕竟事关自己的工资奖金什么的。

这个时候，一辆兰博基尼的车闯进他们的视线中，利落地停在路边。一个男人下车，将小男孩抱着下来，牵手一步一步走过来，面色严肃地道歉："不好意思，老师，交给你了。"

"嗯，廖先生不用客气。"佳欣如释重负地点头，从他手中接过廖俊俊的手，让他跟爸爸说再见。她见过这个男人几次，看着年纪不大，眼神锐利，有一种不同于一般人的精明干练。他应该工作很忙，一般都是下午来接廖俊俊回家，从来没有像今天这样送他来幼儿园。所以，她看见廖一航匆忙转身上车，车速快于一般地离开，觉得自己果然没有猜错。

她一边拉着廖俊俊的手往教室走，一边给颜露打了个电话，她所有的朋友里面，颜露是最有钱最亲近的。听到她说要借钱，颜露似乎觉得很意外："佳欣，你们家谁得病了？"

"没有啊！"

"你自己？"颜露紧张地说，"没关系的，你跟我说呀，我认识很多人，能帮到你的。"

佳欣又好气又好笑地说："虽然我从来没跟你借过钱，但是借钱的时候你也不能这么恶毒地诅咒我得病呀！"

颜露不相信："你这个人，物质欲望一向不大，手头也小有积蓄，如果不是什么重要的事情，估计这辈子都不会跟我开口借钱的。"

唐佳欣知道她想歪了，连忙解释道："其实是想要买房子，我们家董俊上个月和我去看了一套房子挺不错的，想买下，明年年底结婚。"

"这样……"颜露冷笑，"董俊这男人还挺搞笑的哈，哪有让女人买房子的道理。他人呢？"

美丽的女人总是有尖酸刻薄的资本，何况颜露不光是美丽的女人，还是个有成就的美丽女人。她自己的男朋友换了一波又一波，根本不把寻常男人放在眼里，佳欣的男朋友就没少让她挑剔嫌弃。董俊跟佳欣恋爱三年了，她仍然不死心一样，总说董俊这男人不好，不如让她给佳欣找个更好的。

唐佳欣知道她介绍的肯定非富即贵，自己这么平凡的女生怎么配得上？更何况每晚的港剧里，那些嫁入豪门的灰姑娘过得别提多艰难凄惨，她可不想找这样的罪受，所以佳欣每回都是笑着敷衍过去。佳欣笑着回答她道："董俊去S市出差了，都快两个星期了，也不知道什么时候才回来。你也别挑他的不是了，他跟你那些有钱的男朋友可不能比，那点积蓄怎么够买房子，我们俩是一起分期付款呢！"

"哎，你这个死脑筋，找个这么穷的，我都不知道怎么说你！"颜露叹口气，"你现在还在上班吧？等你下午下班了，我们老地方见。"

02

下午五点半，兰桂咖啡坊的人走了一拨，来了新的一拨。

颜露坐在座位上，手里挑着一张又一张照片，嘴角噙着一丝冷笑。旁边有waiter见到她，认出是常来的熟客，连忙上前找她说："颜小姐，今天是一个人吗？想点些什么？"

颜露也不看菜单，抬头道："两个人，你再添一个杯子吧，我等下有朋友来，喝茶就可以了。现在时间也不早了，不用配点心，我们等一下点餐。"

waiter 点头离开，正巧唐佳欣噔噔噔地从楼梯处上来，她一路跑过来，还有些喘，径自在颜露的面前坐下，端起桌上的柠檬水就喝。

颜露瞧见她忍不住摇头："当个幼师有什么好的？整天提心吊胆看着那群小东西，下班一起聚聚都要这么赶！"

佳欣被她数落得多了，也不跟她争辩。她喜欢自己的工作，每天全心全意地投入付出，和一群小孩子在一起没有什么负担。她瞅着颜露手上拿了一沓东西，好奇道："你在看什么？照片？"

颜露点头，不答话，将照片反扣在桌上。然后她接过 waiter 手上的茶壶，替佳欣倒茶。佳欣莫名觉得有些不大对劲。

"佳欣，你早上说，借钱是要和董俊买房结婚？可是，你对他了解吗？"

佳欣愕然地看着颜露："你这是……什么意思？"

"我的意思是，你善良单纯，心眼也少，和他根本不是一个段数的。"颜露掏出自己的名牌小皮包，在里面翻了翻，翻出一张卡来，拈在指尖送到对面道，"这里面有十万块，密码是你生日，不够的话你随时来找我，不用客气。多说几句，不是心疼这些钱，只是担心你这傻姑娘，结婚买房这事儿，我总觉得你还要再想想清楚。”她用自己的行动来支持朋友，但是对于那个男人，她总持有怀疑态度。

唐佳欣摸了摸自己包里鼓鼓的五万块，再加上颜露这十万，的确差不多了。她又感激又释然地笑了，感激的是好朋友二话不说借了这么多，释然的是董俊不用再辛苦去筹借了，这么多足够了！想到这里，她毫不犹豫地接过了那张卡，跟颜露保证似的说："露露，你放心，等我存够这么多，一定会还给你的！"

哎，傻丫头！颜露心里叹气，不知道该说什么好。男人，这种生物她早就看透了，面前这个傻姑娘还懵懂不清，要是吃了亏……

两个人面对面坐着，突然不知道说什么才好。茶香袅袅间，颜露突然打定主意，道："佳欣，你先别急着把钱给董俊买房，我找人去帮你查查，董俊值不值得你嫁。"

"啊？"佳欣来不及跟上她的思维，愣了一下，道，"你怎么查？"更重要的是，董俊又不是什么坏人，哪里需要这么小题大做？

颜露打断她道："这事儿你别管，他那家公司好歹也算是500强，那边的老板也有和我认识的，我要去打听打听。你这个糊涂蛋，才跟他恋爱多久？就跟灌了迷汤似的。你之前那几个男朋友，一个比一个败类，你还不长记性！"

唐佳欣顿时不说话了，低下头无精打采地听着颜露训她。她是个没有主见的人，在男朋友面前一向顺从，遇到颜露这样强势的朋友，也是不敢多说什么。颜露瞧她一脸小媳妇的委屈样子，忍俊不禁地喊了 waiter 来点餐，两个人扯开了别的话题。

颜露说："你瞧你现在这么点钱，还要买房还贷，要不换份工作好了？"

佳欣知道她门路广，真要替自己物色的话，肯定能找到不少好工作，但是心里舍不得之前安稳平淡的生活。她顾左右而言他道："我也想换工作呀，最好是像你一样，就算不工作都有人争着抢着养你！"她这可不是开玩笑，以颜露的脸蛋和能力，许多有钱人都想娶到这样的老婆养在家里，可她偏偏高傲得很，谁也看不上。

颜露一点都不高兴地皱眉头："男人，算什么？就你巴着一个董俊整天当宝似的！老娘过几天要去拍广告，到时候让你在门户网站上面看看姐的明星范儿！"

"哪家门户网站？"

"'非声非色'，你听过没？"颜露看到佳欣的勺子"叮当"一声掉在了碗里，奇怪道，"你怎么了？"

"那，那个'非声非色'的老总，是不是叫廖一航的？"佳欣激动得抓住对面女人的手摇晃，"是吧？叫廖一航对不对？"

颜露满脸狐疑地看着她："咦？你居然也知道？"这个女

人不是一向不看时尚杂志不上网的吗？廖一航可是网络时尚的新锐风云人物，最近名声大噪。

佳欣白净的脸上这时候突然漾起了几分红润，兴奋的神色遮掩不住："你不知道，那个廖一航，就是他，他儿子，他儿子在我班上！"

"啊？"这回，连颜露的勺子也掉在了碗里，"他不是未婚吗？"

这个晚上，唐佳欣和颜露一顿饭吃得有滋有味，并不是因为兰桂咖啡坊的套餐味道变得更好了，只是因为有廖一航这个风云人物的八卦当佐料。

女人的八卦细胞都比较活跃，尤其是对于名人。唐佳欣工作的幼儿园虽说接收的都是"贵族后代"，可是她很少看经济类新闻，所以没什么感觉。可是这个廖一航，自己是印象深刻的，不仅因为他年轻俊朗很抢眼，更主要的是他全身散发的气质：冷硬严肃却不乏斯文，看似礼貌却又拒人于千里之外。他总是匆匆来接廖俊俊，却从不肯浪费半点时间跟老师交流。她以前还常常好奇，这个家长怎么看着一点人情味都没有，也不像别的家长一样乐意了解自家孩子在园里的情况。

一般他开车接廖俊俊离开幼儿园的时候，园里的许多年轻老师会踮着脚观望，她更加好奇。听到有老师议论纷纷，说他是"非声非色"的老总，报纸上说是单身，怎么会有儿子？她也不明白，只听说是某个很有名的娱乐网站，甚至还办有实体的娱乐刊物，在年轻人当中很流行。甚至有老师听说她连这个都不知道，特地拿来几本刊物给她“补课”，她总算因着这个机会知道了这个人，也很喜欢他公司旗下的这本杂志。

颜露听说廖一航居然还有一个上幼儿园的儿子，更加好奇，不停追问细节。唐佳欣头大地告诉她，这个男人很冷，基本上不会跟自己说话，来幼儿园的时间也并不固定，估计是看工作忙不忙而定的。所以她想要去自己幼儿园“守株待兔”的话，想也别想！

“哎！真可惜！”吃饱喝足，颜露一边收拾自己披在座位上的大衣，一边惋惜，“想不到居然是有了家室的男人！本来觉得他还是结婚对象排行榜前十的，居然早就被别人下手了。”

唐佳欣根本不信她的装模作样，笑话她道：“你这种不把任何男人放在眼里的女人，还会有结婚对象排行榜？上面前十应该都是空着的吧？”她知道颜露的经历太过丰富，见惯了各种贱男，早就对男人失望了，恋爱跟喝水似的当消遣，更别说结婚。

颜露却破天荒地摇了摇食指道：“你说错了，我虽然被欺骗被伤害，但是我仍然相信爱情，仍然相信有好男人。圈子里好多厉害的姐妹都跟我反映过，这个廖一航多年来情史简单，只有大学谈过一次女朋友，后来就一直忙于工作。他身在时尚界，身边那么多花蝴蝶，居然从来没有传出过半点绯闻，洁身自好的钻石男啊！哪个女人嫁给他，一定很幸福！”

唐佳欣从来没有听颜露这么夸过一个男人，反而不相信了。两个人慢慢从楼梯走下，出了兰桂咖啡坊的门。颜露接到电话，说有个场子要去凑热闹，急急招了的士，朝唐佳欣摆摆手就离开了。

03

唐佳欣转身，往自己的住处走，包里揣着一张卡和五万块的钞票，心里不免紧张。她暗自好笑，董俊说要赶紧凑钱，她就这么不淡定地把钱取了出来，搞得神经紧张了一天，生怕五万块突然从包里飞了。他还在外地出差呢，哪里有这么快去交首付?

她经过工行取款机的时候，将自己的五万块也存进了颜露给的那张卡里，然后往回走。过了十几分钟才回家，这回一路轻松，没有再小心盯着自己的包。

坐电梯到自己住的楼层，楼道里黑漆漆的，她也懒得按亮灯，熟练地摸索着开了门，然后关门。伸手去开自家的灯的时候，只觉得腰间一紧，一股巨大的力量将她扯了过去。

“啊……救……”她张口想要呼救，却被捂住，“嗯嗯……嗯……”屋里进了人!

那个人的温热的气息扑在自己脸上，恶狠狠地压低嗓子含糊道:“闭嘴，不然老子捅死你!”

救命啊！她吓得腿都软了，手里的东西都掉在了地上，整个人忘记了挣扎，眼泪刷刷地往下掉，想着这回完蛋了！

"呵呵呵……"捂着自己的手抖动不停，那个人把自己抱在怀里，居然在笑！

佳欣愣了一下，突然醒悟了，不敢相信地把哭声憋在嗓子里道："阿俊？"

"呵呵呵……哈哈哈哈……"笑声原本还强自压抑，后来转为肆意，董俊的声音这会儿才算是明显了起来。

唐佳欣确定下来，眼泪又忍不住委屈地流了出来，不停拍打着这个人，瘪嘴道："坏蛋！你这个大坏蛋！吓死我了，我以为是歹徒……"

董俊伸手替她把灯打开的时候，她脸上已经被泪水沾得一片湿，幸好她不爱化妆，不然肯定是一块白一块黑，难看死！她满腹委屈地抽抽搭搭，拳头依然捶在董俊的胸口，嗔怒却又舍不得使劲。

董俊却丝毫不在意地干笑着，没有想到她这么不禁逗，一吓连眼泪都出来了。唐佳欣是真的被他吓得腿软，刚刚还能勉强站住，现在松了口气反而差点滑倒，幸好被他扶住。

她一边哭一边骂："你去出差都大半个月了，怎么到今天才回来？回来还这么吓人！"

连骂起来都是这么软绵绵的没有任何力道，这样好脾气的女人最好哄了。董俊抱着她温和地安抚："原来你是想我了？那怎么不给我打电话，嗯？"

唐佳欣被他轻轻拍着背，迷迷糊糊地想着，哪里是自己不给他电话？他电话经常是关机打不通，要么接通了，他不是在忙工作就是在睡觉。她是个懂事体贴的女孩儿，怎么能像小女生一样，缠着他撒娇不让他工作呢？

虽然这样想着，可她还是和声细语地解释："我是怕打扰你工作，你安心工作就好，反正会回来的。"

董俊瞧着她眼泪渐渐干了，脸上却还带着情绪起伏之后的红晕，灯光下映得很好看。这几天不见，她还是像以前那样清纯干净的样子，这是那些成熟性感女人身上所没有的独特风情。他忍不住胸口一热，抱着她的手也开始不老实起来。

他一动，唐佳欣就发现了，脸顿时又红了几分，声音细小如同蚊蚋一般："那个，你，不要这样……"

"佳欣，嗯……"董俊吻住她的嘴，有些喘，"我们，嗯，两个星期没见了，对吧？"他的手已经探进了唐佳欣的衣服里面……

两个人恋爱一年了，亲密的举动早就不是一次两次了，可是唐佳欣每一次都是那么害羞。这不是故意装或是怎么样，而是她生性就是这么个害羞内敛的女生，董俊却偏偏喜欢她这个样子。小女生逗一逗就脸红的模样，哪个男生没有保护和拥有的情怀？

唐佳欣被他轻轻抱起来，迅速从客厅转向了卧室。她紧张地抱着对方的手臂，羞于启齿却不得不支吾道："这一次……

能不能？”

“什么？”董俊将她轻轻放下，解她衣服上面的扣子，又被她抓着不放，不由得有些奇怪。

“这一次……那个，嗯……”唐佳欣咬着嘴唇，脸上温度烫得像是要燃烧了，终于狠狠闭眼开口道，“这一次能不能不拍照了？”

也不知道董俊怎么会有这样的恶趣味，喜欢把他们两个人亲热的过程拍下来，一些动作还特别用相机特写，事后把那些放在电脑里面回味欣赏。他说喜欢看唐佳欣含羞带怯的样子，比那些什么AV里面的女主角真实可爱多了。每次他要拉着自己回味的时候，她都避开，因为那简直不像是自己，在他鼓励下做的动作，甚至发出的声音……跟演戏似的！

她真不喜欢那样袒露于镜头前，把所有脸红心跳、自己平时根本不敢做的动作都做了，让镜头全部收了去。她想不明白，明明是那么隐私的行为，为什么还要拍呢？

“怎么，都拍过这么多次了，我电脑里存量恐怕有一个G了，还害羞呢？”董俊坏笑着逗她，想了想说，“好，这回就不拍了。”

唐佳欣微微松了一口气，趁着这空当，董俊的身体果断压了下来……

04

唐佳欣被折腾得不轻，两个人折腾到大半夜才起身洗了澡，然后又躺下睡了一觉。

第二天，她醒来的时候，董俊早就已经醒了，烟味弥漫在卧室里，很呛人。她皱着眉头替董俊把烟掐灭，看见床头烟灰缸里居然已经有好几根烟头，不由得愣住道："阿俊，你是不是有什么烦恼啊？"

董俊摇头："没事儿，你睡吧！"

"你……"唐佳欣想了想道，"还在为房子的首付担心？"

董俊不说话，老半天才道："是啊，你那边才五万块，根本不够用。我们结婚这事儿，恐怕要再等几年了……"

"为什么呀？"唐佳欣有点急了，"我可以跟人借的。"她一听董俊说结婚的事要再等几年就忍不住着急，她是个死心眼的姑娘，从小家里的教育都是很严格的，当初董俊要跟她那个，她可是拒绝了好多次，差点都让对方生气了。后来也是她对董俊实在太满意太喜欢了，想着以后非他不嫁，才在结婚前给了他，人都是他的了，哪里还能再等？她和大多数傻傻的女孩子一样，想早点嫁给自己喜欢的人，生孩子过日子，生怕时间长了会有其他变数。

董俊看着她，满脸的不相信："你也别安慰我了，你那些朋友，虽然多数都能凑点，但是也没有什么特别能耐的，除了……"他说到这里突然停住，很明显是想说颜露。

颜露算是唐佳欣所有朋友中的异数了，漂亮有钱有能力。唐佳欣多数朋友都和她一样平凡，同种类型的人总是容易走近，但是颜露和唐佳欣走得却比其他人都近。明明她和唐佳欣性格相差十万八千里，却偏偏互相投缘喜欢得很。

他想，要那个女人出钱，恐怕不是那么容易，但是如果是佳欣跟她要，说不定就不一样了……

唐佳欣知道董俊刚刚想说的是谁，她不想让董俊再这样心神不宁了，在她看来，钱的问题是问题也不是问题。她也不管之前颜露跟她说过什么，此刻只是想安慰对方，所以说："阿俊，你别操心了，钱的事情，我已经解决了，首付没有问题的！"

"解决了？"董俊垂下的眼眸中有一抹光闪过，却不易捕捉，他转过头看着佳欣道，"你怎么解决得了？"

"呵呵，我今天早上和你通过电话之后，就找了颜露。"唐佳欣高兴地扯了扯被子，遮掩了上身，伸手去拿自己的包。

她的手短，够不到，董俊伸手帮了她一把。然后她从中取出一张卡来，在他面前晃了晃道："瞧见没有？里面有十五万！密码是我的生日！"

这一刻董俊脸上的表情很复杂，不知道是释然还是欣喜，抑或是松了口气。他笑了："佳欣，你居然真的去找了颜露！"

天已经大亮，他们都已经睡不着了，相互依偎着。唐佳欣听他说着将来什么时候还清贷款，什么时候买车，什么时候生孩子，这些细碎的计划，心里觉得踏实而温暖。她也开始想着，要怎么样布置那个房子才好，到时候还可以请朋友来玩。

他们说了很久，然后董俊睡着了。佳欣到了时间不慌不忙地起身，做了一顿丰盛的早餐，自己一边咬着煎蛋一边偷笑。原来生活可以这么美，等他们有了自己的房子结了婚，天天都会这么美！

她起身看了看睡熟的董俊，终究没有忍心喊醒他，他的压力太大了，昨天那么晚才睡着，让他多睡一会儿吧。帮他把闹铃调好，反正他上班的时间晚一些。贴了张小纸条提示他早餐可以放在微波炉里加热了吃，然后她轻手轻脚地出门去。

接下来几天，董俊好像又去外地出差了。唐佳欣回到住处的时候，只看到他留给自己的字条，说是公司临时又有事情。她没说什么，只是有点担心，他来不来得及赶回来，和自己一起去付房子的首付。

上班的时候，她没有再看到廖一航送廖俊俊来上学，每天基本上都是他们家的保姆来，会象征性跟自己了解一些廖俊俊的情况。说起来，廖俊俊是个很乖的孩子，在自己班上一向安静听话，一点都看不出他爸爸的影子。她心里觉得好笑，难道是因为之前颜露的话，她每天开始关注了起来？

她想着这些忍不住好笑地叹气，大冬天的在嘴边凝出了长长一道白雾，幼儿园的门缓缓在身后关上。她左手和右手各拉着一个小朋友往教室里面走，这时候幼儿园的广播体操音乐响了起来。

“快快，我们去做操啦！”她刚喊完，两个小朋友就挣开她的手跑得老远。

几个老师正从教室出来，看见这一幕都心惊肉跳地喊：“慢点儿，慢点儿，小心摔着！”

孩子们在操场上做体操的时候，自然有老师统一看着，忙了小半个上午的佳欣回到办公室想喝口水。她掏出手机来看时间的时候，才发现两分钟之前颜露来过电话，可能因为广播操的音乐，她没有听到。

她连忙拨过去，颜露接起，声音低沉：“佳欣，你在上班吗？”

“发生了什么事情？”佳欣没遇到过她这样严肃的时候，立刻紧张了起来。

“能请假的话就请个假吧，来老地方，我让你看点东西。”

05

依然是兰桂咖啡坊。

“啪……”一沓照片甩在唐佳欣的面前，她看到最上面一张时，脸色陡然就白了。她强压住心头的震惊，颤抖着伸手，拿过来，一张一张翻过去，瞪大眼睛眨都不敢眨，生怕错过了任何的精彩。

那交缠在一起的肉体、那一张张摆出各种花样的造型，还有那张熟悉的脸……为什么会有他？为什么这种照片的主角换成了他和别人？她怔怔地看着，突然反应过来，问道："露露，你怎么会有这些照片的？"

"怎么会有这些照片？"颜露叹息，"你不知道，你们家这个董俊最近可是出了名了！他经常拍这种艳照，然后勒索那些有钱的女孩，不给钱的他就直接把照片曝到网上去。"

"啊？"唐佳欣脸色顿时更难看了几分，艳照！勒索！

"你不会……不会也拍了，这种吧？"颜露看她这副魂不守舍的神情，讶然道，"你不会吧？"

"怎，怎么可能？"唐佳欣在她怀疑的目光下狠狠压下心中的震动，强笑道，"我要是拍了这种照片，嗯，被我爸知道的话，会打死我的！"

"嗯，这也对。"颜露点头，"你不知道，现在警方正在通缉董俊，天哪，你怎么找了这么个变态的男人？"

好像轰的一声，在耳朵里响起，接下来的话，唐佳欣都听不到了。

颜露刚刚说的话像是魔咒一般，反复在她耳边循环："这种照片一夜之间在各大门户网站几乎泛滥了，据说他还放话给举报他的女孩，如果不撤案，他会陆续把手上的照片全发出来，还有好几拨今晚就会发出来……”

她怔怔地起身，木然地对颜露说：“不好意思啊，我需要时间冷静一下，幼儿园里挺忙的，我不能和你聊太久，先走了。”

“嗯，改天再约。”颜露只当她是男朋友发生这种事情，受到打击太大，所以也没有再多说。

唐佳欣请了半天假，但是此刻她心里装着事情，哪里还能去上班？所以她出了兰桂咖啡坊的门就哆嗦着给幼儿园的园长打了电话，说家里有点急事，请到了一天假。

她急着回到住处，所以就打了个的士，坐在车上想心事。这种照片，甚至还有视频，她和董俊拍了不少，如果真的传了出去……想到这里她就觉得浑身发冷，这事的后果根本不是她能够承担得起的。

可是，颜露刚刚说过了，董俊经常拍这种艳照，用来勒索有钱的女孩。几天前，他回来一次，从自己身边把那张卡也顺便带走了，密码他也知道，钱应该都被他带走了。他虽然没有勒索自己，但是也算是从自己这里骗了钱，应该不会把那些照片放到网站上面去吧？明明知道这是一种侥幸心理，可是仍然忍不住会这么期望。

唐佳欣坐在车上心神不宁，一路上脸色阴晴不定，突然想起事情的关键还是在于董俊。想到这里，她连忙掏出手机来拨了董俊的号码，可是，那个号码居然……已经注销了！

董俊就这么消失了！

董俊消失这件事，直到晚上，唐佳欣坐在电脑前面都不肯相信这是真的。她仔细回想了一下自己和董俊交往的经过，似乎没有发现他是骗子呀！可是她认真回想对方究竟是做什么工作的，出差都干些什么，似乎一团模糊，他从来都没有跟自己提起过！或许自己问过，但是被他很轻易就绕了开去。

想到他种种让自己不解的地方，唐佳欣忍不住心惊肉跳，自己居然和一个并不十分了解的人恋爱了将近一年！她已经在很多地方看到了那些艳照，男方虽然很多都被打上了马赛克，但是已经有受害的女子曝出了男方的身份和照片。经过仔细辨认核对，她崩溃地发现，那些艳照的男主角，果然就是董俊！

唐佳欣浑浑噩噩地瞪着那几张照片，心里冰凉冰凉的。也不知道过了多久，电话铃响了，可是她已经没有力气起身去接了，但是电话仍然一个接着一个响不停。她突然回神，看着电话想：“是福不是祸，是祸躲不过！”

她的手指点了点鼠标，刷新网页，然后发现，又出了一组新的艳照。照片里的主角，那张脸，正在网上引起广泛激烈的讨论，那可不就是自己？

鼠标“啪……”地一声摔在了地上，唐佳欣愣在那里。虽然早有准备，但是当事情真正发生的时候，她只觉得像是一盆冷水从头淋到脚一般，寒凉刺心！

唐佳欣二十多年一直过得顺风顺水，虽然没有发生什么轰轰烈烈的大事，但是也有平凡安静的好处。她家的家教很严格，所以这么多年来她一直严于律己、规行矩步，可是这种事情，似乎在一夜崩塌了。当她的私密行为被赤裸裸地曝光于公众面前，她感到惶恐、羞耻、懊悔、绝望……

她想给家里的父母打电话，想跟他们忏悔，自己做了一件多么糊涂的事情。他们的女儿因为这件事情要给他们蒙羞了，或者下半辈子都不再有机会抬起头来。可是，她该可怜自己遇人不淑，还是责怪自己行为不检？她多希望这一切都没有发生，这样她的父母无须因为自己的行为被亲朋好友瞧不起，无须为自己的错误承担恶果。

刺耳的电话声响了一遍又一遍，她已经麻木得不想接了，为什么，为什么整个世界似乎都不想放过自己？为什么她现在觉得这么累？

06

该来的总会来的，据说最后一组艳照发出的那天晚上，董俊被警方抓住。所以接下来很长的一段日子，唐佳欣常常问自己："如果再早点抓住他，事情是不是可以变得不一样呢？"

可是，最后连她自己都瞧不起自己了。为什么要想这种不可能的事情呢？事情已经发生了，居然还想要逃避。

她已经待在家里很多天了，不肯出门，但是外面有那么多人那么多事情还等着自己。她的工作怎么办？她以后怎么见人？这是她这些天来一直在思考的问题。

第三天的时候，她终于鼓起勇气给幼儿园的园长打电话，她想要再请几天假。

电话接通的那一瞬间，她几乎想挂掉，或者立刻晕倒，这样就不用她自己说话了。可是，最后她还是张口道："对不起，园长，那个我……"

"佳欣，你已经请假将近一个星期了，而且这些天学校几乎被各种报刊杂志的狗仔扰乱了正常的上课秩序。"园长的声音里有浓浓的不满。

唐佳欣点头，随即补充道："抱歉啊园长，我也一直在家里，因为事情闹得有点大……"

她倒也想解释得清楚一些，可是这事情这么大，怎么解释得清楚？园长打断她道："你不用多说了。最近好多家长普遍反映，对我们园的教育很担忧，甚至已经有几个转学现象了。所以，我想，你可能不大适合再在幼儿园工作了。"

唐佳欣怔住，这算是把自己给炒了吗？她已经不知道对方说了些什么，只是不停地应声，最后电话挂断。她听着嘟嘟的断线声，心里很酸，偏偏泪腺早已分泌不出任何液体来。

她没有敢给家里打电话，只是反复看着手机里面的未接电话，短短两三天，已经有 200 多个，认识的不认识的，一个都没有接。她看过去，没有一个是来自家里的，或许，这是她最大的安慰？

正暗自庆幸，门已经被敲得震天响："唐佳欣，你给我死出来！唐佳欣！"

这是唐爸的大嗓门，酝酿着无限的火气。门已经被捶得快破了，唐佳欣一个哆嗦，慌忙起身去开门，正看见她妈搀着她爸的手，拼死拼活地拉着劝道："老唐，别敲啦，或许不在呢！老唐，你仔细你的高血压！"

唐佳欣听到这句的时候也看到她妈脸上的焦急神情，完了！她是想要说自己不在，劝唐爸回去，暂时缓和一下的，没想到自己居然真敢开了门！

唐爸看到自己的女儿，面色铁青，下意识抬起腿就踹了过去。唐佳欣躲闪不及，一下子被踹在了膝盖上。男人的力气毕竟不小，一下子就将她踹得跪在了地上，扑通一声响得很实在！

咝……肯定破了皮，唐佳欣感觉到有黏稠的液体从膝盖渗出，和裤子粘连在了一起疼痛难当。她跪在那里居然站不起来了。

唐妈听到声音，吓得脸都白了，拼命抱住了唐爸的腿，叫道："她爸，你轻点儿你轻点儿，这是你女儿！你不能往死里打呀！"

"不能往死里打？"唐爸想要再踹，却被拦住了，扯着嗓门骂道，"我们唐家几时出过这么伤风败俗不要脸的种？你好

如果时光能够倒流，
如果还能重新来过，
她会如何选择？

啊，连那种照片都拍，还上了网！你还要不要脸，你要不要脸？”他越说越火大，说到“要脸”二字时，他已经按捺不住，伸手就是一个大耳光，“啪……”的一声，抽得唐佳欣脸都偏了过去。

她眼冒金星，这几天没好好吃饭睡觉，早就有些透支了，这一个耳光来势汹汹，差点打得她昏过去。唐爸犹觉得不解恨，左右开弓又是几个耳光，丝毫没有留力，可见是痛恨到了极点。唐妈吓得连忙又去拽他的手，死死挡着他，对唐佳欣哭喊：“孩子，你快躲开呀，你快起来呀！你进去，进去躲躲……”

平时一直都安静的楼道里，今天突然变得这么闹腾，唐家三口在楼道口就上演了这么一幕，顿时引来不少好事围观的人。

唐爸光顾着发火，哪里管得上有谁在看，又是动手打又是动脚踹，嘴里还兀自骂道：“我叫你拍艳照，我叫你伤风败俗，我叫你不要脸！你怎么不去死，活着就想气死我……”

“原来是那个拍艳照的女孩儿，想不到居然住在我们这栋楼哎！”有好事人终于看出端倪来了，联系最近报纸上面火热的新闻，很快就跟身边的邻居交流着。

“是吗？”一个倒垃圾的大妈低着头想要看清楚唐佳欣的长相，嘴里啧啧道，“哭成这样，怎么也不像会拍那种照片的呀！”

另一个挎着菜篮从市场回来的大妈摇头：“哎，你这就不懂啦，现在的小姑娘太主动开放，什么都敢做，说不定还是她主动要求的呢！”

“乖乖，打成这样，脸肿得老高，血都出来了！”大妈倒完垃圾也没有转身离开的打算，站在一旁看着，脸上满是怜悯和可惜，“但凡早点教育好，怎么会出这种事情，现在打得这么狠。”

“是啊，这种事情啊，我看家长也推卸不了责任，光知道事后打，有什么用？又不是小孩子了，小时候家教不好！”

他们开始只是围观，后来居然直接针对唐家的家教进行指摘批评，传到唐爸耳里，更是讽刺。他气得嘴唇直哆嗦，突然捂着胸口面色铁青，整个人都说不出话来。

“她爸，她爸，你怎么了？哎，你别吓我啊，你消消气，她爸……”唐妈上前，连忙扶住他，连唐佳欣也吓得从地上艰难地爬了起来，上前扶住。唐爸陡然却像是没有了支撑的力气一样，眼睛一闭，身体软软滑落下去。

“她爸……她爸，你怎么了？你不要吓我，她爸，来人啊，救命啊！”

“爸……爸……”

……

07

今天恰好是周末，廖一航事情不是很多，早早就做完回家，然后带着有些发烧的廖俊俊来医院，打了一针。

他们走到拐角的时候，廖俊俊突然手一伸，指着前方道：“唐老师，唐老师！”

他顺着廖俊俊指着的方向看过去，正巧看到唐佳欣魂不守舍地坐在医院过道的椅子上，脸上的泪痕犹未干。

“俊俊，我们该回去了。”他拉了拉廖俊俊，没想到却没拉动。

廖俊俊摆了一下身子道：“不要，我好几天没看到唐老师了，她还在哭，肯定是生病疼了。”他说着小跑了过去。

廖一航没有想到俊俊会这么喜欢这个老师，怔了一下站在原地没有动。他站在那里，默不作声地打量着。

这个女人，偶尔他送俊俊去上幼儿园的时候会见到，经常笑眯眯，一脸温柔憨傻的模样，一看就知道是心眼很浅的女孩子。说不上喜欢或讨厌，只是觉得这样的女孩子很好骗，这不，再次对她印象深刻就是这几天的“艳照事件”了，没有想到她会是女主角之一。

作为出名的网络公司老总，旗下也有几家门户网站，所以他能够第一时间了解到这些消息，那些照片他也瞥了几眼，一下子就认出了这个女孩。艳照分了好几拨，她是最后一拨曝出来的，也是引起争议最大的，因为长相实在干净单纯，再加上她在照片和视频中含羞带怯的模样，一看就知道这些都是相当挑战她底线的行为。可能是因为习惯了顺从，也可能是因为太爱对方太相信对方，她最终还是半屈半就地拍了这种东西，在网上成了笑柄。无数网友骂她“脑残”、“装纯”、“犯贱”什么的，甚至人肉搜索出她的工作地点，给她的日常生活造成难以估量的影响。

谣言、诽谤、中伤……发生这种挑战社会伦理道德底线的事情之后，她自己和她的家人要承担的，是永远都无法真正平静的生活。争议和话题不断，许多媒体记者都等着找出她来，想要把这事情继续炒作下去。他干这一行，对这些手段再清楚不过。

“唐老师，你是不是很疼？”廖俊俊睁着大眼睛站在一旁，唐佳欣顿时回过神来。唐爸刚刚送去抢救完，之前他情绪波动过大，高血压犯了，血管破裂，现在还没有脱离危险。医生说过，不要再受任何刺激，不然就真的没办法了。

唐妈哭得差点昏过去，听了医生这么说一下子就把唐佳欣赶了出来。她说，就当自己没生过这个女儿，只求她别再来刺激她爸。虽然她一直都是向着女儿，不想看她受伤害的，可是她的无知行为已经给这个家庭带来前所未有的灾难。他们老夫妻俩一辈子清清白白，哪里受过异样的眼光和指指点点的侮辱，生了这样的女儿简直是辱了门风。她更不希望自己的丈夫被女儿活活气死，憋着这口气全部都发在她的身上。

唐佳欣一个人坐在走廊里，正巧遇上自己班里的小朋友，连忙抹着眼泪说：“老师不痛，俊俊怎么也在这里？”

“俊俊生病了，我带他来打针。”廖一航站在她面前还是让她多少有些吃惊，他面色冷冷地瞥着她，也不知道是淡漠还是嘲讽，“惹出这么大的事情还敢在公共场合到处乱跑？你现在可是上过头版头条的明星了！”

唐佳欣咬着嘴唇不说话，她知道这还不算最尖酸刻薄的，以后自己要遇到的会更多。

“廖先生的风度都丢了吗，什么时候连一个女人都不肯放过了？”颜露赶来的时候，急急忙忙替自己的好朋友解围，拦在他们两个人之间，浑身都散发着战斗的气息。

廖一航显然也没有跟她继续废话的兴趣，带着廖俊俊转身离开了。

08

不管是廖一航还是唐佳欣，显然都不会意识到，他们还会有再次见面的机会，而且是在那样的场合。

那是两个星期以后，某个电视台做的某个娱乐节目。主题是“网络风潮”，主要是想讨论当下流行的一些网络现象，请了许多网络话题人物，还有时尚界先锋人士。唐佳欣是“艳照事件”中最受关注和争议的人物，而廖一航是网络公司老总、门户网站的精英代表，他们面对面坐着的时候，彼此都有一些尴尬。

在这个男人面前，唐佳欣觉得好像什么都被看透一般，上次在医院，他的那些话，似乎对自己了解得十分透彻。他的目光锐利如鹰隼，让她喘不过气来，有一种想要逃的冲动。自己的事情并不光彩，在这个出色的男人面前，自己越发显得渺小卑微。看到他嘴角的冷笑，她是如此紧张拘泥，所以，台上的主持人重复了几遍她的名字，她都没有听到。

直到身边某位嘉宾不顾在电视里的形象，稍稍碰了碰她的手臂，她才恍然："什么？"

她迷茫的神色懵懂如同一个孩子，即使上节目，她脸上的妆容也是淡淡，口红涂得颜色浅浅。廖一航看似不经心，实则一直在偷偷观察她，这样一个没有太多欲望的女生，如果没有看过那些艳照，几乎都难以将她与之对等起来。

他也不知道自己怎么会有这种复杂的心思，一边为她的天真无知而惋惜，一边又为她今天来参加这样的节目而愤怒。是不是自己看走眼了？其实她也和那些借着话题炒作自己、费尽心机往上爬的女星没有什么两样，她也想红，也想上电视，借着这个艳照事件进入圈子里，名利双收！

其实，前几天在医院见过她之后，他曾经吩咐自己的助理去交代过：公司各个栏目的负责人，严格把关论坛内容，把艳照肃清，相关评论报道都需要对受害人给予一定同情，而不是无原则地指责谩骂，对于行为恶劣的给予封 ID 的处分。

他旗下的门户网站已经尽可能消弭这件事情带来的恶劣影响，可她居然还自投罗网地把自己送到公众面前来，她是想要干什么？廖一航甚至有些责怪自己，身为网络公司的老总，有的是利润等着自己去追求，怎么还会浪费时间和心思在一个不相关的人身上？他深深吸气，闭上眼仿佛就能看到她每天早上站在幼儿园门口接小朋友的样子，脸上还挂着淡淡的笑意，清纯可爱。然后画面一转，又变成她脸颊高高肿起，嘴角渗血，坐在医院走廊里无声落泪，楚楚可怜的模样。

这个女孩，真是让他看不清。

主持人重复了一遍自己的问题，问的是唐佳欣怎么看待自己现在突然在网上爆红的现象。那个女主持人望着她，眼神中满是鄙视不屑的笑意。

“我……我……”唐佳欣低着头，脸又红了，非常局促不安地搓着衣角，她小声说，“对不起，是我对不起大家。因为自己不懂事，拍下这种东西，流传到网上造成了不好的影响，对此我感到很抱歉……”

“抱歉？你认为这是简简单单一句抱歉就能解决的吗？”女主持人突然激动起来，简单粗暴地打断了她的话，言辞激烈，“你知不知道自己的视频这样大肆传播，会给我们的青少年身心健康造成怎样的影响？你知不知道，在娱乐圈，许多女明星可能十年、二十年都出不了头，可是你，你这样的手段，一下子就走红网络。你不觉得这样对她们是很不公平的吗？难道走红就要用这样的手段吗……”

演播厅里充斥着这女主持娇嗲侬软的普通话，绵里藏针，却没有一个人多说一句。大家都沉默地听着，看着。虽然这个女主持的嫉妒和不满表现得过于明显了，但是他们觉得艳照事件的女主角居然敢来电视台炒作自己，就该有相应的厚脸皮来抵挡接下来的风雨。

廖一航眉头皱起地看着唐佳欣，她眼圈都红了，显然从来没有经历过这样咄咄逼人的阵仗，甚至连思想准备都没有。如果她真是为了炒作自己为了红，怎么可能？

“对不起，对不起？我不是故意的，我为我自己的无知道歉！”唐佳欣早就没有主意了，她从小在父母朋友的关怀下长大，几时受过这样的刁难？

又有媒体记者当场提出疑问道：“请问，现在事情已经过去这么久了，你也已经红了，说出来也没什么关系。我们想请你说真话，你的背后是不是有团队在操纵这个事件？”

“没有。”唐佳欣眼角泪花闪烁，却咬着嘴唇不让它落下。

“真的没有吗？你说出来，没有关系，你起码应该还公众一个真相，给我们一个交代……”

唐佳欣终于哭了，她当场失控道："没有，我说了，没有，就是没有！没有哪个女孩会拿自己的这种事情来炒作！"大概是觉得太过屈辱，她撒手就跑，场面顿时陷入混乱。

女主持人在她身后尖者嗓子叫："怎么会有这样的人？问两句问题就装可怜，撒手就跑！"

廖一航看着她跑的方向，也从自己的座位上站了起来，跟在她身后。走了几步在僻静处拉住她道："你是脑残吗？又不想炒作不想红，来参加这种节目干什么？"

"关你什么事？"唐佳欣本能地挣脱，这些精英名流，骨子里看不起自己，不过是想要把自己拉到公众面前羞辱批判！

这时候节目组的导演追了上来，也不管廖一航站在旁边，呵斥道："唐佳欣，你怎么搞的，不是说好录一次节目两万块吗？你中途闹脾气，不想干了？"

唐佳欣脸色一僵，原本准备转身就走，陡然停了下来。

"一次节目两万块？"廖一航嘴角冷笑，"你很缺钱？不惜跑来丢人？"

"丢人？你们随便侮辱吧，没关系。我只要钱。"唐佳欣深吸一口气，对导演道，"走吧，我们继续。"

"不准去！"她的手被廖一航拉住，他脸色铁青，眼里几乎冒出火来。

"不去？我被那个混蛋骗了十几万，有十万是我朋友的，你让我怎么还？我爸血管破裂还在医院，没有钱怎么维持高昂的药费?”唐佳欣突然蹲下来，头深深埋进了膝盖里，哭得哀恸而无助。

廖一航呆立当场，那天在医院，就是他讽刺她的那次，她父亲当时正在医院?

“喂，小张，你回去，让那几个记者把今天现场拍的照片和视频好好整理，尽快发报道。报道的主题围绕电视台恶意炒作，女主持咄咄逼人侮辱人格这些来写，突出艳照事件的主角其实也是受害者，呼吁社会放过她们。”他面无表情地打电话，不管电视台导演目瞪口呆地站在一旁。

唐佳欣埋在膝盖里哭泣，也听到了他的吩咐，惊讶得忘了哭，抬头头正对上他温和的目光。他向她伸手:“来，站起来。”

她眼中满是疑惑的神色。

“走，我们先去医院，把医药费交足，问问病情。”

09

各大媒体头条总是不缺新鲜热辣的八卦。短短一个月的时间，人们似乎已经忘记了那一张张艳照里的女主角，取而代之从他们不停张合的嘴里蹦出来的名字，已经是那个被拍到车震的三线明星。

佳欣在病床前安静地剥着橘子，一瓣一瓣地递给唐爸。

唐爸接过橘子，脸色依旧严肃，只是眼神里却闪出一丝不易察觉的怜爱。随着时间一天天过去，父母对唐佳欣的态度也渐渐缓和，毕竟是亲骨肉，哪有不心疼的道理。

“别给叔叔吃那么多橘子，小心上火。”廖一航又掂着大包小包走进了病房。“叔叔，看我给您带什么了。”

“一航来啦，你又买这么多东西干吗，上次买的还没吃完呢。”唐妈热情地迎了上去，廖一航这段时间对家里的帮助她不是不知道，要不是有他，那段噩梦般的日子不知道自己这一家子怎么熬过来，这个年轻人她是发自内心地喜欢。

“您别光给叔叔吃呀，您和佳欣都得多吃点，看这段时间你们都瘦了，好看是好看，可看着是要心疼的。”廖一航讨好地作势往唐妈身边靠。“这个油嘴滑舌在自己亲妈面前铆足劲卖乖的家伙，真的是当初认识的那个高高在上冷酷寡言的大公司老总吗？”唐佳欣无奈地一笑，心底却泛起了一丝甜蜜。

如果没遇到那个人渣，如果没发生那样的事情，是否还能遇到他呢？如果时光能够倒流，如果还有重新选择的机会，她会不会愿意再经历一次那样的伤痛来换取与他的相遇呢？答案她自己也许都不确定，她不确定会和廖一航发展到什么程度，也不知道结局会不会是好的。但她知道，最起码此时此刻是对的。

发生既是对的，命运自有安排。

第三篇

双面

SHUANGMIAN

01

“可人，醒醒了。可人……时间不早了，你该起来了。”

恍惚间有人在耳边轻轻唤着自己的名字，还不停拍打着自己的脸，她皱着眉头嘟囔：“别吵，让我睡一会儿，累死了！”

“可人，不能再睡了，你睡了很长时间了，快起来，去晚了会被老薛骂的！”那人依旧锲而不舍地在她耳边唤她。她最烦别人在她睡觉的时候唧唧歪歪了，被打扰得火从心中起，反手一巴掌就甩了出去。

“闭嘴！”

干脆利落地落在男人的左脸上，发出响亮的声音，世界仿佛顿时安静了下来。男人错愕地看着她，似乎还没有从这一巴掌中醒过来。

她也没有想到自己真就这么准抽到了他，一下子睁开了眼，隐约可以看见男人捂着脸的动作。外面夜幕低垂，屋里没开灯，看不清楚他脸上的表情。她心里有些后悔不安，但是不见对方有任何反应，心里又涌起了淡淡的愤怒。他当初是什么样子，怎么现在变成了这样一个男人？

张可人嘟囔道：“以后不要在我睡觉的时候吵我，我会很暴躁。”

他没有说别的，只是淡淡地说道：“时间差不多了，你该去上班了。”

“王子健！”她的嗓门陡然变得尖利，隐隐有不满蕴藉。对方却似乎早有准备，只是不说话，但是她一抬眼就能看见对方的眸子在黑暗中看过来，不闪不避。

“我去上班。”对峙了大概有一分钟的时间，张可人终于从暴躁的边缘脱离，从床上慢慢爬起，穿衣服。王子健不知道她的脾气从何而来，只是跟在她找裤子的身后，突然抱住了她。

他的双手慢慢穿过她的腰侧，将她的身体搂在怀里，像许久之前一样，熟练地亲吻她的耳朵。张可人没有做好准备，身体一下子僵硬了，站在那里一动不动。

他的手开始不老实地上下摸索，连呼吸都变得有些异样，热热地呵在她的耳朵上面，像是对她很有感觉。可是下一刻，她就反应过来，冷笑着嘲讽他：“王子健，你不嫌脏吗？”那么多男人碰过的身子，连她自己有时候都嫌弃，他不嫌脏吗？

这回，换他的身体僵硬了。

张可人很敏感地感觉到那一刻他的变化，越发心寒，微微一挣，就从他的怀抱中脱身出来。她一边调整着被他扯得歪斜的文胸，一边站在门口换鞋，临走时又若无其事地对他说：“这些天我会比较辛苦，情绪不大对劲，你多体谅。”

她辛苦，他也不舒服，其实大家都不糊涂。

02

午夜时分，城市大多都已入睡，却总有一条街热闹得不像是在夜里，玫红色的灯光像情人暧昧的唇，挽留住一个个来到这里的人。小巷深处女人的笑声肆意轻佻，荡漾着无尽撩人的春意。

这条街叫作“夜街”，白天它不过是安静得不起眼的一条街，但是到了晚上，它却是这个城市最快活最逍遥的地方。这里的每一家店都是白天休息，晚上工作，流动着这个城市最混乱的人群，甚至每一家都会有不少见不得光的事情。但是，这么久以来，从来没有见哪一家店出过任何事情，因为谁都知道，能在这条街上开店的，或多或少都有点黑道背景，甚至和警方也有着千丝万缕的关系。

张可人在其中一家叫作“魅惑夜色”的夜店工作，来这里两三年了，凭借她的脸蛋和身材，在店里算是顶尖的，所以一群姐妹中，数她最受欢迎。

正值秋天，天气渐渐转凉了，她穿着一件又长又厚的大衣过来，从街口经过还是有些瑟缩。负责带他们的薛经理早就站在门外张望，远远看见她就喊：“祖宗呦，您倒是快点，今晚都忙死了，你还不让我省心！”

她紧赶慢赶了几步进店里，顿时觉得暖和许多，耳朵一下子就被喧嚣吵嚷的音乐震得生疼，只是站在舞池外面瞥一眼，就知道今天的客人很多。一群妖孽疯狂地跳舞，扭腰摆臀，十分投入。这里有些乱，什么样的人都有。

薛经理见她还站在旁边打量，连忙凑在她耳边说话，但是因为周围声音实在太嘈杂，根本听不清说了什么。从他脸上焦急的神情，张可人还是能够猜到几分，是怕她动作太慢，惹得客人不开心。

她把包往肩上一靠，然后绕着场边往休息室去了，走到里面才听见一直跟着她的薛经理说："你瞧见没有，大家都到了。你今晚要招呼的客人可不是一般的小角色，老板还指望着以后拓展生意呢！"

他这么一吆喝，房间里所有女人的视线顿时都若有若无地集中到了张可人的身上，有嫉妒，有羡慕，也有愤愤不平……进这行这么久了，她经历的事情太多，同行之间相互挤兑不算什么罕见的事情。

张可人轻轻解下身上的大衣拉链，露出里面高档的衣裙，穿得很性感，该露的露，该收的收，很好地展现了她完美的曲线。

顿时有女人尖叫："哎呀，这身衣服是在友谊买的吧？要上万的！"周围先是一静，继而一片大小不一的感叹声，伴随着不同音调长短，传达着尖酸或鄙夷，大家都在消化这句话。

不用看都知道是那个叫苏思瑶的女孩，她刚进这家店不过一年的时间，就隐隐在业务上压过了许多资历更老的。近来这女孩得到了本市最大的家具老板青睐，在店里更加嚣张放肆，许多“老人”都不放在眼里。她在这么多女孩子面前夸张可人，分明就有唯恐天下不乱之嫌。

张可人眼睛微微眯起，果然听见旁边有人在小声议论：“不会吧？这么贵？难怪她不挑活？”

“哼！都干吗呢？没事儿在这里说是非，还不如赶紧去招呼客人，多拉住几个硬角色，你们想穿啥穿啥！”薛经理不满地瞥了一眼苏思瑶，对女孩子们教育着。

张可人懒得理会这些纷争，她的漂亮在这群女孩子中间是最明显的优势，无论什么时候，她都有足够藐视她们的资本。所以，她一如既往地把背影留给她们，朝着最里面的包厢而去。

所有女孩都知道，今晚张可人要招呼的，是一位重量级人物。“魅惑夜色”的重量级人物，一般也只由她一个人招呼。

进到包厢，张可人才相信老板之前在电话跟她交代得郑重其事不是无的放矢。

这位贵客的确很有范儿，即使包了这么大的包间，也仍然孤零零坐在沙发上。他的小弟们全都恭敬地站在身边，人数众多却听不到一丝喧哗，气氛凝重得很诡异。

他戴着墨镜，身处在彩灯摇晃的房间里，显得有些不伦不类。虽然张可人看不见墨镜下的那双眼，但是她完全能够感觉得到，对方的目光一直若有若无地扫在自己的身上。

张可人没有想到，这种在电影电视里才能看到的黑社会造型在现实生活中居然也能出现，原来，那些都不是随便编造出来的。她慢慢吞吞地向场子中间走了两步，然后就听到身后的门“吱呀”一声被推开了。

她惊讶地看着苏思瑶进来，想不出她突然出现的理由。苏思瑶似乎很乐于看见她一脸错愕的神情，毫不拘束地扭到沙发前面道：“这位大哥，你好，是老板让我过来陪您的，我叫瑶瑶！”

她这么一说，张可人顿时明白了过来：她是来抢自己生意的！张可人心里噌噌地冒着火，却不方便在脸上露出半点，毕竟是同一家店的姐妹，让外人看笑话倒是坏了店里和气。苏思瑶却似乎故意一般，转头深深看了她一眼，毫不掩饰那一丝得意的笑容。

早就不止一次在私下听到有女孩儿议论她的不是，但是如今这种事情居然发生到了自己的头上，张可人还是有些不满的。她站在原地，静静看着苏思瑶。

戴墨镜的老板晃动着手中的酒杯，杯中红酒光色潋滟，折射出一种迷幻的光芒。他开口，声音很低沉，但是房间内众人都能听得清楚：“你老板让你怎么称呼我，大哥？”

“呃……”苏思瑶愣住，这一刻她有些后悔，自己怎么会一时想不开，非要出这样的风头？本想让张可人面子上下不来，但此刻那个戴墨镜的居然和以往那些老色鬼完全不一样，让她倒不知如何是好。

她根本不是老板让过来的，又怎么可能回答？

老板不说话，过了一会儿指着张可人道："你呢？你也是老板让过来的？"

张可人点点头："他说，可以称呼您喜哥。"

张可人觉得，有时候，只用一句话就可以去伪存真的话，那就只用一句话。这就是老板最喜欢她的原因，说起来，店里也不是没有像她这么漂亮的女孩，只是因为口舌太多，所以注定不讨喜。张可人从小地方来到这里，为了养家糊口不得不出卖身体和青春，目的明确却从不惹是非，所以让老板放心。

喜哥和他那堆手下显然从房间里这两个女人的身上看出了点名堂，他突然笑了："没想到，这家店子还这么有意思，你们老板真有一手，手下的女孩子小小年纪就这么本事。"

张可人板着脸不说话，倒是苏思瑶偏偏唯恐天下不乱地挤兑她："可人姐，你怎么还站在那里跟木头似的呀？老板不是让你好好招待喜哥吗？"她一边说一边往喜哥面前多走了两步。

喜哥也随着她道："是呀，我看着怎么都觉得，这个自愿过来的小姐比你更热情大方些。"他的手揽上苏思瑶的腰肢，淡淡道："难道你不愿过来？"

张可人摇头，正对上苏思瑶挑衅的眼神，笑道："不是不愿，是这位苏小姐比我服务更周到热情些，我觉得一个人陪着喜哥可能清静些，两个人就太吵了。"

她说着转身就走，头昂得很高，身体也挺得笔直，态度别提有多傲慢无礼，心里却跟擂鼓似的忐忑不安。待门在她身后关上，她整个身体才突然松软了下来，再也撑不住刚刚的骄傲姿态，一下子靠在了墙上，拼命地喘着粗气。

刚刚屋子里那么多男人，都是喜哥的手下，只要喜哥一声令下，就能把她拎回去。她也是被苏思瑶这种不懂规矩的做法惹得怒火攻心了，不然怎么会做出这样危险的举动？

屋子里，喜哥突然抬手，一巴掌抽得苏思瑶摔在了地上，然后又拎起了她长长的头发。

"啊！疼，疼！"苏思瑶的脸疼得变形了，她自己也没有想到，刚刚还对自己很满意的这个男人，怎么一转眼就下手打她。

"是不是不明白我为什么打你？"喜哥居高临下地看着她，"因为，我喜欢打人！而且，不听老板安排的下属，是我最讨厌的！"

03

"魅惑夜色"包间的隔音效果很好，屋内的女人被打得尖叫哭泣，外面也不会传出任何响动。门外，张可人心有余悸地站直了，然后飞快地往外走，拐了个弯差点和一个男人撞上。她拍着胸膛道："哎哟，吓死我了，薛经理你差点吓死我，这都几点了，你不在前面盯着，怎么跑 V1 来了？"这个包厢处在整个店的最里面，几乎都不开放，除非是顶级重要的客户，老板才会开放出来。薛经理虽然管着店里所有姑娘的事情，但是也不会管到这里来。

张可人有些意外，薛经理却更是紧张，一把拉住她，头朝走廊里看了一眼，发现里面那个包厢没有人跟出来，才又拉着张可人往外走了几步，问她："你怎么回事，这么快就出来？上洗手间？"

张可人摇摇头。

薛经理顿时瞪大眼睛奇怪道："那个人对你都不满意？"

"他对我满不满意我不知道，但是我知道，他现在对苏思瑶应该很满意。"张可人冷笑道，"薛经理是真不知道，还是装作不知道？"

薛经理听了张可人的话，脸色顿时变了："可人，你这可就伤我的心了哈，你进店里这么多年，我对你怎么样你不可能不知道。我也是刚刚听君君这小妮子说，才知道的。"

可人刚刚就留意到了，薛经理走路的方向正是包厢这里，而且走得很匆忙，分明是因为包厢这边出了他无法及时预料的情况。如果苏思瑶是他默许进去的，他这会儿不可能出现在这里。

平日有客人来这里的时候，一般是不允许任何人靠近打扰的，甚至还有阿威在角落里照应着，现在居然没有看见阿威的身影，想想也该明白苏思瑶是走了这一层关系进去的。张可人早就想通了这点，但是她偏偏装作不理解的样子。果然看到薛经理脸上露出恨恨的表情，解释道："你不知道，我刚把阿威喊到休息室问了才证实了这个事，瑶瑶真是胆大包天，公然违反店规，跟自家姐妹玩这种伎俩，老板知道了不会放过她的！"

张可人听他这么说，才算是放下心中芥蒂的样子，赔着笑道："哎，听你这么一说我才算是放心，说起来我刚来的时候，就属经理你最照顾我，好不容易混到如今，我们也都不容易。如果因为一个这么胡作非为的小妮子闹出了不愉快，那真的是没意思了。"

她故意装作误会的样子，不过是为了逼薛经理表态，他不会包庇苏思瑶的这种行为。只要他不纵容，自然不可能会和苏思瑶站成一线。人这一辈子，难免会面对各种选择，选对了才能继续往下走，选错了……表面看来她给薛经理一个选择的机会，其实何尝不是给自己另一个选择。

张可人知道，薛经理之所以会选自己，最主要是因为自己更让他放心。在这个店里混了这么久，她一步一步奠定了如今的位置，可不是光靠一张脸蛋。苏思瑶年轻气盛，平时没少得罪人，如果要和她站成一线，以后自然要帮她处理许多烂摊子，肯定没有安生日子可以过。此外，苏思瑶在这件事情上面充分显示了不把薛经理放在眼里这个事实，所以薛经理更加不可能会站在她的身后挺她。这事情还没完，早晚会有一个说道，起码薛经理不会这么轻易放苏思瑶过关，很快就会给自己一个说法。所以她不用急，再等一两天，就该有热闹看了。

薛经理还是不大放心包厢里边的情况，跟张可人表明态度之后，又急匆匆朝里边去了。张可人朝着他走去的方向冷冷一笑，随即进了休息室。今晚本来只安排她接待这个重要客人，把其他所有常客都摒除在外，所以，现在她反而变得清闲了。要她在前面场子随便等一个有钱男人来搭讪，她也失去了兴趣，谁知道会不会再来一个小妖精像苏思瑶这么赤裸裸地在自己面前抢客呢？她不想在大庭广众下再一次甩脸子走人，索性放自己一个假，直接回家休息。

卸妆，换衣服，从后门僻静处走，张可人看见一个男人被两个穿着性感亮片衣服的女人拖曳着摇摇晃晃地往前走着，瞧这情形已经是醉得神志不清了。其中一个女人一边吃力地扶着，一边娇笑着念叨：“王老板，您小心呀，开了那么多酒，幸好都喝了，不然太浪费了，呵呵呵……”

另一个女人听了骂她：“君君，你个坏丫头，还不是你今晚骚得够劲？不然这个老头子能被你忽悠得开这么多酒？瞧他现在喝醉了，睡得跟死猪一样沉，还要连累我们姐妹俩送他回家。”

张可人心中一动，不由得抬头多打量了那个叫君君的女人几眼，眼生，又是一个新来的。听见她得意地说：“什么叫骚呀，你不也一个劲劝吗？谁让我们现在只能陪酒，客人多开点酒，我们才能多赚点呀，大家都不是傻瓜！”

正说着，她们已经走到了这条巷子的尽头，是一条很大的马路，边上停着不少的士，许多司机已经习惯了等待在这里，因为午夜场会不时有客人喝醉了从这里离开。

那个叫君君的手一招，对面停着的的士就有开始往这里行驶，她对另一个女人笑道：“你先回去继续陪着吧，别冷了场子，我送他上车。”

那个女人答应了转身，张可人连忙低头，搂紧风衣，跟她擦肩而过，没有被认出来。

君君吃力地扶着那个王老板上车，好不容易把他肥胖的身子塞进车里面，然后直起身来，回头张望。张可人这时候已经拐了弯走了十几步，转身正看见她这个动作，心里不由得想：果然如此。她装作不经意地回头，继续走了几步，的士从她身边开过，很明显可以看见车后面除了那个王老板，还坐着君君。

店里新来的这批妞儿真是心眼一个比一个多，她一边想一边突然觉得心情愉悦了起来。

夜色低沉，张可人很难得这么早回家，她有些不习惯，究竟是睡觉呢，还是干点别的？她用钥匙开门的时候，王子健正目不转睛地对着电脑，屏幕上红红绿绿战况激烈的样子，根本顾不上周围。

张可人瞧着他胡子拉碴的模样心里就有几分不舒服，高跟鞋重重踹在门上，发出老大的声响。王子健再怎么投入在游戏中，也不可能听不到这么响的动静，连忙转头来看，脸上兀自带着惊慌失措的表情，就被游戏中的对手一枪爆头了。

“你怎么了？”王子健瞧着张可人的脸色不大好，慌忙放下手中的游戏道，“是不是遇到了什么麻烦的客人？”他知道这个点儿，张可人一般是在陪客人唱歌喝酒的，晚点兴许还要去开个房什么的，不可能这么早就回来。她这样反常的举动让他不由得揣测起原因来。

张可人摇头道：“今天出了点特殊情况，但是目前已经解决了，我也累了，索性早点回来睡觉。”

“嗯，偶尔早点回来也好，放松一下吧。”王子健关了电脑站起来，慢慢走近张可人，看了她几眼。

张可人只觉得有些奇怪，等待自己的脸被对方慢慢托起，才惊讶地看着对方。王子健有多久没有这样看着自己了？一个月？半年？或许不是他不想，只是现下的生活不允许，他们很久没有这样的机会。

她的工作就是这样，夜里在欢场中流连欢愉，白天回家昏昏沉睡。一般人有谁的生活是这样？

她回家的时候总是凌晨，那时候王子健还睡着，不可能和她说话。

她醒来的时候又是夜幕降临时，王子健醒着，她却不得不去工作。

朝夕更替，这就是他们各自平行的生活，被现实蹉跎成了这样。张可人已经不是第一回想到他们现在这种诡异的状况，好在她忙得跟陀螺似的，根本没有机会想太多。但是今天，她突然清闲了下来，经过白天整整一天的昏睡后精神也很饱满，再加上久违的这点温柔，让她不由不想。明明在以前是很稀松平常的举动，为什么今天让她有想哭的冲动？

04

张可人洗完澡回到卧室的时候，王子健已经躺在床上了，厚厚的被子被他裹成一团，连头都埋在被子里面看不见脸。

她坐在床边沿上，知道他没有睡着，两个人都沉着气不说话。她许久才幽幽道：“王子健，我们分手吧！”

王子健猛然掀开被子，坐了起来。因为刚刚小心翼翼地呼吸，掩饰自己没睡的事实，现在他大口大口地吸着气。床头晕黄的灯光照在他的脸上，棱角有些狰狞。他原本该是个长得挺周正的男子，如果忽略他额头上方至脸颊的那块伤疤的话……那条伤疤硬生生从眉毛中间延伸下来，虽然已经好了，仍然消磨不了深深的印记。原本一直在张可人面前忍让的男人，此刻却怒气冲冲："你想了多久，就为了跟我说这个？怎么，你找到肯给你下半辈子幸福的男人了？"

张可人转头看他，神色鄙夷道："给我下半辈子幸福？这不是你曾经许下的承诺吗？怎么，如今反变成别的男人该做的？"

"妈的，你得意什么，你不过也就是个婊子！"王子健愤怒了，他在这个女人面前越来越没有爷们儿的尊严，之前催她去上班被她打的那一巴掌，看在平日里给钱的份上也忍了，没想到才短短几个小时，她莫名其妙不接客了，回来就是为了跟自己说一句分手！

分手？没这么容易！他恨恨地想着，老子离开了你难道去死？他瞧着张可人此时嘴角的笑意，突然怒从心中起，顺手一个巴掌抽了过去，"老子现在提醒你谁才是你男人。"

"啪……"的一声，响亮干脆，把之前她甩自己的还了回去！

张可人的脸被抽得偏了过去，嘴里有血腥气，应该是破了皮，她呸地将一口血沫吐在地上，叫道："王子健，你也算是个男人？"

"老子不算男人？"王子健陡然被她这句话激怒了，像只凶狠的野兽扑了过来，一把将她的头按在床上的被子里，扯着头发道，"什么是男人？能上你的就是男人？老子也能！"

"能？你来呀？"张可人死死挣扎着，听着他这话故意笑得很嚣张肆意，"你有几年没碰我了，要不今天就来？"

她的手原本胡乱扒拉着，说到这句的时候，突然伸向被窝里摸去。王子健顿时像受了惊的蚂蚱似的跳了起来道："张可人，你干什么？"

"干什么？"张可人站起身来，瞧着他穿着秋裤，站在床上满脸惶恐的样子，忍不住冷笑，"反正在外面是卖的，对你我免费，你还不要？我这脸蛋儿和身材，是个男人都不会拒绝吧？"她一边说，一边就开始脱衣服，三下五除二就把衣服脱得干干净净。

床头的灯光均匀撒在她的身上，肌肤紧致细腻，腰腹没有一丝赘肉，在风尘里摸爬滚打这么久了，居然没有一丝疲态，这种情况真的很罕见！店里的那些姑娘都不敢相信，她从事这个行业有很久了。这么好看的身体上面，连一颗痣都没有，连女人都羡慕嫉妒恨，男人看了能不喜欢？

她踢开脚边的鞋子，慢慢朝床上的男人走去。免费和"魅惑夜色"最受欢迎的小姐上床，是个男人都会羡慕死。可是，床上的人却扑通一声跳下床，慌慌张张道："可人，别，穿上，穿上衣服，别着凉了！"

张可人怔怔地看着王子健光脚站在地上，像是不相信，他会突然做出这样滑稽可笑的举动，然后爆发出笑声。

"哈哈哈哈……"

"你笑什么？"王子健一边麻利地穿上牛仔裤，套上衣服，一边心惊胆战，不知道她究竟是怎么想的，原本想要挽回男人尊严的他，此时再次落在了劣势上。

张可人笑得眼泪都流了出来，顺势躺在床上捂着肚子，半天才停下道："王子健，别装了，你他妈已经不算个男人了。"

"张可人，你别胡说……"

"怎么，想不承认？以往你一个星期和我几次？这几年你就算再喜欢赌桌，能真的光要麻将牌九不要女人了？"

"我那是……"王子健眼神闪烁不定。

张可人却挡住他的话道："你以为我真的不知道？你忘了我每天早上回来你还睡着了？有的是机会验证我的猜测，你根本就……"

王子健陡然吼道："别说了……妈的，老子让你别说了！"他额头的青筋都爆了出来，似乎很生气。

张可人却笑："趁着今天老娘心情不好，咱就把话说清楚吧，以后各走各的路，别纠缠不清了……"

她的话刚撂下，门就"嘭"一声响，王子健已经冲了出去。

张可人一下子瘫倒在了床上，面无表情地看着天花板，久久终于叹了口气。

终于，终于还是跟他挑明了！

王子健最不想被自己说出来的秘密……在他抢走自己辛苦几夜挣来的皮肉钱的时候，没有说出来；在他偷走自己攒在箱底的私房钱的时候，没有说出来；在他被赌场的人上门要债砸东西的时候，也没有说出来……没有想到，会在这个时候说出来。

每次他来跟她要钱的时候，她就嘲笑他不算个男人。她知道，他也不想，可是他忍不住。长期以来混迹赌博场所，他的瘾很深，就算极力尝试把自己关在屋子里打游戏不出去，他也控制不住。一个人，无论是染上了毒瘾，还是染上了赌瘾，都是一件可怕的事情，因为这两件事让人不干正事，而且挥金如土。

有多甜蜜的曾经，就有多好笑的现在。曾经为了自己可以连性命都不要的男人，如今却要靠自己出卖肉体来挣钱养活。

可是，相互依靠变成了相互折磨，究竟是因为什么呢？张可人坐直了身子，看见对面衣橱上的大穿衣镜，镜子里的自己面貌依旧，可是灵魂早已苍老。这张脸多好看呀，以前是青春靓丽，现在是成熟妩媚，全都是因为这个吧？她痴痴看着，不由得慢慢陷入回忆。

05

老家在南方农村的张可人，从小就是个美人坯子。从出生时开始，到长大成人，村子里见着她的人，没有不夸她长得漂

当美丽脸庞随着爱情一同毁灭，
面目全非的这一面，
难道才是真正的模样？

亮的。

初中的时候还不怎么懂事，她的身段已经开始发育，有些小男生给她写情书，说的都是肉麻的话。那地方小，都是乡里乡亲的，抬头不见低头见，她原本就没有看上谁，自然不肯接受什么。

情书被拒绝得多了，反而传出了不少闲话，加上她爸妈死得早，原本夸她长得漂亮的那些人也难免议论起了她的是非。那些大婶姑婆经常拎着自家小子的耳朵怒斥："让你跟东边张家那个小骚货眉来眼去地乱玩，不知道她从小就没了娘，欠家教吗？成天跟狐狸一样骚，也不知道学的谁！你给我离她远点！"

张可人时常从门口经过，也能听到这些飞短流长，虽然心里气愤，却只常常当作没听见，昂着头、挺着刚刚发育的胸脯离开。流言一时疯长，那些原本追她的男生，不少都开始说她的坏话，什么难听的都有，多半是吃不到葡萄说葡萄酸的。她越发高傲，瞧不起那些没用的男生。在她看来，那些男生学习一般就算了，还没有勇气，喜欢自己，开始说得甜蜜蜜，被家里人一收拾都乖得很，一群没用的东西！

后来，她很争气地考进了县里唯一的省重点，成了村子里为数不多的几个，很是让那些三姑六婆傻了眼。没想到，那小骚货能这么牛气！

她暗暗憋着口气，一定要考个好大学，离开这晦气的地方！

可是进入高中后，她出落得更加漂亮了。别的女生的胸脯还干瘪扁平的时候，她已经发育得饱满明显，粗布的校服也遮掩不住整个身材的凹凸有致，经常有高年级的男生吹着口哨在楼道里故意挑逗她。

她低眉顺眼地走过，从不对那些人假以辞色，因为她知道，都是一群幼稚的家伙，她谁都看不上。

学校里有两三个年轻的男老师对她也格外照顾，关心她的学习，时不时请她进办公室聊聊学习什么的。她开始也没有多想，没有想到那些年轻男老师还关心她和其他同学的关系。女同学便罢了，一旦有男同学特别关注她，多半会被那些老师请进办公室去严词训斥一番，绝对不允许早恋，连过分密切的同学关系都不行，甚至威胁如果不和张可人保持距离，就要请家长。

这样高压的防范和阻拦也控制不住一些青春期男生对张可人的热情，使得张可人在高中名声大噪，更多人因此知道了这个美女的存在，甚至产生浓厚的兴趣。给她送礼物、送情书的男生大把，她一个也不理会，自然也激起了其他女生的嫉妒不满。张可人莫名其妙成了全体男生的梦中情人，也同时成为了全体女生的噩梦公敌。

如果不是因为一次偶然的事件，王子健不过是张可人众多追求者中微不足道的一位。甚至在张可人的心里，从来没有留下过任何有关这个人的讯息。可是，打高二那次被物理老师喊进办公室批改试卷开始，所有的一切都发生了变化。

物理老师是个三四十岁的中年男人，老婆在高三教语文，夫妻俩是学校的骨干。平时，物理老师很关心张可人，却并不像那些年轻男老师一样做些傻事，更多的时候他仅是停留在上课喜欢喊她回答问题和考完试不吝表扬她的高分上面。

张可人很喜欢物理课，物理成绩也因为物理老师的照顾而不断进步，在她的心里，从来都是把物理老师当作是自己尊敬的长者，经常被喊去办公室帮忙批改试卷和整理作业。

那阵子可能因为太忙，她中午在物理老师办公室批改试卷的时候居然睡着了。睡梦中，有一双手摸着她的头，慢慢伸进了她的衣服里面……她顿时惊醒，居然发现自己平时尊敬的物理老师，趁自己睡着想要猥亵自己。

“老师……”她的惊呼被一只大手死死捂住。

“不要叫，嘘……”那个平日里斯斯文文的老师居然是这样的人，她想要呼叫却挣扎不过男人那样大的力气。两个人正在扭打的时候，办公室的门一下子被踹开。

“妈的，王八蛋！”一个穿校服的男生冲了进来，一个拳头就打在了来不及反应的物理老师脸上，然后就是一顿好打，打得物理老师鼻青脸肿。张可人惊魂甫定地站在一旁系好衣服的扣子，瞧着那个男生把物理老师打得趴在地上爬不起来，心里犹不解气，也冲上去又朝物理老师身上踹了两脚。

"快跑！"她还想再继续，却被男生拉了朝外跑。两个人几乎绕着学校跑了半圈，终于到了操场旁边的小花坛。那是她第一次知道，有一个追求过她的男生叫王子健，因为自己从来不看那些情书和礼物，根本一无所知。

王子健是学校里出了名的小痞子，学习成绩差，不听老师话，还常常纠结另一群小流氓打架闹事，被学校处分记过了不少次。张可人听说他，也是因为他的斑斑劣迹，在学校是无人不知无人不晓的。再加上这回他凑巧经过办公室，听到里面的动静，替自己出头，印象实在无法不深刻，他们两个人算是正式认识了。

可是，事情也因此变得复杂起来。物理老师被打得很严重，因为不算是什么光彩的事情，他自己也有心遮掩，可是他老婆死死揪住不放，要学校彻查清楚才肯了事。最终，公安局介入调查，物理老师不得不配合交代，打人的元凶终于被找了出来，是王子健！这个消息让全校师生震惊！

06

殴打老师，这个事情在校方的眼中显然不是小事情，鉴于王子健以往顽劣的表现，校长办公室经过开会研究决定要把这个学生开除！

正式公告还没下来，学校就已经到处流传这样的消息。当天，张可人在学校高层领导最后一次开会决定的时候闯进了会议室，把物理老师猥琐恶劣的行为说了出来，势必要争辩清楚当时的情况，王子健不过是为了保护自己。学校高层再次震惊于事情的另一个真相，虽然觉得该老师家庭美满、教学成绩卓然，但是这个女学生的漂亮也让人不得不怀疑事情的真相，是不是真的如她所说……

物理老师死死咬定就是王子健这个学生顽劣不堪，公然闯入办公室殴打老师。双方的说法不一，最后学校决定给予王子健留校察看处分，并没有把他开除。

张可人和王子健的纠葛始于此，也许从他冲进办公室救她的那一刻起，她的命运就和这个男生纠缠在了一起。长久以来，习惯了看那些口口声声说喜欢她的男人转身否定一切，丢下她一个人面对所有的不堪与难过。只有他，没有走开。

张可人从来没有遇到过这样的小痞子，对全世界都是张扬跋扈的姿态，偏偏对自己小心呵护。他是学校所有女生表面不屑内心憧憬的对象，也是老师头疼不已避讳不及的麻烦，可是，在张可人眼里，他是路见不平拔刀相助的好人。

年轻的感情就是这么容易轰轰烈烈起来的，不管周围的人怎么议论怎么阻止，他们就是这么坚定执着。学校里的男生听说最美的女生居然跟这样一个不堪的小痞子谈恋爱，明里暗里嫉妒不忿的人不在少数，甚至为此挑衅，经常会出现打架斗殴事件。王子健总是会遇到一堆莫名其妙的“情敌”找麻烦，最严重的一次在校外被人一下子在额头划出老长的口子，横跨眉骨，几乎毁了容。

从医院回到学校的物理老师也掺和了进来，处处刁难张可人，显然是在责怪当初张可人在校长办公室的“胡说八道”。一夜之间，从被老师宠爱沦为被老师刁难，张可人处境相当狼狈。同时，在同学中间，关于她和王子健的传言也越来越多。有说她滥交的，也有说她以前在乡下名声就不好的，更有甚者说她曾经为了小流氓堕胎……原本疯狂追求她的男生纷纷变成了唾弃她的人，女生们更是趁机落井下石。

高二下学期，张可人一共去了三次医院，都是因为王子健被人打得送进了医院。然后就是她的国家物理竞赛莫名其妙被取消了资格，原本她是很有希望通过这个竞赛得奖保送名牌大学的。她知道，这一切都是因为她得罪了物理老师。

张可人再次被一群小混混拦截在学校外面的小巷子里的时候，当头的那个混混扯着她的衣服对她猥琐地笑：“没想到真长这么漂亮嘛，怪不得差点害得那女老师家庭破裂。你记着，就是她，要我们来毁了你的！”

这一回，再也没有人来救她，她被捂着嘴巴，按住手脚，在狭窄漆黑的小巷子里，罪恶的行径慢慢上演……

王子健找到她的时候，她抱着破碎的衣裙缩在角落里哭泣，受伤的血迹沾染得衣服上到处都是。洁白美丽的花朵零落满地，委于尘土。她一把抱住王子健，说："带我走吧，离开这里。"

换了个新的城市居住生活，离开学校，两个人的文凭都不高，只能做一些简单粗糙的活儿来勉强维持生计，刚开始的时候很艰难。

王子健在建筑工地帮忙搬运，张可人找了家需要年轻漂亮女孩子撑门面的美容店，学起了美容。两个人在小区里租了一小间房子，五六十平方米大的地方，隔出了七八间，他们两个挤在一起。到了晚上，外面传来各种奇怪的声音，有锅碗瓢盆的磕碰，也有中年夫妇的吵架拌嘴，还有年轻男女的喘息呻吟。

两个人躺在小小的一张床上，顿时红了脸，互相尴尬地不敢去看对方的脸。也是过了足足一个星期，早已对那样露骨的声音听得熟，他们也大抵摸清楚了，隔壁住着的是色情服务行业工作者，每晚都带不同的男人回来过夜，多半是附近工地上的农民工，钱不多，所以对场地也不那么讲究。

年轻的单身男女懵懂而激动，在那样的环境里总是难免兴奋得情难自禁，终于，两个人在一个夜里拥抱、接吻……所有的事情水到渠成。王子健年轻的身体总是充满活力和激情，深深迷恋着张可人，一周多次，似乎从来不知疲倦。

那是他们最艰苦却也是最难得简单快乐的日子。张可人总是想，两个人也许就要这样一辈子，虽然穷苦，但是始终在一起。

直到后来，她工作渐深，才逐渐明白所在的美容店只是挂羊头卖狗肉的色情场所。店里来的那些客人，多半是猥琐的中年男人，总是喜欢用轻浮的目光看她，色眯眯却丝毫不加掩饰。店主老板娘不是没有暗示过张可人，可以通过这种方式挣钱，钱来得快，也不需要那么辛苦。

张可人想想在工地上挥汗如雨的王子健，始终咬着嘴唇不肯答应。只是大城市里找份工作并不容易，加上她不想王子健担心，所以没有让对方知道。

后来，店主老板娘也不知道招惹了什么人，店子被砸得稀巴烂。一个面目凶狠的妇女站在门口，大骂店里的女人都是狐狸精，引来许多人的围观。张可人缩在角落里瑟瑟发抖，连忙悄悄给王子健打了个电话，然后匆匆赶来的王子健一来就被人莫名其妙地打了。

短短几个月的时间，张可人再次送王子健进了医院，这次依旧是为了她，她的美貌像是一种诅咒，无休止地给他们带来厄运。只是这一次因为手上没有充足的医药费，连基本的检查都没法做。

从医院白白走了一遭回来后，张可人头一回感觉到了王子健的不高兴。他是因为张可人的隐瞒而生气，毕竟张可人的美丽总是招来各种是非，但就在这么一个淫乱的地方，那么多猥琐的男人窥探着她，她却怎么一点都没有跟自己说。他摔门出去，居然好几天没有回家。那种赌博的游戏一下子仿佛让他重新找到了人生的乐趣。从此，王子健不可自拔地沾染了赌瘾，很快就把两个人微薄得可怜的积蓄赔得差不多了。

年轻人总是把持不住，王子健一下子就陷了进去，最后被高利贷的债主追堵在家中的时候突然意识到，他们两个人，什么都没有了。床板都被人砸坏了。

“要不，咱们也考虑考虑那事儿？”王子健也已经被逼急了，只能说这么一句话。

之前他们还相依为命，如今，不得不靠着出卖张可人来维持生计。王子健彻底变了一个人似的，整天沉迷赌博，连建筑公司也再不去了。

07

张可人想清楚所有前因后果的时候，已经对那个男人麻木了。她曾经是多么希望，那个男人能保护自己。可是，她并不知道，那次美容店的事件，害得她深爱的男人下半辈子再也不能当一个真正的男人了。王子健那样骄傲的人，始终不肯对自己的女朋友坦诚，只能想着：只要张可人“下海”，从此再也不愁高额赌债，也能避开她和自己那方面的事情。也就在王子健亲自带着她去夜场面试时，张可人的心彻底凉了。

她，终究还是要靠这张脸来吃饭。女人的美丽永远没有错，错的是她不该拥有，对于她而言，美丽是危险的、是诱惑的、是致命的！

张可人一夜没有睡着，总是记得那天，王子健开口让自己去从事这种不堪的行业挣钱养家。从此，记忆像卡带的电影，不断倒带重放，再也看不到后面。

第二天天亮的时候，王子健彻夜未归，她早已习惯，这个男人就是她命中的劫数！她索性起身去“魅惑夜色”，一到那发现许多女孩子全都聚在一起，居然没有下班各自回家。

“可人姐，你怎么来啦？已经传得这么快？”

“什么？”她正奇怪一个姐妹对自己说的话，旁边又有一群女人在喊她，那都是当初和她同一时间进了这个店子的。

“可人，谁给你通风报信的，一大早不睡觉跑来看热闹。”

“哎，啧啧，真是可怜，哈哈哈……”

“活该，自作自受。”

张可人莫名其妙地看着她们道：“怎么回事？”

“听说你昨天被那个不懂事的骚狐狸抢了生意？”店里的姑娘说话从来都是这么犀利，丝毫不给张可人面子。

张可人瞧着她们似乎都明白的样子，不由得一愣道：“怎么了？发生了什么？”

“哎，你不知道，老板让你昨晚去接待的那个客人其实喜欢SM！”

“哎哟喂，口味可重了！”知道一些情况的女孩子夸张地咂咂嘴巴，“一大早一行人下班出来的时候，我还奇怪，怎么不见苏思瑶，结果等我进去的时候……哎，作孽哟，一股子的血腥味儿。苏思瑶躺在地上，人都昏死过去了。”

“真的？情况严重不严重？”张可人心里轰地一下，如果昨晚不是苏思瑶强出头来顶替掉了自己，出事的就该是自己了。没有想到一向器重自己的老板居然让她接待有这种怪癖的客人。

“哎，可人，你怎么来了？不是回家休息了吗？”薛经理慢慢走过来，没想到一大早就见到张可人，凝重的面色微微有几分惶惑。

张可人瞧瞧四周没什么人，压低声音问他：“怎么样？”

“没有太大的事情，送医院去了，都是皮肉伤。”薛经理庆幸道，“我事先也没听说，那个喜哥居然是这样的，幸好你昨晚出来了，不然说不定……”

“老板不知道这回的客人是这种人？”张可人心有余悸地打听。

薛经理摇头：“奇了怪了，以前没听说这喜哥有这种爱好呀！”

张可人点点头，就算真有这种怪癖，也正常。像他们这些色情行业的，遇到些趣味奇奇怪怪的客人是常有的，只要价钱给得高，反正玩不死，忍一忍把生意做了，钱挣了也是值得的。她也不是没有遇到过，只是没有这么严重罢了。

苏思瑶再次回到“魅惑夜色”上班时，已经是一个月以后了。

“可人姐。”看到张可人走进休息室，苏思瑶立马站起身来腻腻地叫了声，似乎吃了上次的苦头之后这妮子懂事不少，开始有了新人该有的模样。

张可人从头到脚看了苏思瑶一遍才回答道：“没事了吧，伤都好了吗？也不多休息几天，上次……”本就不是拐弯抹角的人，如今看到苏思瑶没事了，张可人不知道是该谢谢她还是该说对不起，只是觉得她出事终归跟自己有些关系。

“上次都是我不懂事，受点教训也是活该，可人姐别往心里去，别再提了，以后多教教妹妹才是。”苏思瑶似乎是真被教训怕了，以前嚣张的样子也变成了乖巧懂事。张可人反倒不自在起来，笑笑就转身往包房走去。随着张可人朱红色的高跟鞋噔噔的越响越远，苏思瑶的笑容也僵在了脸上。

跟往常一样，张可人满身酒气地送走自己最后一拨客人走出“魅惑夜色”时，天已经微微亮了，今天的客人也太能喝了。尽管她已经偷偷倒掉不少酒，还是喝多了。客人喝到这个点，基本是没可能再有兴趣带一个喝多的小姐去开房了。头昏脑涨的张可人，拖着已不再响亮的十厘米高跟鞋，晃悠悠地准备往家的方向走。

“也不知道苏思瑶伤病初愈第一天上班情况如何。”脑子渐渐清醒起来的她，开始想东想西来打发独自回家的疲惫无聊。一阵冷风吹来，张可人打了个冷战，酒醒了不少，紧了紧大衣，加快了脚步。

她正想着自己的事情，手机突然响了，是王子健的电话。她知道他应该是玩游戏玩累了按例问自己是出台还是回家，接起电话，不出所料地听见他毫无情绪的声音：“还有活吗？没有就回家吧。”

啪的一声，手机砸在地上的脆响代替了张可人的回答。突然被人在身后一拽，张可人摇晃一下，险些没有站稳，手提包也应声跌落在地上。

“喂喂喂，怎么了，可人？”金属外壳的苹果手机总算对得起它的价格，摔落在地依然没有影响它的通话，只是此时张可人已经无法回答。她由于被人狠狠拽住头发而本能地向后仰去。一阵剧烈的疼痛从头皮传来。

路边一辆脏兮兮的面包车上悄无声息下来的几个高矮胖瘦不一的小青年，目标明确地直冲她来。

“包你们拿走，钱和手机也全都给你，大家都只是为了口饭吃，出来捞的都不容易，还请各位大哥别伤了我，家里还有个人等着我回去才有饭开呢。”在江湖打滚这么多年，张可人不是没遇到过凶险，她想应该是遇到专抢小姐的流氓了，求生的本能让她放弃了反抗，希望尽快让这些家伙拿到他们想要的东西离开，毕竟钱没了还可以再挣。

一阵阴阳怪气的笑声，尖利地从身后传来，听声音应该有四个人。张可人的头被扯得仰起，眼睛只能像死人一样向上翻着，只能看到一小片因为即将天亮而显得浑浊不堪的天空。张可人突然害怕起来，她估计错了，他们不只是求财。“救命，子健，救我！”

曾经呼喊过无数次的名字，总是在求救时脱口而出，深入骨髓的恐惧让她想起了高中校外那个漫长而恐怖的时分，也是一群这样阴阳怪气的男人，也是这样的怪笑声，也是这么渴望那个能保护自己的人出现。

“可人！可人！”电话完好地躺在冰凉的地上，里面传出的声音终于不再没有任何情绪，王子健在电话那头急迫地喊着她的名字。可惜这唯一能安抚她惊恐的声音也离她越来越远。

“叫得还挺起劲儿，今天也让你尝尝刺激的滋味。”拽着她头发的手加重了力气，张可人就这么被一个皮肤泛着油光，黑不溜秋的大块头死死钳住拖进了旁边的小巷，几个明显瘦小很多、顶着一头杀马特造型的小年轻，一脸猥琐地紧跟其后。

“大哥，就是这骚娘们儿把瑶姐害那么惨的。”黄毛一脸谄媚地跟大块头报告。

“SM很爽是吧？那么爽你怎么不自己上呢？还挺会开溜，害老子这一个多月耽误多少事你知道吗？老子今天看你怎么溜！”

张可人仿佛回到了高中那年被一群小混混拦截在小巷子里的情景，当头的那个混混扯着她的衣服对她猥琐地笑，与眼前这个肥胖油腻的脸重叠交替，记忆深处最痛苦黑暗的回忆不断随着她的恐惧喷涌而出。

“没想到这妞还真是长得好看啊。”

“差点害得那女老师家庭破裂。你记着，就是她，要我们来毁了你的！”

“带我走……”

“……”

张可人只觉得天昏地暗、头晕目眩，耳朵里萦绕着的都是王子健声嘶力竭的声音，眼前闪现着的是高二那年的小巷子，破碎一地的花瓣，和白色连衣裙上斑驳的血迹，如同蔷薇般诡异地绽放。有那么几个瞬间，她多么希望这只是个噩梦，她只求在这个噩梦中死去，拉上这几个魔鬼共赴黄泉。

她以为这一回不会再有人来救她，被捂着的嘴巴，按住的手脚，狭窄漆黑的小巷子里，罪恶的行径如同情景再现那样再次上演……

“轰轰轰！”

“轰轰轰！”

摩托车发出巨大的发动机声，如同一头红了眼的公牛，冲进了阴暗狭小的小巷，冲散了围坐一团折磨着张可人的杀马特们。

王子健找到她的时候，这一次终于不算太迟。张可人空洞的眼睛又重新有了光亮，她不再是那个抱着破碎的衣裙缩在角落里哭泣、受伤舔血的女孩，这次，她一把抱住王子健，说出了当年那句同样的话："带我走吧，离开这里。"就好像是突然改变她宿命的魔咒一般，可人在无数次被生活折磨得支离破碎时，她总在想，如果当初没有喊出这一句，一切会不会不一样呢？

命运总是喜欢用玩笑般的方式残酷地告诉你每一个血淋淋的答案。

再次喊出这句话，是可人再次做出的选择，那该是一种掺杂着怎样绝望的决心。

王子健身上还穿着睡衣，趿拉着破了一个洞的毛拖鞋，跨坐着他那辆赎了又当当了又赎的老款125摩托车上，整个人因为愤怒而哆嗦着："你们这群狗娘养的，老子今天不弄死你们就不是个男人！"

王子健继续不停地轰着发动机，紧拧油门的手由于用力青筋暴起，紧绷的皮肤呈现出青白又夹杂粉红的异样颜色。

一群杀马特愣了愣，然后放肆地大笑起来："哟，还有为婊子拼命逞英雄的呢，您这是老主顾呢还是新嫖客呢？"

"哈哈哈哈哈……"又是一阵幸灾乐祸的怪笑。

王子健不再回应，载着可人掉头就往回走。黑胖子立即收住了笑声，伸手又是一把拽住了张可人的头发喊道："想跑！"生生把她从摩托车上拽了下来。

张可人脸色苍白，崩溃地坐在地上，因为头皮被撕扯的疼痛张了张嘴，却没有发出声。

王子健彻底疯狂了，车头一转，直接向为首的那个黑胖子撞了过去。巷子狭窄，黑胖子慌忙退到了墙边，却还是被车轮撞到了左腿。

黑胖子的脸因为疼痛呈现出了扭曲的样子，原本丑陋的脸显得更加狰狞，眼睛里满满的怨毒，“老子今天非捅你个稀巴烂！叫你们看戏呢？都给我上！”

四处逃窜的杀马特们，像被人突然开了光似的，反应过来。从身后拔出一根根钢管，演戏似的飞舞着，张牙舞爪地向王子健扑来。

王子健骑着摩托车，像只被困的野兽，横冲直撞。被撞到的杀马特哀叫连天，其余同伙迅速绕到王子健身后下了死手。一声闷响，猩红的鲜血从他头上流下来，沿着他的眉角滴滴答答地淌着，衬得他脸上那条长长的疤痕更加深刻。张可人怔怔地看着王子健脸上的那个疤，那是曾经他们相爱时留下的。张可人的心一阵紧缩，然后开始抽痛，麻木已久的感官，随着这阵疼痛蔓延开来，顷刻间这些年被她刻意遗忘的所有爱恨伤痛从四面八方朝她涌来。

金属的撞击声，嘶吼声，打破了清晨的宁静，天已经完全亮了，一抹凄凉的红色挣扎在浑浊的云层里。

偶有早起的人们，都忍不住悄悄从巷口探头张望。

“老大，有人！我们该撤了，天都亮了！”黄毛鸡贼地招呼着。

黑胖子喘着粗气，僵硬地转动了一下脖子，听见咔嚓的声音，“今天没弄死你们，都给我小心点儿，爷还没爽到呢，这事没完！”黑胖子说完，胖手一挥转身准备离开。

王子健靠着他被砸得凹凸不平的摩托车，像一只受伤的猛兽瞪着血红的眼睛，大口大口地喘着粗气，朝地上啐了一口血沫。

可人松了口气瘫软在地上，依然盯着王子健的眼睛里出现一丝柔软，他们就像岁月里两匹受伤的狼，无数次用冰冷的牙齿和温热的舌头，舔着对方血淋淋的伤口。一些伤感悄悄聚集，像天边渐渐鲜艳的朝阳，妖冶地呈现出血红的颜色。

可人的眼睛突然惊恐地瞪大，“子健”，尖叫着从地上挣扎着扑向了对面的王子健。

尖利的刀锋映射出朝阳的妖艳颜色，却闪出一抹寒光，划过了扑过来的可人侧脸。黑胖子这些人都没讨到多少好处，心有不甘地转身走了两步，又骂骂咧咧地抢过黄毛手上的砍刀，突然杀个回马枪。

“哎呀，杀人啦。”一个睡眼惺忪的中年妇女，穿着睡衣，不知什么时候出现在小巷一侧破旧居民楼的阳台上。夸张的尖叫声中透露着一阵兴奋，肥胖的身躯也伴着尖叫而抖动，很明显，没有穿胸罩。

黄毛被这一惊，赶紧招呼着一伙人跑，这一次一会工夫就没了踪影。

王子健直勾勾地看着胸前的可人，大股鲜血从可人被头发盖住的侧脸淌了下来，沾红了他身前一大片，她就这么趴在他身上，一动不动，没有声息。

王子健惊恐得不住往下看，试图想要看看可人黑发遮盖下的伤势，可是僵硬的双手却怎么也不听使唤。倒是可人先动了动，发出了声音："你没事吧？子健。"

王子健这才回过神来，颤抖地用手拨开可人脸上的头发，紧张地喊道："可人，可人你还好吗？"

可人原本白皙的脸庞被一条深可见骨的伤口不断涌出的鲜血冲刷着，表情却异常地平静，更是显出一种怪异的狰狞来。

一声已不成音节的尖厉惨叫撕破了最后一抹遮住太阳的云朵，撕破了王子健的胸腔、喉咙，撕破了他的身体，久久没有消散。王子健像一只被刀插进了喉咙的猪，歇斯底里地吼叫着。

可人张了张嘴，却没有发出声，她想说"回家"，哪怕只是那个杂乱不堪毫无生气的出租屋。

子健却听见了："好，好，我们一定会回家的！可人！乖，我们先去医院！"说着小心翼翼地将可人托起，把她轻轻放在前座，让她靠在自己怀里。

摩托车疾驶在大路上，王子健已经很久没有这样载过张可人了。他忙着赌钱，她忙着赚钱。谁也管不上谁，连肉体关系都没了，似乎只剩下金钱的联系。

"这一次终于换我为你受伤了，子健，我们算不算扯平了？”可人靠在子健怀里，从她脸上顺势滴下来的鲜血将王子健的棉睡衣染红了一大片，“从这一次开始，你可不可以不要再怨我了？”可人说话的声音低得几乎只剩下呢喃，却努力地想要跟王子健说话，他们已经太久太久没有好好说过话了。她好怕现在不说，等去了医院了，自已慢慢好了，一切又会变回原来的样子了。

“昨晚上我跟你说的事情……”

“我不同意，我们不会分手！永远不！”王子健几乎只能喊叫着打断了她的说话，他已经把油门加到了极致，呼呼的风不断地灌进他的嘴里，将他的声音吹散。可人轻哼了一声便不再言语，像当年那个柔弱无助的小女孩依靠在他的胸口，过度地失血已经让她疲惫不堪。

子健感觉到了她的虚弱，害怕地拼命轰紧油门。一辆辆汽车被他超过，从两边不断闪过太阳被反光镜反射出来的丝丝光亮，十分炫目。子健顾不得这些，死死地盯着前方，恨不得医院马上能出现在他眼前，然而一道亮光却不偏不倚地正好射向子健眼中。

一片炫目的白色，子健脑中也突然一片空白，只听到一阵尖厉的刹车声，紧接着就是金属碰撞的声音、尖叫声、鸣笛声，响彻周遭。一片黑色的烟雾下，已经被撞得七零八落的摩托车压住了子健的下半身，但是可人却依然还在他怀里，子健的双手死死地护住了可人的头，周围的地面上一片触目惊心的殷红。

08

半年后，“魅惑夜色”最红的小姐不是瑶瑶，也不是可人，而是一个叫君君的女孩子。她成功地傍上了一个山西煤老板，经常得到老板捧场，在店里混得很开，连薛经理都转过来巴结她。

据说瑶瑶因为那次接的客人太变态，玩得心里有阴影了，再也不敢继续，已经洗手不干了，而可人却不知道去了哪里。有人说她被大老板看上，带回去当二奶了，也有人说她去了别的城市，依然做着她的头牌。说什么的都有，只是从来没有人再看到过她。

那个宁静安逸的南方小城里，新开了一家洗车店，是一个女人独自打理的，据说是个丈夫刚去世的寡妇。老板娘人很好，还有些残疾。一些车主出于照顾，总是愿意多去她那儿洗车，所以小店生意还算不错。

寡妇也算能干，偶有热心的大妈想要给她说个亲。她也总是道谢着，然后撩开遮住侧脸的长发，笑着委婉拒绝。看到她的侧脸，来者通常也都不再多说，很快尴尬地离开，留下寡妇一个人坐在店里。这时候的寡妇总是笑得最美的，她温柔地抚摸着脸上那道吓人的伤疤，表情骄傲而沉醉，就好像在抚摸她爱恋的情人。

第四篇

梦境第几层

MENGJING DIJICENG

01

2009年的元旦，艾末末花了卡上一半的钱，买了自己的房子。

没有分期付款，从下决定到付诸行动，只用了一个上午的时间。整个过程，她只是让售楼小姐带她去看了看房子的装修格局，提了几个改动意见，然后就爽快地签了合同。

因为交钱很痛快，售楼小姐看到她亮出金卡的时候，表情有几分不可置信，随即再次打量了她几眼。艾末末不悦地瞥了对方一眼，一看就知道是新来的，什么心事都摆在脸上，看见顾客年纪轻轻就能刷卡一次性买房，一定以为是被哪个富豪权贵包养的二奶。瞧她那羡慕嫉妒恨的眼神，就叫人不爽。

“什么时候可以住进去？”她签完字，把笔一丢道，“我刚刚提的几个修改注意点，你们尽快完成可以吗？”

“好的，艾小姐，您放心，刚刚那些都不是大问题，应该一个星期内就可以搬进去了。”售楼小姐礼貌地送她出门，顺便看了看她的车，大红色的Z4，嘴角的笑意越发意味深长。

艾末末知道，现在许多二奶都开这车，她去车行买的时候，颜婷极力反对过她的审美观，可是她就是喜欢。二奶？呵呵，本来就是二奶，敢做就敢认，她还怕全世界不知道呢！

她算算时间，一周的时间差不多够自己去趟上海玩玩了，正好让颜婷请了年假陪自己一起去。她开着车离开的时候，心情特别好。

在离开这个城市之前，艾末末又去找了回贺明朗。开车大概绕了半个城市，那个算是郊区的地方，有他们的私密爱巢。

贺明朗说过，他现在是成功人士，有房有车有老婆，生意也比以前做大许多，各种对手等着利用一切可能打击他、对付他，所以要低调。

艾末末想想觉得也对，她想当他老婆想了五年了，一直都没有如愿以偿。所以他们现在只能停留在偷情的阶段，既然是偷情，当然是要低调隐蔽些好。所以她二话不说就把所有的生活用品都搬进了这个远离市区的房子里。

她提前告诉过贺明朗自己要出去游玩一趟，虽然贺明朗忙于逢场作戏，但到底待她不同，所以主动提出当晚一起聚聚。艾末末心里幽怨地想，偶尔聚聚，就是他现在能够给自己的温柔，从他结婚以后，就已经不可能像以前那么肆无忌惮地去找他了。每回都是自己一个人等在这个冷冰冰的屋子里，直到他出现。这种心理压抑而无奈，只有身在其中的人才能体会。二奶，也不是任何人都能当的。年轻的女人，谁愿意每晚孤枕难眠?

当天晚上，贺明朗没有别的应酬，吃了一顿她亲手烧的饭菜，赞她的手艺又比以前好了许多，鱼蒸得特别香。艾末末笑着告诉他，自己为了学这道菜花了多少心思，从他眼里看到了涌流的感动。她心里微微有些得意，让你更感动的事情还在后面呢！

可是当天晚上，她根本没有机会让他继续感动。吃完饭，她在厨房里洗碗，贺明朗坐在客厅里一边等她，一边看电视。电话响起来的声音很仓促，艾末末隐约听见贺明朗说："什么时候的事情，做紧急处理了吗？现在在哪里？"

她把厨房的水龙头都关了，然后匆忙走出来，正看见贺明朗把原本扔在衣架上的衣服拿起来穿，连忙问他："出什么事情了？"

"家里出了点事情，今晚不能陪你了。你乖乖待在这儿，不要乱跑！"贺明朗刚把话说完，就已经出了门。

艾末末叹气，原本挺好的晚餐硬是被搅得乱七八糟了。她甚至来不及跟贺明朗正正经经道个别，就要怀着满腔的怨气坐上飞机。

一周后，艾末末买了大堆的衣服、包包回到这个城市，同行的颜婷也因此沾了点光，两个人从飞机上下来最愁的不是别的，正是自己又该回到什么样的地方。

"去我住处吧，虽然也挺远，但是总好过去你那个郊区。"颜婷邀请她去家里住的时候，艾末末得意地笑道："我忘了告诉你噢，我买了个新房子。"两个人决定去看看艾末末的新地方。

一上的士艾末末就迫不及待地打开手机，查看这些天的短信。好多来电提醒的短信，可没有一个是贺明朗的。自己失踪了这么多天，他为什么什么反应都没有呢？

想到这些，艾末末不免又有些生气了，他那天家里出了点事情，很冷淡地拒绝了自己的关心探问，直接从自己的住处离开，未免有些太不把自己放在心上了。

艾末末带着颜婷到了新房，门被打开，相应的地方被收拾得很妥帖，自己提出过的意见对方都一一落实了，执行得很到位。艾末末满意地笑了。颜婷很不解："你这个房子，地段很不错，应该很贵吧？你一个人住用得着这么奢侈吗？"

艾末末摇头："自己独住为什么就不能奢侈？我自己一个人花钱，寂寞着呢！"

"你这不是寂寞，是公主病犯了。"颜婷玩笑道，"早就知道你男朋友有钱了，整天忙得跟陀螺似的见不着面，不就是为了挣钱让你奢侈？"

艾末末附和着颜婷嬉笑了两句，表情却有些不自然，心里越发沉甸甸的。颜婷说的"男朋友"其实就是贺明朗，她只知道自己男朋友有钱，却不知道他还是有妇之夫。这个连自己都觉得耻辱的秘密她一直守口如瓶，不然恐怕连朋友都该没有了。

颜婷在艾末末的新居里并没有待很久就离开了。艾末末从包中掏出一个望远镜来，这是她在上海买的，就是为了一回来就带到这里。她站在窗户前，用望远镜向对面的楼上望去，嘴角露出了一丝狡黠。

艾末末拿出最新出的 iPhone 来，找出贺明朗的电话给他打了过去："喂？你是在家吗？"

"你怎么知道我在家！"贺明朗的声音压得极低。

艾末末故作神秘地说："我掐指一算就知道了，你现在肯定在家陪老婆呀。"

贺明朗明显心不在焉："你怎么在这时候打电话过来了？工作的事情等我明天过去再说吧！"他的语气严肃而认真，仿佛是和自己的客户对话一般。艾末末看到，贺明朗的老婆正靠在一旁的沙发上看电视，他当然不方便说话。所以她很善解人意地说："嗯，没关系，明天再说吧！"

挂了电话，艾末末心里有些难过。她以为不管怎么样，对方会找机会再偷偷给她回过来，却没有想到在挂了电话许久之后，贺明朗丝毫没有离开沙发的迹象，甚至开始陪着他老婆十分投入地看起了电视里夸张的宫斗剧来。

一个人躲在暗处久了，这样的关系艾末末以为自己早已习惯，她只是没想自己居然还是会如此难过。身后超大屏的液晶电视正在重播《奋斗》。几年前火得一塌糊涂的电视剧，各大电视台几乎都恨不得轮流放上好几遍。艾末末早已经看过无数遍，这个电视剧讲的是一群 80 后的年轻人毕业走上社会遇到的各种问题，给了她很深的感触。她也是踩着 80 后尾巴的一员，实际生活中遇到的有些事情倒是跟这部电视剧很像，比如现在正在播的：米莱回国，住到了陆涛和夏琳对面的楼上，每天用望远镜偷窥着他们的“水深火热”，这事儿陆涛发现后，变得很不安。

艾末末看到陆涛发现“真相”的表情，嘴角忍不住露出一丝笑意来，不知道贺明朗发现自己就住在他家对面，每天盯着他和老婆的一举一动后，会是什么样的表情。

米莱透过望远镜看向对面的夏琳，见到夏琳正忙着为陆涛做生日晚餐，恶作剧地对陆涛说：“夏琳应该尝一尝等你的滋味，因为那是我曾经尝过的。”艾末末听得心里满是难过，如果不是因为太爱那个男人，又怎么会住进他对面的房子里，天天看着他和妻子甜蜜开怀，还硬是守着一步也不肯离开？

02

这一夜，艾末末没有舍得离开这个新家，她希望能多靠近一点自己爱了这么多年的男人。幸好，屋子里一切都是齐全的，对得起楼盘主推的贴身管家服务的，这也是让她那么痛快掏钱的原因之一，这使她今天得以顺利在这里过夜。

新的床单、新的被褥、新的灯光、新的味道，可能因为这些都稍微变化了，她有点失眠，更多的是在想自己当初和贺明朗在一起的事情。

2004 年，她遇见贺明朗的时候才 18 岁。那时候的她家庭条件优渥，学习成绩虽然很差，但是长得很漂亮。因为家庭的缘故，她从来没有缺过钱，穿着打扮都是同龄女生中最成熟得体的。她这辈子最大的梦想就是小时候家里养着，长大了嫁一个能让自己衣食无忧的男人，继续整天待着什么也不用干。因此，在同学们专注于学习的时候，她却更多关注吃喝玩乐的事情，经常出入夜店酒吧，也就因此认识了贺明朗。

那时候的贺明朗不过是一个小小的个体老板，见她第一面就对她说自己喜欢请漂亮的女孩子喝酒，然后替她埋了单。他们的认识纯属是单方面的搭讪，时间久了，经常约在一起玩，自然变得和以前不大一样了。

艾末末爬到贺明朗床上的时候，他们相识才不过三个月。也是那一次，贺明朗第一回知道，自己特别喜欢的这个女孩子，居然才 18 岁！在此之前艾末末从来没有跟他提起过，不然他是绝不会碰她的。

艾末末对他说过：“我以后就跟着你了。”恐怕连她自己都没有想到，这一跟，就是五年的光景。

贺明朗不帅，不高，事业也还处在上升期。只是他的夜生活极其精彩，常常是酒吧、KTV，夜夜笙歌。有时候和朋友一起，有时候是约了客户，还美其名曰工作休闲两不误。和艾末末认识以后，便常常带上她一起。

虽然他已经不止一次地明显暗示过她，家里已经替自己安排了一个家庭背景很深的未婚妻，自己可以靠着她家的关系做一些生意，等生意上轨道了他们就会结婚。他压力很大，在生意场上想要做出大的成绩，免不了权钱那些事儿。

艾末末倒是不在乎，青春懵懂时谁不以为自己是生活的王。如今这年头，就算结婚了也可以离婚，何况他们这还只是打算结婚的。她把自己这想法明明白白地告诉贺明朗时，贺明朗都忍不住笑话她，怎么如今的小三都敢如此明目张胆地宣扬心中所想了。她沉默，偏偏第一个爱上的就是他，要不然她也不想跟别的女人抢男人！

贺明朗年轻，有点小钱，又喜欢玩，身边总是不缺女孩子，艾末末从来都不是唯一的一个。甚至到现在，可能也不是，但是她却是陪伴贺明朗最长久的一个。大多时候，贺明朗喜欢流连夜店，在许多夜店甚至都有稳定的朋友圈子，大家经常聚在一起吃饭、喝酒。这些人中大部分都是家中有雄厚产业的富二代，经得起他们声色犬马、挥霍腐败。

有钱人聚在一起玩的这档子事，很能炫花人眼，但是艾末末自小家境不俗，也就能看穿这些喧嚣浮华了。贺明朗不同于那些富二代，在这群人里面，有着其他人都没有的特质，这是一种能让她依靠的安全感。他虽然并不是最拉风最显眼的，却是这群人里唯一白手起家，靠自身的努力和聪明才智聚集了这点财富的。如果让别的女生来参详她这些想法，肯定会以为她疯了。贺明朗在外面玩得很 high，除了陪那些年轻公子爷吃饭喝酒、唱 K 洗脚，甚至还为了跟生意伙伴走得更近而去接触

以爱之名，开始一段错误，

执迷不悟也好，誓死不悔也罢，

最终，也不过是虚幻一场！

K 粉、摇头丸……这些疯狂的举动，又怎么会让一个女孩子有安全感？

毒品这种事情，一般人听了都会拒而远之，可是贺明朗偏偏带着艾末末去见识了。一群男女躲在私密的包厢里，吞云吐雾、逍遥快活。当贺明朗也对着艾末末吞吐烟圈的时候，她脸色一变，这是艾末末第一次接触到他这么阴暗的一面。原本他只是想要让艾末末看清楚自己私底下的生活是多么颓废糜烂，告诉她如果想要找一份安稳的感情，平平淡淡过一辈子，就不该跟着自己。可是，出乎他意料的是，下一秒艾末末就已经恢复了镇定，甚至加入了这个疯狂的派对当中。这是艾末末在青春年少时做过的最疯狂的举动，她挑衅地看着贺明朗说："你未婚妻做得到吗？"年轻到只剩下青春可以挥霍的艾末末并没有感到害怕，她甚至有一丝窃喜，至少她现在比那个所谓的未婚妻更加了解贺明朗，这让她感觉自己与他更加亲密。

疯狂过后，一切恢复平静，在外人看来贺明朗永远都是成功忙碌的人。

一夜无眠，不知道是新的房子让艾末末感到陌生，还是因为突然离贺明朗太近。所有的回忆莫名地全部涌了出来，像放电影似的从她的脑子里过了一遍。艾末末索性不睡了，早早下楼在便利超市买了点洗漱用品和早点。

吃完早餐，艾末末简单收拾了一下新屋子，竟然也感到神清气爽起来。她兴奋地用望远镜望向对面，看到贺明朗穿着睡衣坐在餐桌前，一边喝着咖啡，一边看报纸。他们吃得比自己丰富，有面包有油条，还有煎蛋和肉排什么的。艾末末不屑地瞥了一眼坐他对面的女人，心里恨恨地想："这有什么呢？如果以后我和他结婚了，我会给他做得更丰盛！"

在艾末末看来，贺明朗的妻子虽然烫着妩媚的卷发，但那邋遢的棉睡衣怎么也挡不住她的俗气品味。她坐在贺明朗的对面，侃侃而谈，满脸幸福的模样让艾末末恨不得想吐。她很想看看此时贺明朗的脸上是什么表情，可是她还是离开了。能让一个女人停止她的好奇的原因，是艾末末不愿去承认的。

艾末末来到车库，准备去往自己和他曾经的小屋。她知道贺明朗今天会去找自己，所以她必须在那里等他。

03

大概接近中午的时候艾末末才回到郊区。娇小的她从后备箱拎出自己红色的旅行箱有些吃力，那一瞬间，她突然觉得自己真的很需要一个男人。

想到这一点，她开始感到沮丧，她不是没有遇到自己的男人，只是那个男人现在暂时还是别人的而已。她要一步一步来，等着他腻了、恼了婚姻那档子烦人的事了，就会老老实实待在自己的身边了，那样才是真正完美的生活。

贺明朗来找她的时候，已经是下午三四点了。艾末末已经等得有些焦躁了，看见他也没有好脸色，只是沉默地听他说着晚上的安排。无非是去什么餐厅吃所谓高级料理，然后去什么酒吧参加什么 party 而已，后面是各自回家还是一起滚床单，倒是暂时没有安排。

艾末末心里冷笑，可还是跟着他上了车，一路上光听他说话，就是故意不插一句嘴。贺明朗发现车里异乎寻常地安静，终于忍不住看了一眼，她的脸色果然不大好。于是他关心道："你今天有些不大高兴，出去一趟很累吗？"

艾末末终于笑了："总算看出来了？出去旅游怎么会感到累呢？被人刻意忽略才累。"

"你是说昨天你跟我打电话的事情？"贺明朗笑，"小神经病！这不是早就该有的默契吗？我在家的时候，尤其是她还在我旁边的时候，尽量不要打电话给我。"

"嗯，不能有例外吗？比如……"艾末末试探道，"比如，我的脚要是伤了，或者手伤了也行。"

"啊？"贺明朗显然没有想到她会问这样的问题，看似漫不经心，却那么切中要害。

他以为艾末末只是不小心说到了这个上面，其实艾末末只是在望远镜里看到了贺明朗老婆绑在脚上的白色纱布，从而猜到了他那天急匆匆离开的原因，因为他老婆的脚伤到了。

也许是被水烫的，也许是被玻璃割伤的，也许并不是很严重，可是只要一个电话，总会有一个随时尽心尽力负责的男人等着奔向她，因为那个男人是她的丈夫，法定的。想到这里，艾末末内心就一阵添堵，她想要安慰自己，她比那个女人漂亮、年轻、有资本……可是她终究有一样最重要的不如她，那就是一个随时可以被自己电话传呼招来的丈夫。

她是一个卑微的小三，自以为拆着那个女人的墙脚，而且早晚会拆到墙脚崩塌，因此而沾沾自喜。可是，对方只需要一个电话，就能唤回自己的男人，她辛苦整整一年，缠着不放究竟有没有成效？这个时候她特别怀疑自己，电视里年轻漂亮的女人抢男人不是很给力吗？随便撒个娇装个嗲，就能让男人乖乖留在自己身边过夜，管他家里的老婆是死是活！可是到了她身上，一切都变得不一样了。

艾末末想了许多，越发心烦意乱，甩了甩胡思乱想的脑袋，把头偏向一边，看着车窗外，懒得再理会对方的答案。

这会儿已经是下班的高峰期，整个都市华灯初上，显出一种接力般的热闹模样来。贺明朗瞧着她这样子，细细想了想最近自己哪里得罪她了，忍不住讨好她：“你哪回有事情，打电话来，我不是随叫随到的？你是不是怪我那天匆忙回家，没留在你那里过夜？”

艾末末知道，这个男人不是愚钝，而是根本懒得费心思，真正想要弄明白的时候，他肯定能猜到自己在想什么。她自然明白要他真正花时间去费心思是很困难的。以前那些个和他玩乐的女孩子，哪个不是八面玲珑的老江湖，只是多半都是一时的逢场作戏，人家看上他的钱，他喜欢有人陪他玩乐，各取所需，当然不必深入。如果说他以前只是游戏不用去理会，那么现在应该是早就看透，只是懒得理会了。这么说起来，他能对自己说“随叫随到”，多少还是念着这四五年的情分了。

想到这，艾末末忍不住幽怨地叹了口气。她要的无非也就是他那句愿意哄她的话而已，从实际的情况来看，艾末末一向独立，感情方面很体谅对方，从来不会因为一点小事大惊小怪地打他电话。因为她一直都明白，懂事的女孩子，才会被男人喜欢。

艾末末瘪了瘪嘴，仍然忍不住抱怨着发泄：“我那天连再见都没来得及跟你说，第二天直接飞机走人了，在上海玩了好些日子，你居然一个电话都没有！不知道是你真没心没肺，还是像以前那样想换女伴了。如果是腻了，千万早点知会我一声，免得我好像死皮赖脸抓着你不放似的。”

“这些天公司忙着收购一家小公司，是有些忙了。我也是忙到昨晚才有时间回家，换洗一趟衣服，就接到你电话，这不今天就立马乖乖出现在你面前了嘛！”贺明朗果然是个聪明的男人，懂得分辨女方的语气变化，稍微哄哄就让艾末末心里舒服了不少。

这也不光是为了哄艾末末高兴，贺明朗的确是忙。艾末末一回来他也就急急忙忙拉着她出来玩，应该也还算是在乎她了吧。他有时候也很迷茫，虽然听从家里人的安排早早娶了个老婆，可是那个女人更像是放在家里的摆设，唬弄他人却骗不了自己。他在家跟老婆几乎没有太多交流，因为彼此关注的内容完全不同，像是生活在两个世界。

相比之下，他跟艾末末更有共同语言。他们吃喝玩乐、暧昧调情、欢爱缠绵……所有一切都如鱼得水般舒服自在，这些方面艾末末显然比老婆更与自己契合。所以虽然没有给她名分，可在其他方面贺明朗也都算宠着她了的。

04

在下班晚高峰，两人居然准点到达了西餐厅。在桌前坐下，点了红酒和经典的菜式，烛光点点，有些浪漫的情调。两人安静地碰杯、品尝，气氛融洽。

从上海回来，第一次和贺明朗一起吃饭。艾末末显得有些兴奋，不停地跟他碰杯、说笑，高兴的时候甚至还在桌子底下轻轻踩了他几脚，娇俏地撒着娇。她比贺明朗小 10 岁，一切动作在贺明朗的眼中依然是小女生的可爱，但也渐渐流露出一丝丝成熟女人的妩媚风情。

饭吃到一半的时候，突然听到有人站在不远处“啊”的一声，不大不小正好能让整个原本安静优雅的餐厅听见。艾末末和贺明朗齐齐抬头望去，只看到一大团粉红色朝他们快速地移动过来，伴随着一阵“叮咚叮咚”的高跟鞋碰撞地板发出的声音，“末末，好巧啊，你也在这家餐厅吃饭？”

艾末末原本喝了半瓶红酒，有些面泛桃花，双眼也有几分迷离醉意，听到这人的声音顿时身体一僵，酒也醒了一大半。看到来人站在了桌前，艾末末飞快掩去脸上的尴尬：“婷婷？好巧啊，你怎么也在这里？”

正是自己的好朋友颜婷，怎么偏偏遇上了！艾末末在心里骂一声见鬼，怎么会有这么巧的事情。一边又开始自我安慰：这个城市这么小，四五年才遇见这一次已经算是很小的概率了。

颜婷眼波流转，打量着好朋友对面的那个男人，打扮得十分得体，虽然其貌不扬，但是应该很有钱的样子。她心里差不多已经确定，眼前这位应该就是末末的神秘男朋友了。于是毫不避讳地开起了玩笑：“哎，这个不会是你的那位神秘多金男友吧？莫非我今天运气这么好？”

艾末末早就猜到她会这么说，没好气地回答：“什么男朋友？我现在还是单身！被你说得一点市场都没了似的，我的男性朋友很多的好不好？随便跟人吃顿饭，你就能当成他？”

“唉……”颜婷一听到说不是艾末末的那个神秘男友，脸上露出一丝失望的神色，转身看了一眼站在不远处的朋友，道：“你们慢慢吃，我和我朋友刚吃完，还有别的活动，先走了哈。”

艾末末赶紧点头，目送着她和朋友走远，这才长长嘘出一口气来，拍着胸脯说：“好险啊！好险！”

自始至终，贺明朗没有说一句话，看见她惊魂未定的样子忍不住笑出声来："你也懂得回避？我以为你会直接告诉她，我是你的男朋友！"

"开什么玩笑？"艾末末继续拿起刀叉狠狠地切牛排，对他说，"你可是有妇之夫，我可不能败坏你的好名声，而且我的确还是单身呀！我没骗她。"

"那你的神秘多金男朋友……不是我？"

"不是，你哪里有钱？哪里神秘了？这个人是我编出来骗颜婷那傻姑娘的，哈哈哈！"艾末末不顾形象地笑着将牛肉送进嘴巴里，心里却有几分报复的快感，他不肯承认自己，自己也可以不承认他，公平得很！

他们在一起的四五年时间里，已经不是第一次面临这样的尴尬状况了。以前都是贺明朗的朋友们看见他们一起，问及他们的关系，贺明朗总避重就轻地说是朋友。其实大家心里谁不明白？男人嘛，谁没有沾花惹草的那点毛病？贺明朗爱玩，在他的朋友圈子里早就是公开的秘密，大概只有他那个傻老婆整天在家不知道罢了。每回艾末末被人用各种含义的眼光打量的时候，心里总是会有几分不爽，自己就算是道德败坏的小三，那也要有男人喜欢这样的呀，不然自己再多手段也不够使呀！有时候，不是女人太坏，而是男人变态！自己偷吃，还要怪鱼腥！

艾末末的大笑并没有让气氛变得轻松愉悦，反而相比于之前的融洽多了几分刻意的尴尬。贺明朗脸色不是很好，很快吃完了，一口把杯中剩下的红酒喝光。

他以前也问过艾末末，自己已经结婚了，外面大街上两条腿的男人多的是，何必傻傻守着这一个已是别人家的？

那时候艾末末22岁，精力充沛地跟着自己在舞池里跳贴身舞，脸热热地贴过来挑逗着他说："你以为你结婚了，我们俩之间就算完事了？我告诉你，贺明朗，你这人性子不定，结了婚人家姑娘也受不了你，早晚离婚。我就等着，等着你离婚，然后别的女人都不要你了，我再捡你回去。我让你知道，也就我跟你在一起能长久！"

那时候他们俩都在酒吧喝了不少酒，脸上被酒精烧得红红热热，说话都打着结巴，头顶上的彩光灯球晃得人头晕，可是不知道为什么，他偏偏把这句话记得特别清楚。

贺明朗不知道自己今天怎么会这么在意她说的话，甚至还想起以前的一些小事，可能是因为最近家里的事情闹心吧？他老婆闲在家，前阵子突然热衷起做菜，每天乐呵呵地跑去市场买菜，不知道怎么的遇上了他一哥们儿的老婆，结果两个女人就聊上了，从美容化妆聊到衣服鞋子，从衣服鞋子又聊到了自己老公。也不知道两个女人都聊了些什么，贺明朗的老婆当天回到家就开始跟他闹别扭。

她以前傻乎乎的也不多想，即使贺明朗每周只有两三天回家，也以为自己丈夫是忙于事业，反而更加体贴。这一下开了窍似的她变得有些神经质，每天在家疑神疑鬼，一天能给贺明朗打十几个电话，一开始贺明朗还以为家里出了什么事，结果接通后只是为了查岗，看他是不是在外面鬼混。

贺明朗突然想到心里装着的这么多事情，不由得有些烦闷起来，想抽根烟，抬头看见艾末末正双手托着下巴看自己，不由得一愣："你看什么？"

"我看……"艾末末的右手一抬，忽然伸过来，吓了贺明朗一跳，差点就要躲开，但是终究没有躲开。艾末末的食指轻轻落在他眉毛上，微微有些凉，很暧昧的动作。虽然这种西餐厅经常会有男女隔着桌子小暧昧一下，但是贺明朗毕竟已经是有家室的人了，所以多少有些尴尬。但是他终究没有避开，任由她这样做。

艾末末停顿了一下，打了个酒嗝说："我看，眉毛为什么蹙起来了，你最近烦恼很多吗？"

这一瞬间，他的叹息终究没能控制住，从喉咙里冒了出来。不是因为烦恼，而是因为感慨，果然是陪伴自己时间最长的女人，最了解自己，连一个小小的蹙眉动作都能看出烦恼来。

他从来都相信，最爱自己的是她，不然不会坚持这么久。但是他不知道，她还会不会一直等下去。

05

贺明朗和艾末末去到酒吧的时候，那伙狐朋狗友早就已经high过一轮了，看见他们俩进来，纷纷拉住要罚酒。

艾末末笑着跟那群人闹，加入到了他们中间。贺明朗跟几个熟识的哥们儿碰着啤酒瓶子，抬眼瞧了瞧她活力四射的样子，不由得摇头，难怪她敢跟自己耗，比自己小了那么多岁，就这么大差别。这几天自己也不知道是年纪大了，还是家里给闹的，再这么玩起来，好像都有些力不从心了。

周围人看他发蔫的样子，都忍不住打趣："怎么？家里有事儿啊？"

"扯，家里能有什么事儿！"贺明朗倒是轻描淡写，可是脸上的疲惫出卖了他。旁边有不长眼的人推了他一把笑道："别硬挺着了，圈子里都知道了。别怪哥们儿没告诉你，你老婆给所有兄弟伙都打了电话啦，说是以后谁再找你出来玩，就要上家去找麻烦！你瞧最近大家是不是都很少喊你出来玩了？"

"胡说！怎么有这回事？"贺明朗顿时觉得难堪无比，脸上开始冒火，没想到自己向来温顺的老婆居然能闹出这么大风浪来，这叫他以后面子上怎么挂得住。

艾末末跟人划拳，倒是多多少少也听见了不少这帮人的议论，心里暗暗有些看戏的喜悦，这个蠢女人，居然闹得这么多人都知道。贺明朗的性子原本就大男子主义，估计不会善罢甘休。她这两天也看贺明朗不爽，所以乐得见他吃瘪的神情，跟一群人笑得更加肆意夸张。远远地传到贺明朗耳中，越发显得刺耳。

这时候有人喊艾末末一起跳舞，是个新面孔，也不知道是哪家的有钱二世祖，艾末末爽快地答应了，牵起对方伸过来的手就往舞池走去，经过贺明朗身边时，还故意瞥了他一眼。贺明朗眼中闪过一丝不快，随即又若无其事地跟身边的朋友开始碰杯。

艾末末跟那个公子哥有说有笑，似乎挺投缘，两个人聊着跳着，居然开始跳起了贴面舞，私底下更是小动作不断。贺明朗忍不住转过头去，目光狠狠地盯着舞池中热舞的两人，心里竟极为不爽。这在以往本该不算什么，艾末末跟什么男人玩，甚至是不是在交往，自己从不过问，但是今天，他有些生气了。

他老婆也似乎跟他较劲儿似的，不停打电话过来，他按掉一个，那边就继续打，无休无止一般。实在不耐烦了，贺明朗跑到洗手间接通了电话，几乎是吼着在说："你有什么事？"

"贺明朗，你又在外面鬼混，你老婆都快残废了，你还在外面玩女人，你是人吗？"他老婆情绪很激动，宣泄着不满，故意把问题说得十分夸张。回去对着那样的她简直是种折磨，所以他越发不想回家。

贺明朗撇撇嘴角道：“只是被烫伤而已，还不至于到残废的地步。医生说不会有什么事的，你安心在家养着，我不回来打扰你，不是挺好吗？”

“你，呜呜呜……你混蛋……”他老婆还要再哭骂，终究被他挂断了电话。他直接关掉手机，转身回场子去了。

等到艾末末回来，贺明朗终于还是很好地控制了自己的情绪，一群人起身去了包厢“加油”。这是很刺激的事情，而且很上瘾很烧钱，只有他们这帮有钱人才玩得起。那种感觉像是飘在云烟顶上却又似在下坠，不能着地也不想着地。有人开始在包厢里暴走乱跳，一些人脱了衣服跳起舞来，男男女女十分混乱。

艾末末虽然总跟他们在一起，但也是偶尔碰一丁点，为了气气贺明朗而已，并没有到这么放浪形骸的地步。她见过贺明朗以往翻着白眼，脸上却挂着愉快表情的恐怖样子，所以不想自己也在他面前出现这样的丑态。今天，贺明朗也没有太多兴致，各种事情让他烦闷不堪。他们两个只是象征性陪着热闹了一下，就打招呼提前离开了。

贺明朗取了车，看样子是想和艾末末一起回到郊区住处。在等待保安赶过来指挥他倒车的时候，贺明朗顺手打开了手机。

只是随便瞥了一眼，贺明朗便立刻紧张起来。屏幕上显示的好几个号码居然是父母家里的，他的脸色顿时变了。

“怎么了？”艾末末疑惑地看着他的脸关心道。贺明朗摇头不答，示意她别出声，然后就把电话拨了回去。一接通就听见他爸爸在电话那头破口大骂：“你这个兔崽子死哪去了？你大半夜不回家在外面鬼混什么？知不知道你老婆都要死了……”

贺明朗挂断电话，果断在前面的路口转弯：“好像不能送你回家了，要不在这附近找个酒店，你自己先住一晚上吧？我家里又出了点事情。”

艾末末默默地点了点头，习惯性配合地说：“前面路口旁边有好几家酒店，你把我放在那里就好，然后你去吧！”

“嗯，等我处理完再来找你。”

06

艾末末站在路口，看着贺明朗的车很快从眼前驶过，消失在茫茫的夜色中，双眼渐渐模糊起来。她赶紧揉了揉眼睛，起雾了而已。此刻，她幸灾乐祸才对呀。让他结婚，让他幸福，瞧吧，现在真正的好日子终于来了！这不就是她一直盼着的吗？现在的情势似乎对自己大有益处。

艾末末让贺明朗把自己在这里放下，却根本不打算住酒店，那里什么东西都是一次性的，连感情都是。有意思吗？

她现在已经买了自己的新房子，当然不能白白空着。于是随手便招来一辆出租车，往自己的新家方向驶去，夜场的路边总是很容易叫到车。

看着马路旁不断后退的路灯，艾末末呆呆地出神。记得当初贺明朗快要结婚的那会儿，自己居然还有心思给他准备单身派对，就在他结婚的前一天，她喝了很多很多酒，醉的时候他搂着她跳舞，她反复对他说："你以为你结婚了，我们俩之间就算完事了？我告诉你，贺明朗，你这人性子不定，结了婚人家姑娘也受不了你，早晚离婚。我就等着，等着你离婚，然后别的女人都不要你了，我再捡你回去。我让你知道，也就我跟你在一起能长久！"呵呵，瞧吧，自己说得真是准，现在才多久？

住在市中心的好处，就是总能很快到家。艾末末站在新家华丽的地板上时，心情莫名地开始愉悦。那个女人正在加速将她丈夫推离的步伐。她当然知道，这个结果对她是相当有好处的。她开心地洗了个热水澡，然后上床安然睡去。

第二天，艾末末睡到快中午才醒来。顾不上刷牙洗脸，干的第一件事情，居然就是精神抖擞地拿起望远镜朝对面张望。可是贺明朗家的窗帘今天全都严密地合在一起，根本看不到里面任何的情况。这让艾末末有些沮丧，她朝楼下看了看，贺明朗的车显然也不在楼下的停车位上，难道他一夜都没有回来？看来事情比想象中更加严重。艾末末心情不错地哼着歌下楼去买菜，决定亲自下厨做几道菜，开瓶红酒自我庆祝一番。

一切准备就绪，她给贺明朗打了个电话，假装关心一下他家里的情况。电话里面贺明朗的声音显得异常疲惫："吃了安眠药，不过吃药前还给双方父母打了电话，所以救治得非常及时，在医院洗胃，折腾了大半夜，基本是没什么事了，现在只是留院观察，大家都还在陪着。"

等着他说完，艾末末长长地叹了口气才开始柔声安慰："哎，没事就好，没事就好，你别太烦心了，多注意自己和老人们的身体。"

挂掉电话，艾末末轻轻用酒杯叩了叩桌面，然后把酒一饮而尽。

听到楼下车响，她瞧了一眼，就知道是贺明朗回来了，于是恶作剧地给他发短信道："回家了？"

贺明朗似乎被吓了一跳，下了车四处张望，以为艾末末站在旁边哪个角落里。艾末末瞧着他的样子，心里暗自得意，然后就看见电话拨了过来。

"喂，你在哪里？"

"我在你家呀，就睡在你和你老婆床上，呵呵呵！"艾末末发出奇怪的笑声，让人很不舒服。

贺明朗语气有些不悦了："你跟踪我？"

"我没有跟踪你，我真的在你家……对面楼上。"原本还想继续逗他，但是听到他的语气之后，艾末末还是放弃了心里的恶趣味，直接告诉了他自己的位置，打开窗朝他挥手。

贺明朗抬头就看见艾末末雀跃的样子，惊讶得半天说不出话来。他无论如何都想不到，这个小妖精居然敢把房子就置办在了自己家对面！

他内心无比忐忑地上了楼，瞧着屋子里面的布置，冷冷地开始发问：“你为什么要搬到这里来？”

“因为可以离你更近一点呀！”艾末末咯咯地笑，“郊区那么远，你来回不嫌累吗？我住过来，你一有时间，下个楼就可以过来，多方便！再说了，在你家对面，还是在郊区，有区别吗？”

贺明朗看着满桌的饭菜愣了好一会儿，今天的事情实在太出乎他的意料了，他需要时间消化。只是眼前看来，家里的事情还没摆平呢，也只能随她这样了。

于是，贺明朗想了一会儿，终于点了点头，算是应允她了。他原本就不是个老实的男人，反正是她外面养着的女人，把女人养在哪里还不是一样？

艾末末瞧见他点头，心中暗喜，如果米莱能像她一样，《奋斗》的故事是不是就会有另外的版本呢？她和米莱最大的不同其实只在于，米莱没办法让陆涛昧着良心欺骗自己的女朋友，但是贺明朗对他的妻子显然没有这么忠贞。如今她和贺明朗合作，一起瞒过他的老婆，在她眼皮子底下生活，好像更加刺激了。

07

贺明朗默许了艾末末住在自己家对面，更多的时候，他不再开车回家，这样能够悄悄地潜回艾末末的住处，和她一起吃饭看电视，虽然平淡，却也成了很难得的清闲。

贺明朗的老婆虽然总是觉得不踏实，却也抓不住他任何把柄，她当然想象不到，自己的丈夫常常就宿在自家对面的楼上。

贺明朗已经开始慢慢适应了新的生活方式。他回家的次数越发少，有时两三天回一次，有时一个星期一次，有时就算回去了，也不会停留整夜。和他老婆的关系日渐地冰冷僵硬。

半年后，贺明朗的老婆主动提出了离婚，贺明朗很快就在离婚协议书上签了字。自始至终，艾末末都没有露过面。她花了五年的时间，终于等来了自己想要的。虽然这几年，表面上她不争不抢，好像每天只是等待和守候，但她知道自己扮演的并不是什么光彩的角色。但是，除了这一条路，她还能有什么别的路走？女人总是对最初的那个情人念念不忘，贺明朗这个她从 18 岁开始就跟了的男人，她不知道自己的情感世界里除了他还能有谁。

在贺明朗离婚后的很长一段时间里，艾末末并不快乐。她发现自己无论怎样去调整，也找不到自己的位置，多年的习惯和委屈，不是一朝一夕能从心里抹去的。贺明朗又如何不懂？他只能又开始每天带着艾末末出去醉生梦死，希望能重新找回两人最初的快乐。

两个月后，他们常去的那家酒吧被封了。据说是有人在酒吧的包厢里吸食过量毒品而猝死，消息惊动了当地警方，各大媒体争相报道。社会版面上的头条位置，标题赫然写着“亡命鸳鸯，命丧毒海”。

第五篇

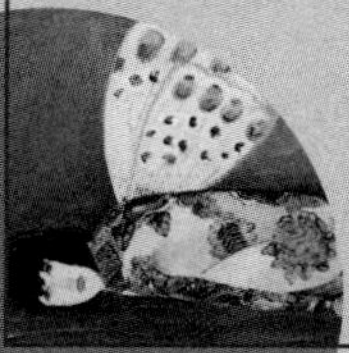

秀

XIU

01

“淼淼，你这不靠谱的妞儿，到哪里了？你瞧瞧现在都几点了？”

淼淼接到好姐妹电话的时候，恨不得从的士里面跑出来，可是前后左右已经被车的海洋包围了，她就算想开个车门都要顾虑会不会刮了别人的车。所以，虽然脾气火爆的安琪在电话里催得火急火燎，她还是不得不按捺性子劝她道：“琪琪，你别急，我就到了。现在在成府西路中段堵着呢，就快到了！”

“快点，还有半个小时就要开始比赛了，你居然还这么磨叽。早知道昨天应该让你住到我们家来的，今天早上就可以和我一起坐阿涛的车过来了，你瞧现在这事儿整的！”安琪拍着大腿，丝毫不在意周围都是妆容精致、举止得体的美女，许多人被她大嗓门一吼，都不由得朝这边看了过来。她犹不自知地瞪了一眼身边的男人，示意他管好自己的眼睛，不要到处乱看。

辰汐摇摇头，表示自己拿这个泼辣的女朋友没办法，反正自己一向好脾气，也不跟她计较。他比着手势示意安琪别顾着吃这些没用的飞醋，赶紧了解一下淼淼的具体方位和情况，看看是不是遇到了什么麻烦。

淼淼在电话那头也叹气："我也没想到堵车是这么恐怖的一件事情。你别急，应该赶得上的。"

"好吧，我不管你了，你自己快点儿的！"安琪麻利地挂断了电话。

车已经堵了半个小时了，正是上班的早高峰，从街头到街尾，水泄不通。淼淼白天一般在学校上课，难得见到这样的场面，所以没有事先估计好，此刻听着司机发泄般地按着喇叭，越发觉得心烦气躁。

"大叔，还要多久才能到呀？"她探着身子问司机。

司机不耐烦地转身道："这堵车可没法说，有可能半小时都不能解决问题。"

"啊？半小时？"还有一站路，就算走，加快速度也该能在十五分钟内赶到，半小时后到那边的话，肯定会迟到。淼淼一咬牙付了钱下车，以她最快速度在车与车之间的缝隙中穿梭着，拼命往比赛现场的方向跑去。

这是她今年参加的第 19 场比赛了，"酷乐之星"是全国有名的酷乐 KTV 发起的一场比赛，因为是第一次举办这样的活动，看起来并不会是能多有名气的大赛，但是据说这次比赛有著名娱乐公司的音乐监制被酷乐的老板请来压场，所以依然在本地吸引了不少年轻人参加。

大家都知道，任何一次有可能被伯乐相中的机会都要抓住，指不定就因为这个小小比赛一飞冲天了。许多大明星不也是从街头被人发现嘛，娱乐圈这样的神话实在太多，虽然未必能够复制，但是模仿的总不在少数。

淼淼已经顺利通过了前面的比赛，进入了二十强。今天的十强赛，要从二十个选手里面选十个，竞争还是挺激烈的。后面一场就是决赛了，今天的比赛很关键。

因为参加过的比赛太多了，淼淼被周围的朋友封了个“比赛专业户”的称号，听起来却有那么一丝酸涩的味道。但是，也多亏这一次又一次的比赛经历，她的确积累了比一般歌手更丰富的经验。许多朋友都劝她不要再白忙活了，这种比赛有几个是真正“公平、公正、公开”的？如今的娱乐圈是水深鱼多，越发浑浊。淼淼总是摇头，唱歌是她喜欢的事情，花点时间也是值得的。至于比赛嘛，即使没能看到眼前的收获，但其实每次比赛下来的积累，倒还真的对她是个提高，当时不觉得，久了也就能发现自己的进步。

淼淼进到比赛现场的时候，眼前一片混乱。工作人员正忙着和选手做开场前最后的沟通，同时还要进行分组事宜。选手们一边听着也不闲着，补妆的补妆，记歌词的记歌词，各种声音乱糟糟的混在一起。淼淼根本找不到安琪在哪里，只能拨了个电话，一路按照安琪指示的方向兜兜转转地找了过去。

“淼淼，这里，这里……”安琪努力地跳跃着，试图将头探出人群方便让淼淼看到。淼淼伸长了脖子，总算看到了像土拨鼠般跳跃着的闺蜜。

“对不起，对不起啊，我没想到会这么堵，迟到了……Sorry 啦！”

淼淼忙着解释，安琪却懒得理会，只顾着嫌弃地指责起淼淼的脸来：“你这张脸画的是什么？毕加索还是凡高给你画的啊？太可怕了！这样还用比吗？这里可不是在为恐怖电影试镜演员，我的大小姐！”

淼淼对于打扮这种细节一向都是不大在意的，因为她始终相信，比赛最重要的还是靠实力，化妆并不会太影响评委对于声音的判断。既然安琪好心要求，自己当然也该假装配合一下。

“时间来不及了，辰汐，赶紧把我的粉饼拿来。”安琪极其自然地使唤起辰汐。

淼淼定定地盯着在给自己认真补妆的安琪，跟自己一样，她也算是个比赛专业户了，同样的热衷，同样的遭受打击，也同样在坚持着。

安琪虽然性格泼辣，但是在化妆方面一向拿手，平时为了臭美而积累了深厚的功底。她画得很快，不一会儿工夫就把淼淼脸上差劲的地方全部给修了过来，前后也就十几分钟的样子，淼淼却几乎快要认不出来镜子里的自己了。

刚要夸赞，工作人员就已经催促起来：“第三组的参赛选手，注意了，快点准备，要候场了。”

02

淼淼就是第三组的选手，来不及再跟安琪说什么，慌忙跟着几个女孩子一起走了进去。她抽到的是第一个出场，不算什么好签。虽然不知道其他选手实力如何，但是淼淼对自己很有信心，选的也是难度稍高又容易被人比较的一首歌曲。

“Loving you is easy 'cause you're beautiful，and making love with you is all I wanna do……”她唱的是英文歌，比起中文歌，除了对唱功的要求，英文的发音是否标准也无形中增加了难度。淼淼原本只是学的旅游专业，虽然学校并不怎么样，但是他们这个专业对英语还是有要求的。淼淼庆幸当初还算用功，所以自己英语水平还算不错，唱英文歌也算是得心应手。台下的评委原本还在漫不经心地交头接耳，几句之后，有识货的已经转过来认真看着淼淼满脸微笑了。

这首《Loving You》旋律很优美，但最突出的却并不是这点，而是其中的海豚音，自从张靓颖在参加超女比赛时唱过之后，这首歌便一炮而红，海豚音也由此成为了张靓颖的标志。从此也极少有歌手在比赛时选择这首歌，如此强大的比较对象存在，不是谁都有胆量去挑战的。

淼淼却不是，有道是越危险反而可能越安全。如若不是对自己完全信任，选择这首歌来唱必定是自讨苦吃，可偏偏淼淼就选了它。其中，海豚音因为除了高亢，还讲究婉转的美感，所以很难唱，淼淼站在台上，当然知道评委中有人一直在期待着这一段。终于唱到的时候，淼淼闭上眼，轻松哼了起来，台下顿时寂然，她的声音清澈而不失穿透性，最难得的是完全没有模仿的痕迹，她完全唱出了自己的海豚音，独特而动听！

“好，不错！”

“唱得好！”有两个评委已经难掩激动地站了起来，当场鼓掌，“很久没有遇到这样特别的声音了！”

歌已经唱完了，曲子结尾处的旋律仍然在回荡，淼淼轻松地舒了口气，正常发挥。

她们这组的结果很明显，她是直接晋级的，十强！这已经不是第一次进入这样的排名了，这回依然风头强劲。

淼淼一出演播室的门，就被等在外面的一些女孩子包围了，居然还有地方电视台的记者煞有介事地采访她：“据说你是今天第一位直接拿到评委绿卡晋级十强的选手，不知道你面对这个结果心情怎样？”

“心情很好，很开心，感谢评委能够认可我的表现。”淼淼简单两句回答完问题，不等有反应就急急绕过人群，回到了候场区，抽到第四组的安琪就在这里候场。

淼淼迅速找到了安琪，飞扑过去的第一件事情便是伸出手掌，重重和她一击掌，希望将自己的好运气传递给这个死党：

“加油！”

来不及细说什么，安琪上场了。淼淼陪着辰汐紧张地站在门口等候着。

大概十分钟不到，安琪就出来了，一脸的无精打采。

淼淼瞧着她的脸色直接问：“是淘汰还是待定？”

“宝贝你可别灰心丧气的呀，反正不是头一次了，以后还有机会的，慢慢来。”辰汐经常陪着自己女朋友来见识这种场面，早就已经习惯了，立马安慰女友。他知道自己的女朋友喜欢唱歌，又是专业出身，总想着要有所建树，不停地参加各种各样的比赛，也只是希望有一天能有机会出人头地。可是，偌大一个中国，学艺术的人那么多，真正能崭露头角的也不过那么几个，竞争激烈自然也是常事。

安琪明显不满他这句话，白他一眼道：“慢慢来？怎么慢慢来？我还没被淘汰呢，你就说这种丧气话，只是待定罢了！”

“啊，待定？那就是说还有机会嘛！”淼淼也为她的结果出现转机表示欢喜，“说不定就进十强了呢！”

“是啊是啊，老婆你真厉害！”

“谁是你老婆？别乱叫啊，你只能算是我男朋友，八字还没一撇儿呢！”安琪嗔怪地反驳，随即苦着脸叹气，“哎，说起来真是丢人，我这个专业出身的选手还不如淼淼你非专业的唱得好，每回比赛你都能进前十，我只有这回算是有点机会，以前从来都是直接止步二十强！”

“你别这么说，以前是直接淘汰，这回是待定，比赛了这么多场，你也在慢慢进步不是吗？”

“是啊是啊，老婆你别泄气呀，照这状态下去早晚的事。等你成名了，我可就有一个明星老婆了！啧啧啧……”辰汐夸张的样子逗得安琪笑出声来。

这边淼淼和辰汐正忙着给安琪打气，主持人就已经走到了外面来，跟大家宣布比赛的结果。这回比赛直接晋级前十的有四个人，直接淘汰的有六个，剩下的十个人接下来要竞逐余下的六强席位。评委根据众人的实力情况打分复议，最后选出的人里面很幸运的就有安琪！

三个人原本揪着的心陡然一松，欢欣雀跃地抱作一团尖叫了起来。

主持人告知，下周六进行决赛，届时会有某著名唱片公司的总监来现场寻求唱歌的好苗子，如果被看中，有可能签约唱片公司进行包装打造！

现场再次混乱了起来，有比赛失利的女孩子当场痛哭，甚至怒骂主办方和评委不公，也有比赛晋级的女孩子相互祝贺，欢喜励志的样子。更多的女孩子明显对那个一直不被主办方透露姓名只号称大有来头的“某著名唱片公司的总监”很感兴趣，开始议论起来，究竟是柯亦唱片还是铭代唱片呢？

众人一边讨论各自的话题，一边渐渐离场。安琪头一回取得这么好的名次，心里高兴，拉着自己男朋友的手一晃一晃地蹦跳着往外跑，一路问淼淼："哎，你猜，他们请来的唱片总监，会是谁呢？"

"这个……我怎么可能知道？我也和你一样是选手！况且主办方只是说，有可能被看中签约，并不是一定。"淼淼冷静地分析，"他们请来的人应该只是跟这家 KTV 老总私下有点交情，帮忙造造势的吧？"

"那怎么可能？"安琪摇头，"反正他们都要签歌手的，说不定真是来挑新鲜血液的呢？"

三个人有一句没一句地讨论了半天，谁也说不出个所以然来，最后只能作罢。鉴于今天"双喜临门"，三人商量好，晚上要去"愚人码头"庆祝一下才行。淼淼想了想，反正是自己每天工作的地方，也省得她另外请假了，很干脆就答应了下来。

03

"愚人码头"里灯光暗沉，透出的却不是颓废低迷，伴随着轻轻弥漫在四周的蓝调音乐，反倒显出一种让人放松的沉静。这里接待的客人大多是周边写字楼里年轻小资的白领一族，他们忙碌了一天就喜欢来到这里喝点什么，听听舒缓的音乐，放松紧绷了一整天的神经，也恰好能避掉下班晚高峰的拥堵。

晚上八九点的时间段，许多白领还没有吃完饭或者逛完街。淼淼早早就站在台上，没做任何介绍，直接开场。她唱的是蔡健雅的《Beautiful Love》，不同于以往的干净清澈，反而在沙哑中透着股子慵懒的性感。淼淼今天换了一种风格，居然也唱得很得心应手，安琪和辰汐在台下听得入迷了，等到唱完，才随着周围的掌声回过神来。

“唱得好！”

“淼淼，再来一首！”

在座的许多人都是这里的熟客了，对淼淼的声音很有好感，所以在开场的时候就很给面子地捧起了场子。

安琪拽着辰汐的衣袖，扯来扯去地示意他看周围人的反应，脸色不无羡慕地说：“你看，淼淼的声音就是好听，才来这里工作多久呢，都已经有自己的粉丝了！”

辰汐也啧啧赞成道：“是呀，我看她唱任何现场都这么淡定，真是难怪那些评委都夸她，她不红都没道理了。”

对于大家的捧场，淼淼依然没有多说只言片语，接着唱了《愚人码头》，算是用歌声回应了客人的热情。虽然不是什么活跃气氛的歌曲，可依然引得不少人共鸣哼唱。

“哦……淼淼！淼淼！淼淼！”唱完之后的掌声和喝彩不断，安琪甚至站了起来夸张地吹了声口哨，旁边有人侧过身来问她：“台上的那个女孩儿，你认识？”

“认识啊，怎么了？”安琪把头转过来，瞧见对方戴着老大的墨镜，不由得警惕道，“你是谁呀？管这么多干什么？”

这个世界上太多的事，
无分对错，也没有对错，
只是自己的选择而已！

“哦，我只是第一次来这，听她唱得挺不错的，想认识认识。”

酒吧里的灯光暗沉，看不清对方的神色。一旁的辰汐尽管因为周围的喧嚷听不清楚他们说了什么，却是用手搂住了自己女朋友的肩膀，挑衅地狠瞪了对方一眼，宣告一般，然后轻轻凑近安琪的耳边问：“这人是谁呀？认识吗？你没事儿乱跟陌生人搭什么话？”

“哦，他看出我认识淼淼，应该是想借我跟淼淼搭讪。”安琪又审视地看了看对方，满脸的嗤之以鼻。

淼淼在这边唱歌的时间长了，遇到奇奇怪怪的人也不少，每次跟安琪诉苦都让安琪气愤无比。这个大晚上还戴着墨镜装明星的男人，想必也是心怀不轨的无聊男人。想从自己这里套近乎，那是门都没有！

戴墨镜的男人被这么盯了半晌，终于还是把自己的墨镜取了下来。朝着一对明显不友善的小情侣，用了很大力气，几乎是喊的，才把话清楚地传到他们耳朵里：“你们误会了，我不是闲得无聊瞎找乐子的人。”

“误会？”安琪一边随着乐曲左右摇晃身体，一边口气嘲讽地说，“来这里的都是无聊找乐子的，你说自己不是，谁信呀？”

“你朋友虽然唱功不错，可是未必能发挥出她最极致的水准啊，Live 不是这么好唱的！其实……”男人眼睛盯着台上的淼淼，一时忘记了说下面的话。

淼淼此时正随着自己唱的舞曲节奏跳动起来，节奏准气息稳，更难得的是动作也合拍。他一时想要挑出点瑕疵来，居然也变得困难了。

“怎么样？唱跳俱佳，色艺双绝吧？”安琪瞧着对方的神色，嘲笑的意味更浓了，“我姐妹有几斤几两，我不比你清楚？还 Live……呵，她从来都是这个酒吧歌手里面最叫座的，刚百度的单词吧你。”她一看这个人的样子就觉得有点诡异，说话越发地不客气。大晚上在酒吧找乐子还戴副眼镜的男人，到底是有多变态呀？

“好是真的好，可惜啊……”男人把玩着自己手中的墨镜，居然索性走过来就在安琪他们的台子坐了下来。

“哎，我说你也太假熟了吧？随便说几句话套个近乎，就想坐我们这里？”辰汐对于这个男人明显充满了敌意。对方却笑着伸出了两根手指，指间夹着一张小纸片。

安琪伸手接过，高高举起来，借着闪烁的灯光看到居然是张名片。费了老大的力气才看清楚上面的名字，“邵……天……阳？”安琪一个字一个字地念了出来。

“这个名字有点熟。”安琪有些疑惑地喃喃自语，侧着头在脑子里搜索了一阵，试图回想会在哪里听过这个名字。

此时，淼淼正好结束了演出，把场子交给了下半场的歌手，兴奋地朝着闺蜜的方向走了过来：“琪琪，我刚刚唱得怎么样？”

“柯亦！柯亦唱片公司！你是柯亦的！”屋顶的灯光突然

变换了色彩，一片亮光晃过，正好白花花地打在了安琪手中的名片上，一角的 LOGO 清晰地印入安琪的眼中，在她脑中顿时电光火石般地闪过，随之尖叫出声来。

“什么？柯亦唱片？”完全不明情况的淼淼被她惊了一跳，警惕地扫了眼四周，目光停留在了端坐在卡座沙发上的陌生男人。淼淼终究混迹这种场所多了，见惯了各种骗人把戏，很快就淡定下来。

安琪将名片举到眼前又仔仔细细看了一下，再次看向墨镜男人时，表情显然不同起来：“淼淼，他，他是柯亦唱片的副总监！我们碰到大人物了！”

淼淼摇头：“这种名片街边小店随便一印一大盒，你怎么能够相信呢？有的是这样的人蹲在路边等着你这样的小姑娘上钩呢，你真以为星探、金牌经纪人每天闲得没事干，有那工夫在街上晃啊！”

“可是，我在网上见过他的照片……”安琪急于替人解释，倒是邵天阳丝毫没打算辩驳什么，直接打断安琪开始了自己的主题：“你好，淼淼小姐，我是邵天阳。唱得不错，可惜稍小众了点。”

三个年轻人顿时语塞，没人再接话。

邵天阳毫不在意地笑着，继续说道：“如果可以，我希望你能考虑为自己寻求更大的发展。”

04

邵天阳丢下一句话和名片，很快就离开了，留下莫名其妙的三个人，原本计划中惬意的庆祝活动陡然没了气氛。三个人兴趣索然地趴在桌子上，一边喝着饮料一边有一搭没一搭地讨论着刚刚邵天阳的那句话。

“哎，你们说，他那是在装深奥吗？什么意思呀？”安琪拨弄着自己的头发，居然比淼淼本人还烦躁。

淼淼摇头：“他应该只是热心给我提个意见吧，希望我努力在音乐道路上走出自己的风格来，让更多的人接受我。”

辰汐立马反对：“怎么可能，作为一个男人，我最有发言权。谁会毫无目的地跟一个陌生女孩搭讪，然后就为了说这么一句废话？那也未免太好为人师、助人为乐吧！哈哈哈！”说着又突然故作神秘地压低了声音凑近两人：“我总觉得他有不良的心思，该不会是想潜了你们两个吧？”

“呸呸呸，胡扯什么呢！你真当我们是娱乐圈的小明星呢？还有人来潜我们？”

安琪说着一巴掌拍向了辰汐的胳膊，听到这说法，她怎能不火大。淼淼却愣住了，表情瞬间变得凝重起来。潜规则？身处在音乐圈子里这么久，虽然她还只是籍籍无名之辈，却早已经不是第一次离这种事情这么近了。已经成名的歌手自然是不需要靠参加这种来炒作自己，反倒是新人，似乎更有可能在追寻梦想的过程中遇到此类事情。参加过这么多场比赛，夜路走多了都能遇见鬼，何况是人与人这些破事呢？淼淼起码是有遇到过居心不良的一两个小工作人员吧，对，小工作人员！往往真正的大拿，反倒是不屑这些乌七八糟的事，又怎么会耍如此不入流的小伎俩。

接触到不止一两次以这样那样的名头试图跟自己来谈“规则”“交易”的人之后，淼淼知道自己原来还长得不错。每次比赛结束，面对各种无法让自己满意的名次时淼淼偶尔也会去想，如果当时她点点头，是否会有不一样的结果呢？可是，她连想想都觉得耻辱！作为一个有实力有坚持的歌手，她怎么能有这样的假设呢？从第一次参加比赛开始，自己不是就已经想得非常清楚到底是为什么上赛场了吗？为了红还是为了唱歌？这个问题几乎成了每档比赛里，导师或评委必问的问题之一。无论怎样煽情地去演绎答案，每个参赛的选手心底应该都清楚自己最真实的答案，淼淼更是一早就在心里回答过自己。

淼淼特地把思绪拉了回来，没再配合他们两个的胡思乱想，直接结束了这个话题：“我们管他是哪个公司的总监呢？如果他真的想给我们机会，直接给就是，不用拐弯抹角的，别去想了。”

"好吧，我承认我多想了。"安琪泄气地把头靠向辰汐的肩膀，"难道真的就没有一个大人物想要潜规则我吗？"

辰汐照着依靠在自己身上的小脑袋轻轻一敲，"哼！这辈子你就别想啦！你都已经有老公的人了，还想谈潜规则？"停顿了一下，辰汐似乎真的有些不放心了，脸色开始严肃起来。于是扶起女朋友的肩膀让她看向自己，才认真地叮嘱起来："我总是提醒你说，娱乐圈实在太混乱了。我知道你们都是好女孩，自己肯定不会想什么歪门邪道，但是难保不会遇见这样的情况。你可要时刻保持清醒，警惕啊宝贝！"

安琪在男友面前任性惯了，没想到一向温顺的他今天居然反给自己上起了课，一下就来劲了："照这么不死不活无休止地参加比赛，不知道明天会怎么样，还不如赶紧找个人来把我潜了呢！"

"喂喂，打住了啊！琪琪，你还真来劲儿了是不是？你就别再撂狠话吓你们家辰汐啦。"淼淼替辰汐说着好话，心里却涩涩的一阵别扭。怎么现在一提和演艺有关的事情就离不开"潜规则"了呢？

三个人在这一天即将结束的最后一小时里开了瓶酒。毕竟还是进入十强了，庆祝一下也算图个喜气，过几天的比赛，除了实力本身，还得仰仗这份好运气继续罩着自己呢。

三人象征性的庆祝很快就结束。各自散去的时候，淼淼的手机响了起来，一个完全陌生的号码。

"你好？"淼淼犹豫了一下，疑惑地按了接听键，这么晚了，还有谁会打电话找自己呢？

电话那头的声音和号码一样陌生："Hello，美女。考虑得怎么样了？"

邵天阳！淼淼迅速反应过来，他是怎么弄到自己号码的？他到底想干什么？一连串的疑问让淼淼有些慌张，但很快又冷静下来，直接将问题抛回给对方："我不明白邵先生的意思，还有，请问你怎么会知道我的电话号码？"

邵天阳倒是坦白，直接告诉她："你的电话是我从酷乐这次比赛的主办方那里要到的，你报名参加了他们的比赛。而我，恰好是他们这次请来的评委，就这么简单。"

淼淼心里扑通一声，难道之前半开玩笑的胡乱猜想竟然被他们说中了？淼淼努力压制着心脏的狂跳，继续冷冷地说道："既然邵先生是评委，那么我想您应该比我清楚，这次的比赛原则依然是公开公平公正的，对吧？"淼淼话里有话，想要直接将他一军，让他自动打消对自己想的那些歪心思，没等对方回答，淼淼就接着用略带威胁的语气继续说道："所以，邵先生，不论出于什么原因，我认为评委和选手私底下联系不是太合适吧？这让其他选手或媒体知道了，难免会对你我甚至大赛造成不好的影响，所以如果没什么事的话，我该挂电话了……"

淼淼原本还想说几句狠话吓唬吓唬这个对自己心怀不轨的家伙，却被邵天阳的笑声直接打断了，"哈，哈哈……咳咳，什么叫私下联系呢？淼淼小姐是不是想歪了什么呀？哎呀，真是没想到，现在的小姑娘看问题还真是前卫。啧啧啧……”

“你……”淼淼顿时被气得脸色通红，还想回击什么，却不知道说什么才好，只能狠狠地跺了两下脚。没想到这个男人除了厚颜无耻，居然还如此狡猾。

邵天阳过了好一阵才止住了夸张得意的笑声，总算开始正常说话了：“你们这些小丫头，一个个就是八卦杂志看多了，一只脚还没踏进娱乐圈呢，就以为自己多了解，动不动就把周遭想象得有多水深火热似的。没那么复杂，说白了，就好像这次比赛，说是要通过层层选拔来选出最优秀的那一个。但事实上，比赛到现阶段，剩下的人里面，大家的水平都差不多，无论选谁当第一，都是有可能的。我们要的是明星，而不是什么冠军。当然，这两者并不冲突，只要这个明星是自家的，那么她当然会是冠军，而这个冠军也是她成为明星的第一步！”

“你的意思是……内定冠军？”

邵天阳干笑了一声：“也不能说是内定吧，如果不是今天这么凑巧，看到你酒吧演唱的另一种潜力，可能我应该也不会对你有如此高的期望吧。反正最后的冠军本来就是会签约到我们公司的，而能留到最后的必定是所有评委认为最有潜力的那一个。那么，既然提早发现了这个人，为什么不让她走得更顺利稳妥一点呢？如果能有公司提早介入，帮她谋划，我想，这个冠军的人气会更上一层楼的，你说呢？”

淼淼一下子就明白了，她不动声色地问道：“那要想成为这个冠军，贵公司需要我做些什么呢？”

“不是我们公司要你做什么，而是我……”

话说到这个份上，终于变得赤裸裸起来。娱乐圈的水太深，她们这些圈外艰难前行的女孩子都不免被急浪湿了衣服。淼淼追逐着音乐扑腾了这么些年，不是什么都不懂的傻子，几乎是一瞬间，她就已经反应好应该怎么做了。

“这个事情……”她拖长声调，同时悄悄将手机移了开来，按下了录音键，然后才继续说道，“我还是不大明白到底需要我为您做什么，邵先生想我怎么做呢？”

“呵呵，淼淼小姐，世界这么乱，装纯给谁看呢？大家都是成年人了，你何必跟我打马虎眼呢？”邵天阳慢悠悠道，“据我所知，你在参加这个比赛前，已经参加过许多其他比赛了吧？你长得这么漂亮，实力也不俗，要说没有别的人看上你，我也不会相信的。我应该不是第一个！”

“邵先生看错人了，我只是唱歌的，还不至于为了成名就干那些龌龊事。”淼淼语气坚决道，“再说了，柯亦是业内有名的大公司，艺人的签约难道是你一个副总监全说了算的吗？”

她把话说到这份上，已经明摆着是拒绝了。虽然在酒吧那种乌烟瘴气的地方唱歌的女孩子身上难免会沾染几分风尘的味道，因为环境因素让人不得不配合着来适应，格格不入的风格去表演又怎能给出那里该有的精彩？可是淼淼的父母在她小时候就对她管教严格，告诉她的“宁可走弯路，也不要做糊涂事”也是她一直以来坚持的原则。

邵天阳似乎也没有料到她一个跑夜场的小歌手会这么直接地拒绝他。如果自己是那些小公司的人就算了，偏偏是行业龙头老大般存在着的角色，能看上她已经该受宠若惊才是，来参加各类比赛的女孩子，不就是想要红吗，居然让这么个没见过世面的黄毛丫头给打脸了，他在圈子里还有面子混吗？那些个小姑娘还能把他当回事？邵天阳不死心地威胁道："淼淼小姐，你还是不要这么急着把话说满，说不定你明天想通了反过来求我呢？还是给自己留点余地的好。"

"不用了，邵先生，我现在就能答复你，以前我对别人说不，现在对你也是这样！您还是多花些心思到你的音乐事业上吧，别误了柯亦这么好的地方。"淼淼说话的语气已经不再客气，她尊重的只是专业素养上的强者，而不是所谓的行业前辈，抛去职业光环后也不过是这样让人小视的角色。

邵天阳怒极反笑，阴阴道："既然你这么不识抬举，那要是后天的比赛再次不小心失望，可别怨机会不好，只能怨自己不努力争取了！"

"谢谢邵先生提醒，不过我早就想到可能有人要恼羞成怒地给我使绊子，所以刚刚通话的时候，一紧张不小心错按了手机的录音键。不过我在想，到底谁会给我使绊子呢？邵先生您肯定是不会的，是吧？"说完淼淼还故意娇媚地一笑，气得电话那头"咚"的一声响，然后就只听见嘟嘟嘟的声音了。

淼淼解气得咯咯直笑，对着已经无人对话的手机还忍不住嘚瑟一句："你也别怪本姑娘耍诈，要怪就怪像你这样的无耻之徒多了，才‘培养’出来我这样的人精。就这点老伎俩还想欺负新人，我呸！真当我们八卦杂志是白看的？”

05

不是什么值得炫耀的事情，淼淼没有告诉任何人，连安琪都没有。她更不打算以此来为自己增加话题，主要因为涉及的公司和个人实在太敏感，要是一不小心传出去，在娱乐圈指不定又要掀起怎样的风浪来，若自己从此出名，但出的是臭名而已。自己削尖了脑袋往各个舞台上钻，为的是能在自己喜爱的事业上拥有更多的话语权，那样才能更大限度自由地追求自己喜欢的音乐，而不是一个臭名远扬的机会。

事情就这么云淡风轻地过去了，好像没有发生过一般。淼淼心里却没有这么平静，三天后就是十强赛了，自己是去还是不去呢？那个一肚子坏心思的副总监肯定是恨死自己的不识抬举了，即使因为有把柄在淼淼手上不敢明目张胆地报复，也难免会故意刁难。索性耍回个性，主动退赛会不会更有面子一些呢？淼淼就这样反复犹豫了好几天。

终于到十强总决赛这一天了，犹豫再三，终究还是按捺不住上台歌唱的欲望，再加上考虑到如果自己突然退赛，先不说外界会怎么看，光是安琪小两口的“十万个为什么”就够她烦的了。于是索性放手一搏，反正是没什么好结果了，自己就在这最后一场耍痛快了，撒开了唱上一回也过瘾！

这天一大早，安琪就指挥辰汐开车来接上了淼淼一起去赛场。上次自己这个不靠谱的闺蜜就差点没赶上比赛，这次她可不愿再替她担这份心了，还不如好人做到底地当个便宜司机吧，谁叫两人就是这么好呢。

由于没碰上堵车，三人居然还提早了半个小时到达了现场。

比赛前，安琪和淼淼一起去上洗手间，叫辰汐帮着看包。淼淼今天有些拉肚子，在洗手间磨蹭了半天才出来。安琪和辰汐已经等得不耐烦了，一见她出来，就连拖带拉地拽着她往后台跑，边跑还不忘数落她两句："什么叫起个大早赶个晚集？你大小姐算是标准地给我们示范了一遍。"

当他们到达后台的时候，就感到了一阵骚动，每个人都在一片惊讶或叹息声中议论着。因为主办方的原因，今天的赛制突然临时发生了变化，一改以往的淘汰制度，一开场就先淘汰三个直接进入七强，没有待定、没有复活。然后七进五，五进三，三强排位都是直接淘汰。

第一轮，淼淼和安琪都发挥一般，但是足以进入七强，被淘汰的三位姑娘泪洒当场。淼淼朝评委席扫了一眼，正看到依然戴着大墨镜装酷的邵天阳，又黑又大的镜片挡着了他大半个脸，完全看不清楚他的表情。旁边几个评委都不时转过头来和他交头接耳，像是很尊重他意见的样子。看来他对这场比赛还真有那么一些决策权。

七进五的比赛很快就要进行了，因为排位在淼淼和安琪之间的那个女孩被淘汰掉了，所以，现在两个闺蜜兼死党就这么站到了一起。两人在背后悄悄握了握手，算是给对方加油打气。

淼淼先唱，刚一张口，就看到邵天阳突然抬头，嘴角扯出一丝奇怪的笑容。淼淼顿时感到头皮发麻，一紧张居然唱慢了半拍，幸好乐队老师及时发现，悄悄做了调整，算是替她做了弥补。此时，淼淼的手心已经捏出汗来了，第一段总算是被她唱得有惊无险，后面逐渐放松，才算是补救了一些。

“你唱歌的稳定性太差了。”

“是啊，这回总觉得你不如之前放得开了。给你个忠告，你还年轻，不要太计较比赛的名次，享受就好！”

“这一回我要把票投给另一位选手，我觉得你需要好好冷静一下，把心思全放到唱歌上才好！”

……

评委的点评和投票很快就结束了，最后剩下邵天阳关键的一票，决定谁去谁留。他笑眯眯地看着淼淼和安琪，一副无害的模样。在台上两人看来，却是怎么看怎么猥琐。淼淼心中早有准备，大概可以猜到他要说什么。

只见他指着自己说：“淼淼，今天状态明显不好，显然应该是被淘汰的那一个。但是……我对她还抱有期待。”

“什么？”淼淼惊讶地瞪大了眼睛，不明白这话的意思，他肯定又想要什么把戏。无奈此刻自己只是站在台上等待他宣判“生死”的小选手，只能瞪着眼睛等着他把话说完。

“所以，我决定这一票，弃权！”邵天阳皮笑肉不笑地摆出一副故弄玄虚的样子，自以为很高深地一字一停地继续说道：“既然这一轮成了平局，那么淼淼和安琪两人必须重赛一场，来决出胜负，希望她能珍惜这机会，让我以及大家看到她爆发一次。”

台下顿时炸开了锅似的，鼓掌声、反对声、加油声响成一片。

淼淼怎么也没有想到，自己和安琪都被这家伙耍得团团转。再赛一场，淼淼根本不觉得能有任何意义。经过这一番突变，时间已是接近中午。现场导演宣布放饭，休整一会儿，下午继续比赛。

淼淼被刚才的一惊一乍弄得晕头转向，脑袋里还是一团糨糊。安琪倒是高兴，她作为一名科班出身的专业选手，参加任何比赛，每回都徘徊在十强之外。这回总算是老天开眼，眼看就是五强了，也算是扬眉吐气了。安琪一路上都沉浸在喜悦中，丝毫没留意到，身旁的辰汐脸上露出的复杂表情。

淼淼心中还是感觉不安，思前想后，总觉得哪里不对劲。事先她想过许多有可能会发生的状况，也许是十进七就一下子被刷了，因为他应该很不想多看到自己。如果他稍微有所忌讳，不想太过明显，那么七进五的时候是更好的机会。当时如果直接淘汰她完全名正言顺，连她自己都懊恼当时的表现。可是，他又一次保住了自己，而且还理由充分地说得头头是道。

淼淼此刻反而觉得被淘汰才是合理的，不淘汰她反而让她继续站在台上，怎么都有些手足无措起来，因为一定有些未知的危险在暗处等待着。

淼淼的坐立不安并没有持续很久，下午的比赛，她虽然发挥得很好，但是如她所愿，她终于被淘汰在了五强的位置，再也没能走下去。她在被邵天阳投完反对票淘汰之后，还听到他一番假惺惺的总结："这位选手唱功虽然不错，但是还不够形成自己的风格。我希望你能再打磨打磨自己，如果有机会再见到你，希望你能够带给我们一些更特别的东西。"瞧吧，评委想要刷掉一个人的时候，总是能找到理由，甚至可以说是一片苦心为了对方好。

台下的观众群里也一片唏嘘。他们原本以为这个姑娘长得漂亮、唱跳俱佳，一定可以夺得前三的，没想到五强的第二次交锋也还是被刷了。淼淼深深地看了评委席一眼，转身拥抱了一下安琪，说："你好好比，带着我的那份希望，一起替我们争得冠军！"对于这样的台词淼淼早已经烂熟于胸。这几年来的比赛，十场里至少有七八场都是要么第四、要么第五的尴尬处境。她已经习惯了，习惯了总进前五，习惯了自己总是走不出这个怪圈。

淼淼转身走出演播室的时候，辰汐还等在原地。看见她出来，急忙迎了上去问：“淼淼，怎么你一个人出来了？琪琪呢？比赛结果怎么样了？”

“我已经被淘汰了，第五名。琪琪可以继续冲击前三，放心吧，琪琪今天的表现不错。”淼淼拍了拍辰汐的肩膀，示意他不用这么紧张，然后站到一旁陪他一起等待。

淼淼掏出静音许久的手机来，翻看着未接来电和未读信息。突然，脸上原本淡然的笑意瞬间僵住了。

“辰汐，我有急事要先离开一下，你自己留在这里等琪琪吧！”淼淼直接从辰汐手中拿过自己的小包，边说边急匆匆地跑出了演播大厅。

06

比赛的结果当天就揭晓了，一向在各种比赛中没有任何收获的安琪居然成功地闯进了三甲。虽然仅拿到季军，可是，她的巨幅海报却挂在热闹的商场附近最显眼的广告牌上，来往行人总是能看得到，在这座小城市里也算引起了不小的轰动。虽然是第三名，但是安琪是这次比赛中唯一一个被柯亦文化签下的艺人，所以无论从哪方面讲，都引起了许多人的关注。

淼淼走过马路的时候，抬头正看见海报，上面的安琪穿着亮晶晶的小礼服，被阳光照得熠熠生辉。这应该就是所谓明星的光环吧？淼淼突然就笑了，笑得有些发僵。今天安琪突然请自己吃饭。

淼淼就这么多看了几眼那幅海报，就变红灯了，于是又等了一会儿才算是过了马路。等赶到茶座餐厅的时候，安琪和辰汐已经面对面坐在那儿了。两个人的脸色都有些怪异，气氛有些阴沉。

“不好意思，路上交通不是很顺畅，我还在街角多看了会儿琪琪的海报，所以来晚了。”淼淼尽量让语气显得轻松，打断两人的沉默。

辰汐把头撇向窗外，胸口依然起伏不定，似乎正在努力压制情绪。安琪却笑了：“淼淼，又迟到，不过不迟到就不是你了。还不快点过来坐下，就等你点菜了。”

“还吃个什么劲儿啊？散伙饭吗？”辰汐突然转头，怒气冲冲地瞪着对面的人道，“安琪，你今儿特地摆这一出，是把我们俩都当傻子耍是不是？”

淼淼尴尬地看了看左右两人，终究也在安琪的对面，紧挨着辰汐坐下了。但还是试图劝说：“辰汐，你这是说什么呢？别这么凶安琪，她好歹是你女朋友，有什么话慢慢说。”

“女朋友？都爬上别的男人的床了，也快成明星了，我可无福消受这样的女朋友！”辰汐从来没有过今天这么抓狂的状态，像一只愤怒的公狮一般，咆哮着。

安琪紧忙瞧了瞧四周，看到还有不少顾客在场，脸色顿时变了：“辰汐，你发什么疯！没有证据，你可不要随便冤枉我！我没有！”

“你没有？”辰汐指着她手边的包说，“这么贵的名牌货，谁送你的？外面那么大张的海报，谁给你挂上去的？怎么谁都没签，偏偏就签了你？怎么就那么多的巧合？你敢说你什么都没做？谁会信！起码淼淼是人家一早就看上的，论实力也一直都比你强，可就连她都硬是被刷下来了，而你……这样的情况还不足够说明问题吗？”

“她实力一直比我强得多？如果真的强，为什么从来没有被选上？”安琪愤愤道，“淼淼，你以为你参赛名次总是第四第五是巧合吗？你太天真了！就是因为你的实力太强，各方面条件又太好，用来包装的话反而没什么话题争议，索性拿你引出每次的话题反倒来得出彩。既借了你的实力来让比赛好看，同时在淘汰你的时候又能激发观众对于后面结果的好奇。你这个五强，值了！淼淼，你实力再强又怎么样？你每回都止步五强，照样被主办方玩在手心！”

安琪说完自己也愣住了，被辰汐那小子一气，为了泄愤，居然连只有自己和参与其中的人才知道的操作细节也脱口而出了。

淼淼冷冷看着她，半晌才说话：“那你呢？大赛主办方对我的确不公平，那你呢？你作为我的朋友，你的所作所为对我公平吗？”

安琪目光闪烁了，表情有些慌张地看着淼淼道：“你，什么意思？”

“决赛那天你和我一起去的洗手间，我多待了一会儿，你先出去之后，你敢说没动过我的手机吗？”周围立刻安静了，没有人再说一句话，连辰汐都突然明白了那天安琪为什么总是奇奇怪怪地想要支开自己。

07

“亲爱的，我渴了，我好想喝一口可乐，一口就好，你能帮我去买一瓶回来吗？”从洗手间出来的安琪少有地冲辰汐撒着娇，甚至讨好地接过了辰汐手中为两人看管着的大包小包。辰汐受用地连忙冲了出去，用最快的速度来满足女友的小小要求。

安琪也同样迅速地找出了淼淼的手机，简单地几下操作之后又赶忙放回了原处，笑盈盈地等着男朋友和闺蜜。

……

先从茶餐厅出来的只有淼淼和辰汐两人，安琪还呆呆地坐在原地。

淼淼犹豫着说：“其实，你也不必想得那么阴暗，琪琪想进这行，竞争这么激烈，要挤进去自然要付出代价，可未必就是用身体，也有可能是达成了某种协议，安琪只需要帮邵天阳办些事情，也同样能够得到他的帮助。”

“有区别吗？”辰汐看着头顶上高高挂着的海报，上面的安琪笑得还是那么天真灿烂，“她今天选择了背弃你这个朋友，下一个也许就是我。友情？爱情？难道用背叛自己的感情来作交换就不是潜规则了吗？这道选择题是她自己做的，我没得选择！”

淼淼愣了一下，不再说话。她连自己都劝说不了，又怎么去左右他人的选择？这个世上有太多的事情没有对错，有的……只是自己的选择。

第六篇

女王俱乐部

NÜWANG JULEBU

01

叶天骄开车到公司的时候，还剩15分钟，她匆匆停完车，在前台小姐那里打完卡，听到她喊住自己。

"骄骄，你怎么才到？Lisa女王十分钟前就已经往这边传过话了，要你到了就马上去见她！"

"啊？这么早？"叶天骄一时间愣住，然后紧张地看了看旁边的挂钟，跟自己手表的时间相差不过一分钟，应该没有迟到吧？已经工作一个月了，她对于总编Lisa的风格已经非常了解。Lisa召唤下属的时候，一向要求在最短的时间内赶到的，效率要求极其苛刻，可是没有听说她还喜欢在上班前半小时召唤下属呀！

"我也不是很清楚，应该是有什么重要的事情吧，你可要打起精神，小心应付！"

叶天骄点点头，快走几步进了电梯，电梯里人满为患，各种香水味熏得她鼻子有点受不了。她心里暗想，原本都是很不错的香水，混到一起的时候，味道为什么会这么难闻？她自己一直都用Carolina Herrera的香水，海洋花香调，气味年轻活力又清新自然，是她实践多年最终选定的。她觉得这种味道跟自己的气质搭配较好，让自己舒服的同时还能给别人一种好的印象。

电梯里几个年轻的女孩子相互调侃着，谈论的无非是当下最流行的衣服、鞋子和包包，偶有其他一些奢侈品，并不是所有的牌子她都听过，但是能听明白的肯定都是高档的。这几乎是她们每天在电梯里必定要谈论的话题，叶天骄已经习惯了，她缩在电梯的一个角落里，并没有参与，心里反而产生一种压力。

能来这里工作的，谁没有钱呢？她们家不是唯一的，也并不是最特别的。她想起自己来公司那天，女王从黑框眼镜后面审视自己的神情，锐利而不以为然，然后忠告自己："你是新来的，怎么进来的我不管，不过，我需要的不光是有钱或者有背景而已。有钱和有背景的女孩子，这边有的是，但是能让我满意的女孩子……"

女王顿了一顿，然后就没有再说什么，只是把头低了下去，继续看文件。

叶天骄当时心里觉得挺搞笑的，这个女人虽然穿着打扮时髦点，说话也颇为尖酸刻薄，不留情面，可是自己才刚来，她就这么给下马威，未免有些太过火了。幸好在来之前她就已经做过功课，业内许多朋友提示过自己，"女王"之名不是空穴来风，Lisa 在业内享有极高声誉，跟她敏锐的时尚嗅觉、犀利的工作风格都有很直接的关系。Lisa 领导的杂志团队是铁打的营盘流水的兵，好多女孩子仰慕时尚界女王的名声前去，希望能在《昕锐》杂志干出一番事业来，但是，至今为止，还没有几个人能忍受女王吹毛求疵的要求，在杂志社长久留下来。

叶天骄当时并不明白，Lisa的话是什么意思。她当然知道能进这家杂志并不是容易的事情，不仅是有钱就可以的，几乎动用了她们叶家在时尚文化圈里的所有人脉，总算把她送了进来。叶家本身是市里出了名的矿业巨头，虽然认识不少有权、有钱的人，但是大多是政府要员或者各大财团首脑，在时尚文化圈却少有。所以，这个工作还是拐着弯子找人帮了忙的。

叶天骄家里已经两代开矿了，从她爷爷开始就是本市不可小觑的龙头企业，到了她爸爸那边，已经开始拓展周边产业，把生意打理得在全国小有名气了。她爸爸虽然只生了她一个女儿，但是也很希望自己的女儿能够继承祖业，把叶家的生意继续做大做强。但是，叶天骄很小就开始跟着父母参加各种应酬，看惯了所谓名流圈子里的土豪范儿，觉得自家还是属于暴发户类型的，发财并没有靠什么头脑或者修养积累，举手投足间就比那些真正的富豪漏了土气和粗鄙。她小小年纪想得多，但对生意完全没有什么想法，转而对那些女人喜欢谈论的皮包衣服、香水首饰有了很浓厚的兴趣。上初中的时候，就已经知道这叫时尚潮流了，这样新鲜有趣的领域，她刚开始接触就兴致勃勃，何况女人天生就该在这方面有所钻研。

别的女孩子还穿着一身粉蓝粉红的时候，她已经开始学会发型、指甲、鞋子与衣服的搭配了……她悄悄学习着，尝试着。那会儿她在班上成绩非常优秀，总是名列前茅，长得又漂亮，尤其是一打扮，更显得耀眼夺目。许多男孩子暗恋她，却都不敢说出来。

想到自己上学那会儿，叶天骄嘴角不由得露出一丝笑意，电梯已经叮咚响了好几遍，下去上来好几批人。终于显示到22楼的时候，她脸色顿时沉了下来，借着电梯锃亮的内壁，看了一眼自己。发型没有乱，衣服也没有皱，那么，嘴角弯成无懈可击的弧度，然后踩着15公分高跟鞋，忙而不乱地走向女王的办公室。

"咚咚咚……"

"进来。"

Lisa的秘书Coco刚好和她擦肩而过，面无表情的样子显然是因为受到女王长久低气压的熏陶。叶天骄从她脸上看不出女王现在的心情如何，只好点头致意，然后把门从身后关上。

"Lisa，早！"

"嗯，可能你来的时候我忘了提醒你，身为时尚圈子里的人，做什么事情都要敢为人先，这不是说说而已，还需要……身体力行！这么说你明白吗？"Lisa的眼镜搭在鼻梁上，目光从眼镜的斜上方朝叶天骄看着。

叶天骄顿时就明白了："嗯，是我太散漫了，抱歉！"难怪她总觉得每次上班，整个办公室好像就她最晚，原来这是女王一直以来的要求。职场上很多事情，其实还是自己不够细心，也很少有人来提点。

Lisa点点头，满意于她没让自己多费唇舌说得更清楚具体。她提示叶天骄在自己面前的椅子坐下，然后开始进入正题："骄，你来这里已经有一段时间了，之前一直是在帮助公司的几个前辈整理文件。但是从今天开始，我觉得你也需要为杂志做点正经事了。"

叶天骄听了精神一振，总算可以进入正题了。这段时间她做的都是些琐碎的事情，对杂志的定位和历年主打方向什么的了解很多，但是从来没有具体操作过什么，所以现在Lisa突然提出让她也开始做事，觉得有些兴奋。

"从明天开始，你按照今年本市十大杰出青年的顺序来做一个专题，尽量能够近距离与他们对话，利用你的时尚嗅觉！"Lisa甩出一张报纸，是今天晨报刚刚出炉的年度十大杰出青年事迹介绍。

叶天骄隐隐感觉，采访十个人，做个专题，似乎要连续做很长时间，这应该是个挺大的专题案。Lisa一下子就把如此重要的项目交给自己这种新人，似乎也太相信自己了。受宠若惊之余，也感到兴奋："您放心，我一定努力！"

"好的，你先出去吧，摄影及其他方面的事情你找Coco，有什么问题尽量向周围的前辈请教。"Lisa没有再多话，继续做自己的事情了。

02

叶天骄跟Coco沟通好各方面的事情后，回到办公室，上午最紧张的时段已过，到了茶歇时间。

她去茶水间冲泡了一杯咖啡，转身看见坐在自己旁边的Zoe一直埋头忙碌着，顺手也帮她带了一杯。Zoe来这家公司也算比较晚，已经半年了，工作一直小心翼翼。整个办公室里，要说谁最没有背景没有钱，大概就是Zoe了，叶天骄刚进公司的时候就听几个多嘴的女孩子议论过。她平时的着装打扮，都偏向于office lady的简单干练风，和时尚没有太大关联，所以饱受同一个办公室女孩子的冷落排挤。因为她们觉得，做这一行不漂亮是不行的，不会打扮不够时尚也是不行的，没钱没背景更加是不行的。

Zoe毕业于国内某一流时尚设计院校，但是这在办公室一众女孩子眼里不算什么，因为终究背景不够。而且大家都知道，时尚设计最优秀的学校是在国外，国内所谓的一流，远远还达不到那水平。叶天骄知道Zoe很喜欢这份工作，一心想要做出点成绩来，所以才会这么拼命用功。她环顾四周的女孩子，三三两两聚在一起讨论她们热衷的话题，顺手把咖啡放在Zoe旁边道："要不要这么拼命？你休息休息吧。喝杯咖啡再继续呀！”

“哦，骄骄，是你呀！不行啊，我交了三四份方案了，Lisa都不满意，按照以往的经验，如果再没有让人点头的案子出现，我恐怕要走人了！”Zoe的脸皱得比咖啡还苦，手上的笔因为太用力，把纸都划破了。

“先放放吧，你现在把桌子掀了也很难一下子想出新的来呀，不要把自己逼得太惨了！”叶天骄从她手中把笔抽出来，把咖啡杯向前挪了挪。

Zoe听了她的话，接过咖啡，听着不远处几个女孩子热烈讨论某个男明星的话题，似乎公司有个女孩子要去采访他，做一组关于时尚的软文广告。Zoe满脸羡慕道：“瞧吧瞧吧，我多希望自己也能做这种软文广告呀，基本上采访的明星举手投足都是时尚和潮流的典范，不需要挖空心思想点子，而且还能近距离接触帅哥，要是命好，终身大事都能解决了！”

叶天骄苦笑：“你呀，成天羡慕别人干吗，你不也是做广告吗？能和他们有多大差别？我今天也接到case了，和你同病相怜！”

“你不懂的，他们那个比我的简单多了，随时可以上，而且采访点受众广，好把握，哪像我，要搞什么专题……”

“专题？我也是专题哎，真的会很惨吗？”叶天骄听了Zoe的话不由得花容失色，她原本以为这是一件好事情！

Zoe听了她的话摇头：“你不懂吗？专题这种是要你自己策划的，各个分块之间独立、有特点，但是又要求相互之间有联系，这才是最难的地方。看来，接下来你的日子也不会好过咯！”

叶天骄心中顿时凉了半截，她早就听说 Lisa 会根据她对一些同事的喜恶，来安排杂志的任务。以前倒是觉得这个女王虽然喜欢为难别人，但是好像对谁都是一样严苛。她仔细回想了一下自己来到这边工作一个月的情况，应该没有什么可能得罪对方的地方，不知道为什么，对方会这么对待自己。

“哎，别想啦，既然这任务安排下来了，你除了做好它还能有其他办法吗？”Zoe 打断她心神不宁的猜测，“你必须马上开始想内容了。既然今天上午那么急喊你，估计明天就要问你要初步方案了，做好被打击的准备！”

叶天骄点头，然后坐在自己的位子上开始了一天的忙碌。她对所谓的全市十大杰出青年并不是很清楚，看来要多了解才行，于是，这一个下午注定要在他们的各种资料里度过了。

电话响起的时候，叶天骄正对着案前一堆乱七八糟的资料抓狂，虽然已经大体上对十个人的个人成长史有了一定了解，但是她还是不大清楚，自己采访他们的时候，问什么问题才算是时尚的。

她手忙脚乱地接起电话，那头是她的男朋友 Sam 的声音：“喂，骄，你今天忙不忙？”

“呃，那个，还行，怎么了？你不在上班？”她手里哗哗地翻过几张纸，随口问道。

她和Sam是回国不久后在一次酒会上认识的，对方家庭在当地也是很有声望的，会场上那些聊天说笑年轻人，大多数都是子承父业的，只有他有自己的事业，是一个医生。许多人都难掩不以为然的神态，大概觉得这人挺傻，放着好好的大生意不做，硬是要一个人在外面打拼。天骄却对他感兴趣，多聊了几句，发现他年轻有为，谈吐也很得体，是受过良好教育的样子。两个人都曾经在国外留学，自然共同话题多些，所以逐渐熟络了，后来又一起吃过几次饭，自然而然就开始拍拖了。

Sam平时在医院总是很忙，经常要进手术室做大型手术，有时白天有时晚上，生活很难协调规律，一般等他有空的时候就会主动约天骄。天骄现在这个工作在时间上也很不靠谱，因为女王的性子，总是随时安排工作，而她们必须第一时间赶去处理。所以谈恋爱对他们来说是很赶时间的事情。

他们这一个月里不过约会了两次，其中就有一次都是半途离场。以前天骄觉得，除了自己，Sam大概很难找到女朋友。从现在的情况来看，除了Sam，自己也很难找到男朋友。

Sam在电话那头试着和她沟通时间："今天下班后我应该没有什么事情了，你有空没？"

"去哪里？"

"你想吃什么？"

"那就上回那家意大利餐厅吧。"

“好，你下班后我准时来接你。”Sam 轻快地挂了电话。

挂掉电话，天骄不留神，一堆文件倾泻般散落在地，发出哗哗的声响。

“啊，天……”

“我来帮你，别太紧张了，慢慢做……”Zoe 一边帮她捡东西一边安慰。

天骄点头，现在的忙乱是为了能赶在下班的时候把该做的事情做好。因为太久没有约会，所以她安排着今晚和 Sam 要“保持联系性质”地见一面。

03

快到下班的时候，天骄总算把所有文件都整理了一遍，对于采访顺序，她做了一定的规划，甚至还提出了几个建设性的问题，才算是放下心来。

时间一到，周围的同事来来回回走得有些忙乱，她这才从自己打印好的文件里面抬起头来，瞧了瞧报告没什么问题，才舒了口气。她站起来，把挂在椅背上的外套披上，听到 Zoe 在旁边惊叫：“啊？又下班了？”

“是呀，到点了，该走了！”天骄瞧着她电脑上面的表格才完成一半，不由得道，“你一个人今天能完成得了吗？要不

人总是复杂的，
有成熟理性的一面，
亦有纯真感性的一面。

明天再继续吧！”

“不行啊，这个明天早上就要给 Lisa 看了，如果做不好，我肯定完蛋！”Zoe 道，“你别管我了，先下班吧，你还要约会呢，别让男朋友久等！”

天骄点头，坐着电梯下楼，发现 Sam 的车已经停在公司正门口了。她连忙上车：“等了很久么？”

“没有，就几分钟。”Sam 看了看她道，“你脸色不大好，最近缺少休息。”

“嗯，最近可能太忙了，没关系，过阵子就好了。”天骄看着前面的道路，“以后你到楼下可以给我打个电话，防止我做事忘了时间，把你撇在一旁。但是，尽量别把车停在公司门口，堵着路不大好。”

“嗯，我明白了。”Sam 最大的优点就是体贴，对于天骄的话总是一听就明白。天骄怕他停车在公司门口的最主要原因其实是不想太惹人注意，虽然不是什么名车，也不是什么多有身份背景的人，但是不避讳总是容易招来是非。瞧她那些同事，连对不显山不露水的 Zoe 都要评头论足一番，就能够看出来了，那些同事，一个个都不是省油的灯。

今晚约会的地点是天骄自己选的，Sam 早就替她安排好了一切，她之前恋爱过三四次，每个男友都是这种绅士体贴型的。约会的时候时不时会照顾自己的感受喜好，她也充分享受他们给自己的各种周到关怀，这让她有一种一切尽在掌握的感觉。

红酒、牛排、烛光、音乐，很有情调。天骄坐在这样有感觉的地方，发自内心觉得满足，眼前这个男朋友一改平日里的木讷，温柔地对她说：“好几天没见，挺想你的。”

“我也挺想你的，但是工作太忙，根本没时间联系你。”她说得很自然，一点不像是随口扯的，这一刻在心底悄悄觉得幸好他也忙，这样他们才能如此平衡和谐。

相比于从事其他工作的男朋友来说，他陪伴女友的时间更短，所以总是存着几分愧疚，自然对女友更加疼爱体贴。当初选择他做男朋友的时候，这一点也在她的考虑范围内。

天骄觉得，起码在选男朋友这方面，自己一向把握得很准，没有出过什么岔子。上回她出国前一个月，跟当时的男朋友分手，双方和平冷静，没有闹出任何难堪来。她在处理感情方面一向理智。

约会并没有花去叶天骄太多时间，像是见缝插针一般，只是恰到好处地装点了枯燥的生活。她很早就由 Sam 送回了家。

04

第二天她一早就起床了，比以往早了半小时。她到达公司的时候，听前台小姐说，女王已经出国去参加某个国际时装节的活动，要一周才能回来。她轻轻嘘了口气，算是暂时放松了紧张的神经。

和她一同松口气的还有旁边座位的Zoe，她笑道："幸好早上接到她秘书给我的留言，说让我按照自己的想法先做做看，等她回国再看专题做出来的效果。"

"那我该怎么办呢？她什么话都没有给我留。"天骄喃喃道。一个星期的时间，足够她做很多事情，也足够她耽误很多事情。Zoe很果断地说："不如你也试试吧，联系那几个受访嘉宾，先约个时间见面再说。"

"这样好像也可以，反正先把时间约好，然后再采访。"天骄想着就开始给几家公司的老总打电话。

十大杰出青年，要一个一个来，却不是件容易的事情。

叶天骄打第一个电话时就被难住了，开始对方秘书的态度很高傲，似乎并没有什么上这种时尚杂志的兴趣。她仔细将自己公司的杂志和内容解释了一遍，哪知道对方的秘书居然也是很喜欢看这本杂志的人，似乎对杂志的风格很了解，和自己谈论了很久。叶天骄想着幸好自家杂志在城市各处都有人买，不然真不知道该怎么厚着脸皮和对方继续说话。

结果，那个小秘书还是很忐忑地在电话里憋了好久，规劝自己最好不要采访她的上司。又是一个Lisa似的角色？叶天骄已经形成了这样的观念，这种杰出人士年纪轻轻就能取得成就肯定是有雷厉风行的因素在，对于一般经济杂志应该都不会理会，更何况是他们这种偏于享受和娱乐的时尚杂志?

挂了电话之后，叶天骄显得心事重重，她这时候才算是真正明白了 Zoe 之前所说的那些难处究竟是什么，Lisa 交给自己的的确不是什么简单的事情。

她跟行政办公室请了这周的外出办事假，方便她出门办事。她昨天做足功课，知道今天市区有个经济峰会，她要找的那些人几乎都会出现，她想要去当面谈谈，看看能不能靠自己的真诚打动对方。

路程很赶，她赶到现场的时候，峰会已经进行大半，多数人已经发言结束，气氛热烈。她忙着让摄影拍了几张照片，然后迅速找到了第一个要采访的对象——唐家怿。

他身边几乎环绕着最精英的人士，叶天骄一时之间根本插不上前去，只能等到峰会结束的时候，虽然还是有很多人在场，但是她已经顾不上了，撇下摄影师，自己一个人冲上前去，开口：

“唐先生，我是时尚杂志《昕锐》的编辑，想要邀请您做一个关于时尚的专题报道，可以吗？”

“不好意思，我比较忙，可能不大方便。”

“唐先生，唐先生……”

她追了几步，那个男人根本已经习惯被杂志或者报纸记者追了，一如传闻中说的那样，谢绝任何外界的访问或探究，始终冷面。这些人习惯了在商界努力打拼，根本不需要这些浮华的炒作或宣传。利益才是他们永远追求的东西。

叶天骄垂头丧气地站在原地，目送着对方坐车飞快离开，突然觉得这个专题采访对自己来说简直是完成不了的任务。

Lisa 安排给自己的事情，原来真的不是那么轻松。那十个杰出人物多半是这样的难搞定，她已经可以想象，自己接下来会不停碰壁了。跟随行的摄影师说了一声，然后各自散去，这个下午算是白忙活了。她轻轻叹口气，身后却有人拍了拍她的肩膀："叶天骄？"

她愕然转身，看到一张似曾相识的脸，一时间想不起来是谁。

对方瞧着她满脸疑惑的神情，笑道："忘了我吗？罗妮娜呀！"

"罗妮娜……哦！妮娜！想起来了，真该死，高中那会儿的同桌我都忘了！"叶天骄一拍额头，自责道，"瞧我这记性！"

罗妮娜安慰她道："哎，没关系啦，这么多年过去了，一下子认不出来也正常。刚刚看你跑得那么快，我也不是很确定，还以为自己认错了，后来仔细看看才敢确认。你什么时候回国的？"

"今年刚回国，过了这么久没见，走，咱们找个地方聊聊去！"

05

两个女孩子坐在布置得安静优雅的咖啡店里，一边喝咖啡，一边回想当年。

下午的时间已经过去大半，但是并不妨碍什么，叶天骄坐在罗妮娜对面暗自打量。当初自己在班上最耀眼，所以也没怎么把别的女生放在眼里，没想到以前不怎么起眼的这个女生如今打扮起来也像模像样了。

罗妮娜被她打量的眼光给搞得有几分不自在，打趣道："别看啦，都快被你看出我脸上的玻尿酸啦！"

这样的坦诚反倒让天骄尴尬起来："变成大美人了，当然要多看几眼，免得下回看到还是认不出来！"

"你才是如假包换的大美人好不好？"罗妮娜不以为然地反驳她，"谁不知道你当初在学校是出了名的？多少女生都把你当作自己努力的目标呢，穿衣打扮都看着你来，你那会儿简直是学校的潮流风向标。我当初就特别佩服你……"

罗妮娜随口一说，就说出了许多当年的事情。叶天骄听着，突然觉得自己那会儿的想法好像也真的很明确似的，那时的她就已经一心想要在时尚方面钻研出个不寻常来。高中那会儿，她就已经买了各种时尚方面的书来学习，除此之外节假日里还是高中生的她甚至“夸张”地报了理财师的培训，并用数额已经不算小的零花钱练手理财，后来出国学习的生活费就是这么衍生出来的。

光凭这一点就充分显示出叶天骄和一般女孩的不同。但她也并不是一个盲目追求时尚的人，许多人都知道，叶天骄家里很有钱，但是从不张扬。的确，她从来不屑于把自己全身都包装打扮得太夸张，对于时尚，她一直都有自己的见解，身上的行头都是她自己购置的，不一定花了很多钱，但是肯定都很独特。她也不爱像一般有钱人家的公主们那样，为自己买许许多多不中用的鞋子和皮包，只为填充衣帽间。大多数时候，她买的都是自己最需要的品牌，不一定是当季爆款，但是必须经典，随时拿出来都能与其他流行元素搭配出不同寻常的效果。家里给她的大把零花钱，除了用在这些刀刃上，更多的都被她存了起来，因为她一直明白，钱应该花在该花的地方。

因为对自己的人生有明确规划，叶天骄连恋爱都表现得比同龄女孩理性许多。高中那会儿追求她的男生很多，痞气的、帅气的、呆萌的……都喜欢她，但是她却并不动心，少女懵懂时期的情窦初开仿佛都与她无关似的。所谓人生的花季雨季的年纪里，她也只是在无数不解的眼神中，和一个长相平平并不出众的男孩子谈了一场平淡无奇的恋爱。

久别后的今天，罗妮娜再提到叶天骄当年那段让所有人都无法理解的恋爱时，依然还是表现出一脸的疑惑：“你当初左挑右选怎么就挑了那么无聊的一个人呢？学校里追你的男生大把大把，比他优秀的多了去了，你说说到底有什么玄机啊？”

叶天骄用银匙敲了敲，咖啡杯的边角，发出叮叮的响声，然后笑道：“这么多年不见，你怎么还是这么八卦啊？海归白骨精的矜持和气场哪去了？什么玄机不玄机啊，我只是经过深思熟虑才决定和他在一起的。”

“哦。你都考量什么了？”罗妮娜几乎掩不住脸上的笑意，她一点儿都不相信，那么纯真浪漫的年纪，能有多深的心思去考量。无非就是一下子看对眼，认定是他了的那种言情小说似的浪漫桥段。

“他不帅，但安全。不聪明，就不会耍花样，我那时候那么忙，恰恰需要省心的男友。”罗妮娜看到的平凡到了叶天骄眼里全变成了优点，她甚至继续回忆初恋男友，“而且我仔细关注过他的家庭背景，父母都是老师，虽然不是很富裕，但是也不是很小家气的人家，有操守，不会因为女方家里太有钱而心理不平衡。他的家教也好，为人有责任心，正直、善良、上进……”

“天哪，你那也是太可怕的少女心了吧？”罗妮娜咂舌道，“谈个初恋你都能考量这么多。骄，看来，时至今日你依然稳坐我的偶像宝座！”

叶天骄笑言：“因为我要追求的东西太多，感情从来不是全部。”她转向窗外，目光坚定地看着川流不息的汽车和人群，这个城市的节奏越来越紧张，她置身其中怎能浪费片刻？

和罗妮娜聊了足足有一个多小时，天骄也发现了这个老同桌的蜕变。当初那么不会打扮、内向平凡的女孩子，如今跟自己谈笑风生落落大方的样子和标准“网红”的俏丽容颜，哪里还有旧日的影子？

她知道，这个城市在不停变化，周围的人没有一个是在止步不前的。

以前她觉得，自己家有钱，而且自己出国留学，在国际名流时尚设计院校深造过，要背景有背景，要能力有能力，在办公室肯定很容易就能脱颖而出。可是最近一段时间，她发现办公室里藏龙卧虎。金钱、能力在这个圈子原来那么泛滥，好像这些是基本素质而不是优势。

天骄现在才发现，公司里从来不缺像自己这样的女孩子。她承认，自己有时候心理也会失衡，甚至觉得有那么一丝力不从心。她为了自己的时尚梦想，努力了那么多年，自信满满地回来才发现，自己毫无优势，别人也是这样，每个人好像都不比自己差。

原本自己在往日同学眼中除了优秀还是优秀，现如今罗妮娜都从丑小鸭蜕变成白天鹅了，在自己面前也仍然是热切向往和羡慕的眼光。她知道，自己仍然是优秀的，可是，这样的优秀放在《昕锐》，真的算不上什么。

她想要站到更高的地方，看到更好的风景，而不是跟罗妮娜这样原本就比自己差的女孩子比，这是她努力了这么多年的骄傲和自尊，更是她坚持不变的原则。

06

和她罗妮娜的会面，隐约中让叶天骄更加努力地投入到工作了。她早出晚归，带着摄影师去追踪那几个杰出青年，能抓到人就采访，抓不到就天马行空忙设想。一心想要做出成绩来证明自己的天骄，忘了除此之外的一切事情。

她聪明、有韧性，在人际方面一向都有自己的优势，所以拐弯抹角总算跟几个要采访的“青年”有了初步接触。第一期访谈的准备工作做得差不多的时候，恰逢 Lisa 也从时装节回来了。秘书 Coco 电话通知自己去见她，在 Zoe 之后。此时，她已经跟自己的第一个采访对象约好第二天见面。

早早就出现在 Lisa 办公室门口的叶天骄在门外足足等了一刻钟，才听见“砰”的一声，门打开了。Zoe 捂着脸，跌跌撞撞地冲了出来，似乎还带着啜泣声。

叶天骄眼皮直跳，明白今天女王的状态肯定很狂躁，说不定接下来自己也会遭殃，努力了一周的心血，希望能顶住这场风暴吧。她甚至隐隐希望，女王看得到自己的努力，会稍微缓解一下暴躁的心绪。

可是，现实总是比想象残酷，她没日没夜做出的整体策划方案和一周工作报表递交到 Lisa 面前的时候，对方只是随便翻了翻就扔在了桌边，不再看一眼。Lisa往身后高高的椅背上一靠，然后挑着眉毛问："这就是你做了一周的东西？我离开整整一周时间，回来就是为了看你们给我这点东西？内容枯燥，毫无看点，毫无新意，而且效率极其低下！"

办公室里的气压再次降到最低。叶天骄低着头，满腹委屈地听女王把自己这段时间做的每一件事情数落了一遍，虽然话语精短，但是句句犀利难听。这让自己丝毫没有面子甚至尊严可言，更别提自己偷偷"意淫"过的"认可"了。

"我……Lisa，其实……其实这群受访对象很特殊，想要让他们同意受访，并不是那么容易的事情。"叶天骄低着头，试图让她明白，这一周，自己并没有偷懒，反而为了让他们抽出档期来配合自己做访谈而费尽了脑筋，即使这样，到现在为止也不过说服了一位确定在明天接受访谈。效率和难度是成正比的。可是显然，这些在Lisa耳中只是废话，案子重做！

Lisa依然一动不动地坐在皮椅上，毫不避讳地讽刺道："如果我要的只是一成不变的简单主题，何必让你来做？我大可以找比你更加熟悉这方面策划的老员工，他们做得又快又好，比你强多了！"稍作停顿，Lisa身体微微向左侧出一个角度后继续说道："还有，我不想听你在我面前诉苦，说过程有多艰难不易，事实上，我手上的员工个个都艰难不易。这点小事都摆不平，凭什么待在这里，白拿一份薪水？"

这就是最真实的领导心态，永远不会同情把事情做砸的员工，因为他们是给了薪水的，你必须做配得上薪水的事情。不然，可以滚蛋！叶天骄一向是聪明的女孩子，她知道再继续辩解只会显得自己更加无能，这样一来让领导把自己看得更轻，还不如面对现实，把事情做好，或者……走人！

走人？刚刚女王已经提示过自己："这点小事都摆不平，凭什么待在这里，白拿一份薪水？"她走出 Lisa 的办公室，心事重重。

对于原先已经沟通完整体方案和采访提纲的受访对象，叶天骄突然不知道该怎么解释才好，朝阳是十大杰出青年里出了名的空中飞人，满世界飞来飞去的，要想再约他恐怕……

叶天骄神不守舍地回到自己的工位上，只能先给对方的秘书打电话，编了一堆冠冕堂皇无奈至极的理由，想取消了预约。她总不能说是因为主编推翻了自己的整个策划，对方估计会当笑话来听。

"取消？你开什么玩笑！"对方果然不能接受这种玩笑般的轻率，"你知不知道这回朝总是推掉了多少事情来配合你们杂志的？以前他从来都懒得应付这种事情，你们居然轻飘飘一句话就取消，你当我们这边很闲吗？"

"对不起，陈秘书，这个，事情临时出了点麻烦，所以真的我也很抱歉……"

"行了，不用说了，我了解了，你们这种刚出社会的小青年纯粹是玩儿呢。我们也有权对于你们这种行为 Say no！拜拜！"

电话简单粗暴地被挂断，完全没给叶天骄继续解释的机会。叶天骄苦笑着将只能发出一串串“嘟嘟”声的电话放下，转头却看见旁边的Zoe正忙着收拾东西。她疑惑道：“Zoe，你这么快就下班？”

Zoe摇头，好半天才抬头，带着哭腔说：“我要辞职了。”

“辞职？不就是一个专题没有想出好的点子来吗？至于到了辞职的地步？”叶天骄对于她这样极端的行为表示不能理解，想要劝她留下。

“在这个公司里，如果不能做出成绩，那只有两条路，一个是等着上司开除你，另一个是自己识趣走人！”Zoe把所有的东西放在一个大纸箱子里，拍拍叶天骄的肩膀说，“加油！”然后就转身离开了。

07

叶天骄没有想到，仅仅半天的工夫，和自己肩并肩坐在一起工作了一个多月的同事说走就走了。从Zoe递完辞职信到离开，Lisa那边一点回应都没有，算是默许了Zoe的离职。Zoe这一个月的努力都被叶天骄看在眼里，没想到她最后会走得这么垂头丧气，毫无尊严。天骄突然感觉这一幕像是自己接下来就要经历的，内心惶恐不安起来。

这个地方太可怕了，所有人都把精明干练和美貌时尚摆在台面，谁也不比谁差了几分，因为哪怕差半分就意味着被淘汰。这个道理尽管天骄早就明白，但是从来没有这么切身经历过。她想要找个地方安静一下。仔细想想接下来该怎么做，或许还应该找个人倾诉一下。这段时间蓄积了太多的压力，找不到宣泄的口子，这种感觉让她沮丧到了极点。

叶天骄慢慢走出灯火通明的公司大楼，回头看着楼前气势逼人的公司 logo，心中百般滋味。这么多年，她习惯了优于旁人，习惯了理智面对，更习惯了掌控一切，可是如今，自己所有一切突然都掌控在别人手上，她再也没办法去冷静思考了，她从没有遇到过这样的境况。

拿起电话拨出 Sam 的电话号码，此时，除了他，天骄不知道还能跟谁诉说。出乎意料地，Sam 的电话竟然关机了。作为一名一向严谨负责的医生，Sam 说过，除非手术时不能接电话，其他时候他都为她也为自己的病人 24 小时开机，随时待命。这是许多恋爱中男女都会说的情话，天骄本没放在心上，可是现在这样的情形下，原本不爱计较的她也偏偏较起真来。

如果是以往，她绝对不会这么不厌其烦，连续打了三遍都是关机的结果，之后居然还神经兮兮地打去了 Sam 医院，拐了好几个弯终于打进 Sam 的办公室。

“您好，请问您找哪位？”电话那头的男医生很有礼貌。

叶天骄清了清嗓子道：“你好，我想请问，Sam 医生在吗？”Sam 应该是在手术室吧，只想问问他什么时候能出来，正好可以一起吃饭。天骄一边小心翼翼地询问对方，一边在心里默默地安慰自己。

“啊？抱歉啊，Sam 医生今天没来上班，前两天他就休假了，说是回自己老家相亲，呵呵呵……”不知情的人明显笑得招人讨厌，“咳咳，”好像意识到自己的失态，电话那头声音尖细的男医生立马收住了八卦的笑声，正色道，“请问您是哪位？找他有什么事情吗？”

“哦，我只是他刚刚出院的病人，最近身体又有点不舒服，想问问什么时候可以去找他看看。”叶天骄此时心里虽然很乱，却仍然强装镇定地替自己圆谎。对方说什么她已经不想再理会，只是随便嗯啊应付了几句就匆匆挂了电话。

叶天骄颓然地坐在马路边的长凳上，感觉自己晕乎乎的，像是在梦中，这一天，所有一切都变得混乱不堪！

怎么回事？这都是怎么了？为什么一切仿佛都脱离了她的掌控？最爱的时尚事业突然与自己格格不入，她最得心应手的感情如今似乎也出现了危机！她不知道究竟哪里出了问题，Sam 上周还和自己好好地共进晚餐，怎么不声不响就撇下自己去相亲了。他们在一起时间尽管并不长，对外也并没有大肆公开，但是，起码的默契和自我约束她相信他该有的啊。除非，他已经早就想要分手了！

叶天骄慢吞吞地沿着马路边走着，没有想到 Lisa 秘书 Coco 打来电话。

“喂，骄吗？我是 Coco。”

“啊，Coco，是不是Lisa又有什么事找我？”叶天骄强打起精神来，准备往回走。

对方却连忙否认：“不是不是，主要是今天Zoe突然辞职，我估计你刚来不久，担心会因为这件事产生什么情绪，所以想私下找你聊聊。”

“私下找我？”她表示不大明白，Coco想要跟自己说什么？

Coco解释道：“其实，我也不大明白，只知道你们俩做的专题策划Lisa都不是很满意。在Zoe走之前，人事部经理曾经在Lisa办公室里待了一会儿，两个人一直在商量你和Zoe的问题。我在旁边听见她说Zoe虽然认真，但是总无法发散思维去创新，所以总让她无法满意。”

“那她的意思？”

“Lisa说，你们两个总是想着采访什么，却没有想到，采访这种形式本身就很古板理性，没有新鲜感，失去了时尚魅力。而你四处奔波，把时间浪费在约采访对象上面，却忘记了这次专题的重点在于设计性，要如何设计得吸人眼球，体现时尚特性。为什么就不能想办法让他们反过来主动找你，要求上我们杂志呢？”

“设计，时尚特性，让他们主动找我？”叶天骄反复咀嚼着Coco话里的意思，陡然像是明白了一些，惊喜道，“谢谢你呀，Coco，你简直就是我的救星，我明白了！”

叶天骄兴奋地挂了电话，重新往公司方向而去。

08

三天后，叶天骄一大早主动走向了 Lisa 的办公室，一向耍酷的 Coco 居然悄悄对她比了一个“V”形的手势，意思是祝她成功。

天骄站在 Lisa 面前，神态自信、举止从容，已然不是受到挫败那副无精打采的样子。这一回，她很严肃地宣布：“十大杰出青年我全部都已经接洽上了，下周一起，十个时尚杰出青年会一一亮相，参与特别策划，他们每个人都有一个属于自己的时尚主题。我们只给命题，其余的内容和创意都由他们自己完成，也可以加入他们自家的品牌和产业内容。这些都能转化成我们此次特别企划的赞助。至于命题，唐家怿已经有家室了，他为人呆板，不爱交际，一有时间就在家陪老婆孩子，所以关于他的主题是“时尚男人的家”。第二个杰出青年是孙禾文，他个人喜欢品酒品雪茄，对于他，我们准备围绕他个人的爱好，做一期“烟酒中的时尚”。还有……”

“啪啪啪……”她还没说完，Lisa 从皮椅中站起来，微笑地看着她，竟然给了叶天骄掌声：“精彩，果然一点就通，很快就找准了方向，这回的切入点很好，准确地抓住了嘉宾的心理诉求，展示了他们旗下高端品牌与我们杂志的契合点，同时又充分吸引了看客们的眼球，很有想法！”

叶天骄愣了整整半分钟，天啊，Lisa 的掌声！这是她做梦都不敢奢求的，她竟然真真切切地听到了。听完 Lisa 的点评，天骄才松了口气，相信眼前的一切是真的，虽然折腾了些，但是终究有了收获，更庆幸自己没有放弃，不然怎么会等到 Lisa 的掌声？

“我比较好奇的是，这些人很少愿意参与这样耗时耗力的杂志活动。搞定全部对象，你是怎么做到的？”Lisa 对她能一下子把十个圈子里出了名难搞定的脾气古怪的精英们全部搞定，表示有些好奇，在她心里，总觉得这是叶天骄无法完成的任务，甚至做了另一手准备，打算在她无法完成时动用自己在各大圈子的人脉。

叶天骄笑道：“其实很简单，因为他们大多是商人，商人总是希望能够为他们的公司争取最大利益，我一个小编辑当然没有说服力，但如果借力打力，告诉他们，这次的广告是集合他们十个人，相互炒作曝光的大策划，看到跟自己影响力相当甚至更甚的人都在，他们应该很乐意参与其中吧？何况，我还拟了一份合同，这次特别企划里他们的赞助除去杂志运营和活动成本，我们会以他们的名义捐给相应的慈善机构。既能炒作自己的企业，又能通过慈善树立形象，这样积极正面的社会精英形象，我想没有人会拒绝的。”

“不错不错，比我预想的好了太多。”Lisa 再次点头表示赞许，“没有想到，你能够不用我的帮忙就把这些难缠的角色搞定，更重要的是，你能够借着这次策划衍生出别的花样，看来我得对你另眼相看了！”

“其实，这还是多靠Lisa姐您给我的启发呀，不然我也只能放弃了。”叶天骄把手里的文件放在桌上，抬头正对上Lisa的眼睛。两个人的眼神都饱含意蕴，一个是感激，一个是赞赏。

“你是怎么知道的？”Lisa当然明白她话里的意思。

叶天骄笑道：“其实几天前我因为Zoe的离开，情绪的确多少受到了些影响，之后Coco打电话来安慰我，提到的一些观点是她在您和行政经理谈话时听到的。先不论跟随您多年的Coco会不会轻易泄露您说过的话，她只是您的秘书，您和行政经理之间的秘密谈话，她在场的可能性很小。况且，我来公司的这一个月，除了每回进出您的办公室，根本没有多少机会接触到Coco，跟她也并不熟悉。我一出现问题，她怎会特地电话来安慰我。所以，事后仔细一想就该知道，是谁真正想要给我启发了。”

“你终于在我面前证明了来这里不光是靠背景和运气，还是有在时尚圈生存的实力的。”Lisa以一句话总结了对叶天骄的所有评价，“Zoe那里，我也并不是没有给她机会，我可以给她时间来熟悉并习惯这里的节奏，但是不能允许她一直把自己逼在死胡同里，单向思维，没有创新。被淘汰，对她来说也许是件好事，可以找到真正属于她的新事业。”

从 Lisa 办公室走出来的时候，叶天骄长长舒了口气。这些天的折磨，于她而言，快乐终究掩盖了痛苦，让她觉得，之前所付出的一切，都是值得的。

她以前自以为是的成熟理性，只是自己在一个本该稚嫩的年纪里假想的成熟，小女生该有的情怀，她已经抛弃了太远太远，不知道现在开始找回来是不是还来得及。

叶天骄自嘲地笑了笑，摇摇头掏出了手机。那天一直关机的号码此刻终于通了，Sam 一向克制的温柔声音传了过来："骄，几天不见好想你。"

"谢谢你，不过，Sam，我们分手吧。我想这种客气的想念和关心都不是我们想要的，祝你幸福，再见了 Sam！"叶天骄像往常聊天一样，平淡地说出了对自己这段"计划内"感情的结束语。

她想重走青春！

也许才能找到那个最好的自己！

第七篇

贵圈

GUIQUAN

01

“各位现场的来宾，电视机前的观众朋友们，大家晚上好！今天的璀璨星辉年度音乐颁奖典礼，由我和来自北京的节目主持人小存一起主持，感谢大家的关注和支持！”米可站在宽阔的露天大舞台上，不知道是因为晚礼服太单薄，还是自己太紧张，她能够感觉到自己说话时带着的许多颤音。虽然她极力告诉自己要镇定，可还是有些控制不住，因为她从来没有在这样大型的场合当过主持。

“大家好，我是你们的老朋友小存，今天和我搭档的美女是第一次合作，我激动得连话都说不清楚了……”和她搭档的主持人小存是全国相当有名的主持人，台风明显稳健许多，用幽默的语言很快带动了全场气氛。

这个舞台搭在这座城市最繁华的地段，花了好长时间准备灯光效果。本市难得争取到这样一个机会承办大型活动，为了给全国的观众留下一个好印象，电视台花费了不少心思，做足准备。

米可站上舞台的时候，心里有些感慨，如果不是电视台主持一姐胡宁临时生病且情况严重，而另一个与她实力相当的女主持又正好在外地参与一个重要节目的外景拍摄工作，怎么也不可能轮到她主持这样大型的晚会。回顾在电视台两年的打拼努力，她觉得像是做了场梦，如此不真实。

这台颁奖典礼，她一开始很紧张，但是在小存的提携和配合下，逐渐也放松了下来，所有插科打诨的小段子慢慢配合得熟练起来，气氛很快变得热闹了。时不时有歌手出场领奖或者表演，都能引起场下粉丝的尖叫欢呼。渐渐进入状态的米可不时和一些当红的男歌手进行互动，引发了一轮又一轮的小高潮。

远远的在台后，本市电视台的杨台长陪着来自北京的著名节目制作人高盛一起关注台上台下的情况，身后还有一群本地电视台的骨干人物。

高盛双手背在身后，赞许道："杨台长啊，你们电视台的实力不容小觑呀，这台颁奖晚会，无论是音响效果，还是舞美灯光，质量绝对是国内一流水平啊！"

杨台长跟着他在这里站了这么久，就是为了等到他的评价，现在听到他开口夸赞，心里暗暗嘘出一口长气。他心里很高兴，但是面上依然故作谦虚道："得到高先生这样的金牌制作人夸赞，是对我们电视台全体员工最大的鼓励。我们电视台各部门对于这台晚会花了不少心思，想要办出气势，显示出我们的实力和水平，经得起业内人士的考验！当然，肯定还有许多不足之处，还请高先生多多批评指正。"

高盛做节目之余，常常在各地大型晚会出现。他之前策划的几档访谈类节目在全国都引起不少关注，各大电视台几乎都动过挖他来打造节目的心思，但是他有更高追求，对于各家的邀请从来都是敷衍过去。他名气大，对于各类奉承也早就习以为常，所以并没有很认真听身后的讨教，只是专注地盯着台上的主持人在插科打诨。

“咦，台上那个女主持……”

“嗯。怎么，是不是有什么问题？”杨台长沿着他的视线看过去，喃喃道，“这是我们台里这一两年进步比较快的主持人，可能还远远没有达到一线的水平吧？”

“哦不是不是，我想说的其实是，这个女主持的台风很不错嘛。地方台很少有声音条件这么好的，这样的主持风格自然大方，又极具亲和力，真是很难得。”

“这个是向剑锋大力培养出来的新人吧？”杨台长显然对于高盛如此的夸赞很是受用，心情愉悦地朝身后人询问，得到肯定的回答之后，点头道，“说明我们台里还是有许多年轻人值得培养嘛，你们要多挖掘挖掘。”

向剑锋立刻能够感觉到周围人向自己投来各种眼光，有嫉妒羡慕，也有不屑反感。在电视台混迹这么久，能坐到如今这样高的位子上，他早就习惯了。虽然平时他在众人面前装糊涂，其实心里明白得很，让别人对自己不屑，也不过是为了更好地躲开是非罢了。当初大力培养米可，不止因为她深得自己的欢心，他早就觉得，这个女孩子能力出色，情商不低，就算没有自己扶持，早晚也会凭借她自身的努力出人头地。他身为她的直接上司，看得出她的野心和努力，也觉得她不是那种忘恩负义的白眼狼，所以才会拉她一把。

米可倒也争气，刚开始不过是给她一个播报天气预报的机会，虽非专业出身，但她竟然把短短几分钟的节目干得有声有色，后来从气象节目跳到了娱乐节目，可谓一路顺风顺水。职场上就是这样，要有人给你机会，也要你自己能把握住机会。

02

米可并不知道自己在台上的表现已经落入了那么多人的眼里，台长和高盛、向剑锋的对话并不多，但是落到许多有心人的耳朵里，细细一揣摩，自然就听出了许多特别的意思来。这个小姑娘，以前可能平平无奇，但是以后未必。

第二天米可去电视台上班的时候，很敏感地觉得周围人对她的态度发生了很微妙的变化，连一向对她冷若冰霜的总监助理，今天都笑得特别甜。她一向是个细致的人，从小寄人篱下的生活让她习惯了看人眼色，只是稍微留点心眼儿，就能敏感地捕捉到许多信息。

她心里暗自揣测，这和她昨晚临时接手音乐颁奖典礼有些关系。事实和她所估计的并没有多少偏差，并且很快就得到了印证。她刚放下手中的包，就被向剑锋喊进了办公室。

向剑锋办公室的门开着，米可还是很有礼貌地敲了两下，道："向主任，早上好！"

"嗯，别站在外面，快进来吧！"向剑锋笑眯眯地看着自己的爱将，"昨晚表现很不错嘛，我就知道我不会看错，才两年不到的时间，你就已经走这么远了，昨晚看了你的表现，连杨台都赞不绝口！"

米可心里早就有数，所以并没有感到很惊讶，但是她仍然适当露出惊喜之色，感激道："多亏了主任您一直对我关怀有加，多次予以提携，不然我也不可能有今天的成绩，最该感谢的是您！"

电视台里派系分明，许多中层领导都会培养人才，便于扩充自己的势力并树立威信。向剑锋这么多年一直处在很尴尬的位置上，他深受杨台长的信任，坐着广告部主任这个人人眼馋的位子，但是私下很多同级别的同事并不服气，甚至底层的员工在心里也并不太把他当回事。大家都认为他能力平平，只是会拍领导马屁，所以才能在电视台占了这么重要的位置。他憋着一口气，一直没处发，只是一直没有能拿得出手的成绩，又不敢主动惹事，只能任由旁人在自己背后议论。这几年，他唯一做对的事情，大概就是心血来潮之下提拔了自己很看好的年轻人米可。当初也不过是因为这个女孩子对待自己比较尊重，从来不曾有一丝怠慢，所以才会给她机会，却没有想到，最终也是这个女孩子，为自己在领导和同事面前争回了面子。既然他自己不是什么千里马，但起码是个伯乐了，也算是很有眼光的一种体现吧。

向剑锋昨晚终于昂首挺胸了一回，总算看到了往后的希望和盼头，晚上回去一夜没睡着，原本沉寂许久的心思似乎突然活络了起来。早早就有传闻，杨台长离退休也没几年了，一直在暗中挑选接班人，据说明年要提拔两名出色的中层领导为副台长，显然将来台长的人选定会出自这两人。

他原本寻思，杨台走后明显属于杨台派系的自己能保住现在的位子就不错了，对于选副台长的事自然没敢多想。但是这一夜之后，好像一切都悄悄发生了变化，压抑在心底的那点欲望也好像长大开来。他仔细分析了一下台里当前混得最风生水起的人物，能和自己竞争的无非就是两个人。其中之一的王冰手上握有电视台主持一姐胡宁和另一个出色的娱乐女主持人谢静怡两个王牌，在电视台的地位稳固。而主管新闻中心的孙毅一直都是实权在握，很有威望，尽管手上没有一堆小花旦撑台面，但是胜在人多，有群众基础。原本两个副台长的后备人选就是他们无疑了，但是这回，向剑锋觉得自己也有必要争取一下。哪怕最后当不上台长，能当个副台长，他的人生也算是更进一步了。

想通了这些，他一大早就心急火燎地来到了办公室，喊米可来见自己。这会儿，他上下打量了几下自己的爱将，越发觉得她顺眼，瞧这小脸长得比胡宁有观众缘，性格方面也比谢静怡沉稳许多，自己再想办法帮帮她，说不定还真有可能……

向剑锋心里骨碌转了几个弯，终于定下心道："米可呀，我今天找你来，除了表扬你，其实还有别的事情。"

米可早就发现自己领导一大早表情极其丰富，她心中猜测不少，但是不敢确定，只能迟疑地摇了摇头，希望等他跟自己透露。

"其实，当初提拔你来当主持人，真的是很破例的事情，我也没有想到，你这一年多的表现如此突出，进步神速……"

03

米可听着向剑锋"话当年"，不由得也想起自己刚进电视台那会儿。那时的她大学刚毕业，凭着自己文学专业的背景找了一份在电视台的广告文案工作，彻底告别了大学的生活。虽然进的是自己原本不是很感兴趣的广告部，但是起码能跨出第一步，走进电视台的大门了。新的环境新的同事，一切的一切让她感觉新鲜，但又小心翼翼，生怕不小心说错话做错事丢了工作，那样她就没有地方可去了。

米可被安排在广告部总监向剑锋的手下，不得不说，相比于娱乐节目部和新闻部的领导，这个领导有些平庸。广告部长年靠着一些老客户的广告维持运转，很少进行新的项目洽谈或补充，使得这个部门处境尴尬。向剑锋观念保守、伎俩老旧，最喜欢带着女下属去跟客户沟通感情，酒桌上吃吃喝喝，骗着那些广告商把下一年的合同签了。

广告部的几个女孩子开始还很听领导的话，出席各种酒桌宴席，帮助台里争取效益，但是过了一阵子之后，这种现象似乎并没有止息之势，大家都变得不耐烦了起来。她们也有自己的生活，好几个甚至没时间交男朋友。花一样的年纪和容貌，要她们放弃自己无限的可能，谁能心甘情愿，金龟婿可比那点少得可怜的绩效提成值钱多了。渐渐地，陪同赴宴的女孩子越来越少，她们总能想到各种稀奇古怪的缺席理由，只有米可知道如今社会上有太多的不容易，到哪都得学着辛苦和隐忍，始终不声不响陪着领导打拼。

在台里，大多时候她不爱说话，只是听着别人说，安静得几乎可以让人忽略。可是只要一到宴会上，向剑锋总是能亲眼看着她豪气干云地跟对方喝酒，有说有笑，把整个宴席的气氛带到高潮。向剑锋从来没有见过哪个刚毕业的女大学生这么会喝酒，而且情商极高，总是能把客户哄得开开心心。向剑锋自然很是喜欢这个女下属，带着她参加活动时，总是刻意介绍业内地位重要的人物给她。

短短一年多的时间，米可甚至不知道自己怎么就得到了主持的机会，她可是从未跟人表露过自己对主播台的那份野心。她当然不会辜负这份好比坐上直达电梯的升职速度，一路用心钻研，每天在短短几分钟的露脸机会里花尽了小心思，在短短几个月的时间里，居然让一直处于“鸡肋”状态的《天气预报》收视率大大提高，竟出现了三次比在前面播出的新闻栏目还要高的怪异情况，她清新自然的形象，也使得她迅速成为很受观众喜欢的主持人。

在往后的发展更是难得的顺畅，她主持的谈话类节目一改以往煽情催泪的效果，转而走知性分析路线，对于一些小的现象和细节进行抽丝剥茧地梳理整合，有针对性地去解决问题，而非以往为了收视率而毫无下限地煽风点火、八卦猎奇，这样让参加节目的当事人从中收获良多，也因此为她积攒了不少人气。

现在回想起来，米可还是觉得恍如一场梦一般。这么多年来，她始终坚持，一步一步奔着自己的目标努力。向剑锋提拔她，虽然也有自己的一番考虑在内，但是她终究心怀感激，因为有时候就连父母亲人也未必会愿意对自己好，何况是外人呢？想到这点，米可突然一阵感伤。

这时候向剑锋继续絮絮叨叨地说着：“我希望你不要因为台长的一句夸赞就一下子得意忘形，迷失了方向。今天早上我对你说的话，不仅是肯定了你过去做出的努力，更是对你以后工作的期许，希望你能够重新制定更高的目标，朝着更远的方向努力，而不是躺在现有的成绩上面沾沾自喜。我看得出来，你是个有想法的女孩子，所以更要珍惜自身难得的条件。瞧一瞧，你上面还有胡宁，还有谢静怡，你为什么不能超过她们，做最好的呢？”

“我……”米可愣住了，如果她没有听错，刚刚向剑锋在鼓励自己超过电视台其他两个已经全国知名的女主持，甚至还隐隐透露出要扶植自己成为电视台当家主持一姐的意思。前些日子，电视台内部传言的副台长人选之说，看来，自己这位领导并不是没有想法……

米可是个聪明的女孩子，几乎是稍微联想一下，就能把这些事情很好地整合到一起。她明白，自己现在和向剑锋是捆绑在一起的，自然要守望相助，才能实现利益的最大化。她点点头道：“向主任，您放心，我不会松懈的，会以她们两位为目标，努力做得更好！”

“好，好，好！我果然没有看错，米可，你是个能干的女孩子，相信你一定能获得自己想要的！”向剑锋哈哈笑得很开心，“我等下就去找台长，希望能帮你争取到新的节目，把你打造成我们台里的又一个当家花旦！”

04

米可从向剑锋办公室走出来的时候，正好看见谢静怡迎面而来，老远瞧见自己就笑盈盈地，并极其亲热地搂了她一下才

她一路走来，认真做自己。

即使被别人放弃，

她也一直努力，永不言弃。

开口道："小米，早啊！"

"早！"小米有些不适应，尴尬地回应着问好，然后继续向前迈开了步子，想要快速离开。

谢静怡却并没有这么简单地想要结束对话，反而凑近在她耳边，故作亲密地轻轻说了句："昨天你主持的颁奖典礼，我在外地看了，很不错！"

"谢谢！"米可来不及分辨对方话里的真诚度有几分，谢静怡就已经挥手跟自己说再见了。

对于这个谢静怡，米可只清楚她是电视台除了胡宁之外最出色的主持人，经常跨地区主持大型活动，在本地的影响力也不小。以前虽然跟她同是台里的主持人，但是毕竟一个主持谈话类节目，一个主持娱乐节目，而且背后的领导也不一样，所以接触很少。再加上米可当主持是绕了个弯子的，跟她们这种科班出身先天优越的主持人，自然生分许多。米可甚至怀疑，她们几个当红的主持人，可能都不知道自己的名字。所以今天谢静怡居然主动跟自己打招呼，让她很是惊讶。幸好多年的生活让她养成了很好的习惯，善于掩藏自己的情绪，不让别人看出，所以她对着谢静怡的反常态度，依然能够保持神色不变，至少没让自己显得窘迫。

米可也不愿深究对方的意思，只是朝着自己办公室而去，刚刚到达门口就听见自己的助手小楠喊："米姐，你总算来了，你妹妹等你有一会儿了。"

“等我？”米可有些奇怪，这会儿她不在学校里读书，跑出来找自己干什么？

她推开门，瞧见米甜正坐在沙发上翻看杂志，抬头瞧见自己，便问道：“姐，你一大早就很忙吗？”

米可笑着摇头：“昨天主持了一场大型的颁奖典礼，今天早上被领导喊去总结了一下得失而已，基本上今天事情不多。怎么了，找我有事？”

“是啊，找你真的有事。”米甜放下杂志，神色凝重道，“爸爸妈妈让我赶紧来喊你回一趟家的，我刚刚也问过你的助理了，你今天如果真的没有什么事情的话，那跟我回去一趟吧，有客人在家等你。”

“客人？”米可有点疑惑，她不知道自己哪个朋友会知道自己的家庭地址，居然还跑去找自己。

米可不是那种为了个人一点小事就动不动请假的人，但是她对自己的妹妹还是很了解，连她表情都显得这么凝重，一定是有什么重要的事情发生。看到米甜的焦虑，她终于还是跑去行政部门请了半天假，然后和米甜匆匆离开了电视台。

家就在这座城市里，和妹妹一起打车往那走时，米可心里却是疑惑的，不时向妹妹询问什么情况。

“姐，说实话，我也说不大清楚，所以你别急，马上就见到他们了。”车飞快地行驶着，米甜说完就将头转向窗外，不再多说什么。

米可盯着自己妹妹的侧脸，半晌，忍不住在心里一声叹息。虽然是姐妹两个，但是事实上长得完全不像。

严格地说起来，米可不能算是米家的人，因为她是米家夫妇俩领养的。

说到她从小到大的经历，她觉得简直就像是一部俗套的电视剧。她从小就被诊断出患有先天性心脏病，亲生父母因为负担不起抚养她的花费，才会把她送给别人。原本以为自己脆弱的生命就这么短暂地结束了，但是好心的养父母出钱给她做了手术，而且给她最好的照顾和教育。她那时候觉得，自己失去的亲情真的是可以用别人的深情来填补的。

可是，如同所有狗血的剧情设定一样，人生总是充满着"惊喜"！就在米可刚要相信这样完整的家庭幸福真的属于自己了时，米太太居然怀孕了！他们原本一直以为尝试了多年都没能怀上孩子，一定是身体出了问题，不然也不会收养米可这个有病的孩子。

随着妹妹米甜的到来，养父母在米可身上的关爱也越来越少。她那么小就已经感觉自己这部电视剧太过俗套，刚刚开场，观众就不太喜欢，于是换了个频道。

她觉得自己生活得简直太尴尬了。所以，刚一上大学，米可就搬出去住，并开始自己想办法挣学费和生活费。大学生的兼职并不难找，因为上进又有点小聪明，米可还总能有办法让自己过得不错。

毕业时，米家夫妇说可以帮她找找关系去个好点的单位，但是碍于一些说不清道不明的原因，她最终还是决定自己找。她不想麻烦到他们，毕竟不是亲生的，哪能再多亏欠于他们?

“姐姐，姐姐？”

米可兀自想着自己的心事，早已经被旁边的妹妹喊了好几声，才终于回过神来道：“嗯？什么？”

“你发什么呆呢？我是想要告诉你，快到家了。”米甜提醒着她。现在可能也就妹妹这个“亲人”还算亲近了，养父母现在几乎几个月都想不到自己，连电话都没有。米可一想到他们，心里就忍不住有点酸楚。这时候车也停在了他们家楼下。米可已经好几个月没有回这里了，跟在米甜身后走到家门口时，还没敲门，门就已经从里面很快地打开了。

“啊，就是她……”有一个陌生的男人激动着一边喊，一边急急从里面迎了出来。

米可被吓了一跳，本能地往后退了一步，疑惑地看着对方。就听到屋里一堆杂乱的声响之后，养父母也快步走到了自己的跟前。

“大米，这是……”米爸尴尬地清了清嗓门道，“这是你的亲生父亲，你这么多年没见他，是不是都不认识了？”米爸一直习惯用“大米”“小米”来区分两个女儿，这一度让米可有些不高兴，她认为“小米”明显听起来可爱许多。

“父亲？亲生父亲？”米可的脸色顿时阴沉了下去，她怎么还有亲生父亲这一说？

她下意识地转身想走，却被几双手齐齐拉了回来。

一阵尴尬的安静，大家谁也不知道该开口说点什么好。冷静下来的米可又忍不住来看他，用讥诮的眼神上下打量着对方。她的亲生父亲原来是这个样子，和米爸相比，他的穿着朴素得有些寒酸。有时候，一个人的穿着能透露许多讯息，比如他的品位气质，再深入点就难免是以貌取人了。

"哎，别在门口傻愣着呀，打声招呼呀，大米。"米妈看出米可的脸色不大好，连忙打圆场。她知道，自己这个女儿虽然不是亲生的，可是一向性子敏感，任何一点风吹草动都能让她有很多想法。当初他们收养她，也觉得她虽然乖巧沉静，但是自己的小想法很多，跟一般的小孩不同。原本以为这辈子只能和老米靠着这个收养的女儿了，没想到老天怜悯，居然让她怀上，他们自然欣喜若狂。大概就是从那会儿开始，这个非亲生的女儿开始跟他们逐渐生分疏远了起来。

自从有了米甜之后，他们几乎大半的心思都扑在了小的身上，难免对米可有照顾不到的地方。米妈有时候也反省深思，自己和老米终究是平凡人，做不到大公无私，把亲生的和非亲生的同等对待。自从高中毕业后，米可和米家夫妇的隔阂就越发明显，常常在外打工，几乎不要两口子给的零花钱，表面上看是独立，实际上是疏离。现在她在电视台忙于工作，几个月不回家更是常有的事情。

米可脸色不好地走到屋子里面，一言不发地坐下。僵持了好久，米爸打破沉静道："那个，大米，今天你爸来……"

"我爸？怎么又冒出一个爸来了？"米可似笑非笑，目光若有若无地瞟过去，对方越发局促起来，把头低得更低了。

米爸象征性地咳嗽一下，试图掩盖掉自己的尴尬才开腔："大米，你不要这样，怎么说，也是他们生下你。你亲生的妈妈生病了，想要见见你……"

"是的，孩子，爸爸知道对不起你，那时候你的病我们是实在负担不起啊，所以只能把你送给别人，希望你至少能有一丝活路，我们那也是没有办法呀！"那个男人讷讷地说着，想要解释，可是，什么样的解释在米可看来跟她这些年心里的苦相比，都显得太苍白了。或许，她要的根本不是一两句解释，她想要的，不过是一个完整的家和父母全心全意的爱与不被抛弃的感觉而已。当初他们已经遗弃了自己，如今还来说这些，又有什么意思呢？

"原来是这么回事。"米可露出客气的一笑，冷冷地回答并很快起身，"不好意思，可惜我真的没时间。电视台今天不是一点事情都没有的，我就回来看一下有事没有，要回去接着忙了，你们自便。"她边说着话边快步往外走，转过身去时眼泪不争气地涌了出来，不是她太心狠，而是她已经心死，对这些自私又薄情的人，她没有任何面对的理由。

05

米可几乎是逃离了那个住了十几年的家，她并没有如同自己所说的那样去电视台继续工作。今天她见到自己的亲生父亲，这么多年唯一的一次，在她已经习惯一个人的生活时，他们却出现了。她需要自己一个人待会儿，冷静下来。米可觉得有些心酸，原本以为这辈子都不会见到的，没想到，他主动来找自己。真的是她的亲生母亲生病了，因为想念自己才找来，还是……

米可在家休息了一天，什么都没干，就是坐着发呆。期间米妈妈打来电话劝说她去见见自己的亲生母亲，她只是沉默，始终不说一句话，也不挂电话。她从电话里得知，自己的亲生母亲得的是尿毒症，要想治这个病，得花不少钱。

她心里不由得纠结刻薄起来，怪不得这么多年都没有找来，现在找来只是因为得了病没钱治的原因吧？自己究竟该不该伸手帮一把呢？这么多年把自己丢给别人，不闻不问，这样的亲情还有认的必要吗？不管自己心里有多么别扭或者不情愿，米可始终无法回避心底不断涌动的一种已经陌生的情感。

对方和自己的血脉关系是怎么都否认不了的。

米可知道，一旦认了这个母亲，就意味着自己接下来要背负巨额的医药费，按照自己现在的状况，事业刚刚起步，恐怕还要一番努力才能真正挣点钱。这种负担加在身上，值得吗？一时间，两种声音不断在她脑子里争吵开来。

第二天，疲惫不堪的米可顶着硕大的两个黑眼圈，走进电视台上班，这是她已经习惯的正常生活轨迹。可是今天，一路上却又那么的不正常。几乎遇到的每个同事都喜气洋洋地恭喜着她，让她很是莫名其妙。

米可悄悄拉着一个相熟的同事问了问，原来电视台今天已经传遍了，一家很有实力的赞助商，愿意投大量资金，点名要她和胡宁、谢静怡三人同台主持一档全新的节目，时间都已经定好，在每周最黄金的时间段了。这是电视台即将推出的金牌娱乐节目，目前更是鲜有地在全台范围征集优秀的节目策划方案呢。米可心里又惊又喜，没有想到向剑锋的动作这么快，一出手就安排自己和电视台最当红的两位女主持人了一起。

赞助商自然是来自长期跟广告部合作的大客户中。杨台长一向对向剑锋宠信有加，这回也毫不例外地支持了他提出的项目，看来是想要做出大的动静来。米可不动声色，继续有条不紊地处理着自己手头的事务，暗暗盘算了一下，这个事情最得利的还是自己。其他两个女主持人都比自己更有人气基础，这回跟她们一起主持节目，无疑能够从她们的粉丝里迅速聚积自己的人气，初期会比较顺利。但是到了一定的时间，三个人肯定会进行粉丝抢夺战，各自靠着自己的个人魅力征服观众。

向剑锋趁着空闲，又把米可喊进了自己的办公室，一番叮嘱。要求她接下来务必努力跟另外两个有经验的女主持人学习，争取能够早点独当一面，他还会有后续的安排，后面还有一些帮她脱颖而出的想法，一步一步都算好了，务必不能出现任何差池。向剑锋这回为了自己的爱将也算是花尽了心思，看来这次他是真打算博一把了。

米可心里有了底气，自然也沉下心来，为接下来的金牌节目积极准备，甚至找来了其他两位女主持人几乎所有参与过的节目录像，希望能够多揣摩出对方的优势来学习加强。

这大半天米可感觉过得像是飘在云彩里般的不真实，将近中午的时候，终于停止了不断快速运转的大脑，回到现实中准备去吃饭。

办公室出门左拐有一段走廊，是去食堂的必经之路。米可低头一个人走过，正要拐弯时，突然传来两个女孩细细碎碎议论的声音。

“瞧吧，我们老大终于算是遇上对手了，这一场病生得可真是不值啊！”其中一个声音很是气愤地说。

“你这话什么意思？你们老大在咱们电视台的主持水平公认一流，无论是谢静怡还是刚刚上位的那个，跟她还有不小的距离呢。”另一个女孩子压着声音小声说着，“你小心说话，我可是听说你们老大很多忌讳的。”

米可陡然在即将拐弯的刹那止住了脚步，不知道自己这时候出现在她们面前是不是有些不大合适。毕竟自己正是她们口中的“刚刚上位的那个”，身份尴尬只能站在原地等着。

其中一个应该是胡宁手下的小编导，一口一个“我们老大”，继续吐槽：“你可别小瞧那个米可，她进我们台里才不过短短两年时间，就能得到大领导的赏识，还居然能从广告部转当主持人，紧接着又能在那么重要的晚会上接替我们老大的空缺。你说，这里面哪一件事是简单的人能够做到的？”

“啊！你也听说了？”另一个女孩子夸张地想要表达出惊讶、不齿的情绪，“这几年我们部门里都在风传，说她和向……”

“上过床是吧？无风不起浪，这应该不是空穴来风的八卦而已，你说没有奉献哪有回报？”女孩兴奋地抢着话，“这种事情太常见了，别说那个米可了，就是我们老大，或者那个小甜心谢静怡，谁比谁纯洁到哪里去！”

米可听得满腔怒火，差点就忍不住走了过去。看看清楚到底是哪两个小丫头不知死活地传播领导最忌讳的一类谣言。但是一想到自己刚刚有点发展机会，实在不应该在这点小事上乱了阵脚，因小失大，于是米可迅速反应，侧身站进了紧急通道的楼梯口里，有意避开两人。

她刚一躲进去，就听到另一场好戏。

“闭嘴！”只听到突然出现了另一个略带怒火的声音，喝止了两人试图深入探讨的恶心话题。

“啊？！”

“胡，胡姐！”

“胡老师好！”

两个女孩子惊慌失措的狼狈反应，总算是让米可出了口气。对于喝止她们的声音米可再熟悉不过，恰恰就是她这几天从早到晚正在研究的视频主人公——主持一姐胡宁。尽管多了几分尖锐的戾气，可是胡宁的声音仍然很好听。米可没有想到，今天居然会这么巧，先是能亲耳听到有人在背后编派自己，紧接着还能就这么巧地让本应该在家休病假的胡宁碰上。还真是无巧不成书啊。

“我说最近怎么这么倒霉，刚一回台里还要听你们在背后说这么恶心的事情。你们是觉得自己后台像别人一样硬气，已经闲得没事可干了，还是亲眼看见人家往哪个领导的床上爬了？想滚蛋的话，我可以替你们去向上级说说！”来人正是胡宁，她的声音听上去还有一些沙哑，显然是感冒还没好利索。她之前原本因为一点小事跟谢静怡争着领导的重视，为此甚至不惜借着感冒的机会回家静养，拒绝参加这次的音乐盛典。结果没想到，没治着谢静怡，倒是白白便宜了一个不知名的新人。昨天晚上一听说台里的最新消息，气得火冒三丈，今天一大早就跑去领导的办公室闹了一场。

“胡姐，不要啊！”

“对不起，胡姐，我们不是故意的，我们也是听别人乱说的，求您大人有大量，别跟我们不懂事的晚辈计较，我们知道错啦。”

两个女孩子终究没有经历过什么事儿，背后议论是非难免心虚，现在更是被抓了现行，自然慌得不知道怎么办才好。

“哼，你们最好有点眼力见儿，台里现在谁当家可还没变呢，急着聒噪什么？”胡宁踩着高跟鞋，噔噔地走了两步，紧接着听到“啪”的一声脆响，一个巴掌甩在自己手下的女孩脸上，“你工作不努力，乱嚼舌根子给我惹麻烦，我是你的直接领导，这一巴掌，不冤枉吧？”

没想到胡宁的脾气真如传说中那么暴躁，居然还动手打人。女孩委屈，但终究是自己口无遮拦惹了祸，只能硬生生受了，眼眶里的泪水打着转。另一个女孩子也被这阵势吓得脸色都变了。

“以后再让我听到任何人拿我跟那些小角色比较，全都给我滚蛋！”胡宁哼了一声，转身走开，又突然回头朝自己手下的女孩子勾勾手指头道，“还不跟我来？”

这事儿还没完，女孩子知道胡宁的怒气还没消，准备关起门再教训自己一顿，吓得脸色苍白，却不敢违抗，只能转身跟上。

另一个女孩子呆在原地半晌没敢动弹。

米可看了一眼手表，经过这一闹腾，饭看来是吃不上了。她正准备从楼道出去，却听到站在原地的女孩开始打电话：“静怡你太聪明啦，我刚刚找她聊那个话题的时间和位置，还真就刚刚好，正撞上了！”今天这里真是热闹，米可差点就要以为自己在看宫斗剧了，好戏一出接着一出。

“哎呀，吓死我了，胡姐刚刚真动手了，我看小吴的脸都肿了。”女孩紧接着又突然捏着嗓子表达娇弱状，说话的风格依然夸张。

米可却站在原地一动不动，又足足等了五分钟，直到外面一点声响都没有，她才踮着脚，无声无息地沿着楼梯慢慢往楼上走去。她连续爬了五层，才从楼梯口出来，然后摸出手机给向剑锋打了个电话：“喂，向主任，您在办公室吗……嗯，对……好，我现在就来找您。”

06

日子就这么戏剧性地过了好几天。

好不容易挨到周五的中午，米可又在电脑前反复观看找来的视频资料。办公室的门响了。

“可儿。”

正是午休的时候，办公室很安静。办公室的玻璃门材料很特殊，敲上去响声还不小，所以几乎所有在外面工位的同事，都齐刷刷抬起头，循声看了过来，好奇地打量着敲门的中年男人。周围很多人的目光都在他和米可之间来回转换，似乎在揣测两个人之间的关系。

“你怎么来了？”米可被吓了一跳，“你赶紧进办公室再说，把门带上。”

“可儿，我……”男人局促地捏了捏衣角道，“我问的你妹妹，她告诉我说你在这层，还好心地特地送我过来，我是不是不该来……”

米可不耐烦地打断他：“别说了，我凑了点钱，你拿去看能不能先把病瞧了。”她一边说，一边翻找着手提包，从里面掏出厚厚一沓钞票，放到了男人面前。

“啊，这么多钱，这……可儿，我不是这意思。”男人陡然见到这么多钞票，惊得瞪大了自己的眼睛，他寒酸土气的打扮，加上突然的窘迫，更加让人觉得有些搞笑。

来人正是米可的亲生父亲，米可显然希望他赶快离开，不是她真的那么无情，只是外面那些眼神她不用多想都能知道会出现多少版本的揣测。见他不拿，米可直接拿起钱往他外衣口袋里塞。“你的口袋太浅了，不适合放钱，还是拿手护着点吧！”米可说着，不等他回答什么，直接半推着送他到了办公室门口，末了还是不放心，又再一次叮嘱：“你千万拿好了，别丢了！”还特意拍了拍男人护着口袋的手。丝毫没留意到，自己这小小一个动作在外人看来是多么亲密。

男人几乎是有些卑微讨好地弓着腰离开了。周围投过来的眼神自然是让人不舒服的，米可假装没看见，旁若无人地转身走进了自己的办公室。

就在她的办公室门在身后关上的瞬间，众人已经迅速围成一团，叽叽喳喳地议论开来。

“喂，你们看见没？她还用手拍了拍那个男人的手背。”一娘娘腔的男人抢先挑起了话题。“就是，对这样一个老男人用得着这么暧昧吗？还真是会挑逗人。”紧挨着他的一个满脸油滋滋洋溢着青春痘的女孩一把抓过另一个女同事的手，学给大家看。

有新来的实习生老实地分析了一句：“不至于吧，会不会是她父亲或者家里长辈？”

“怎么可能，她什么背景？她父亲据说是蛮有钱的，会穿这样？”

加入了新的元素，众人的眼神顿时更加兴奋地闪出光亮，话题也随之变得意味深长起来。

“传说的那个会不会是干爹？”

“哇！”

“会是哪个大领导呀？”

……

07

电视台里新一轮的一姐之争，随着节目的开播正式拉开了序幕。每个人表面都还是一团和气，内里却已经是风起云涌。

最新的金牌节目，不愧是集当家花旦和强势资金支撑的节目，一上来就获得了各大媒体和观众的争相关注。

本就是主持一姐的胡宁、娱乐节目小花谢静怡和米可这个还算能给观众带来新鲜感的主持新秀。三个地位、风格各异的女主持人混搭在一起主持的这档节目，几乎抽调了电视台最为顶尖的制作力量，所以新闻发布会还没开，就已经在全城引起了不少的猜测和期待。

新节目开播前的记者发布会上，三个女主持人站在一起，以手牵着手的和气姿态登场。胡宁站在中间，一姐的身份不容置疑，其他两位女主持也是星相十足。米可虽然站在旁边，但是仍然被镁光灯闪得眼花缭乱。

这时候有记者开始提问："胡宁小姐，这应该是您第一次和新人搭档，不知道你是否会担心自己的一姐地位受到动摇呢？"

"新人？呵呵，这位先生你可能搞错了，这次和我合作主持节目的两位主持都不是新人了。谢静怡小姐的甜心之名大家早就有所听闻了吧？她的嘴巴可是会哄人呢！"胡宁瞧了一眼站在自己左边的谢静怡，语义双关。谢静怡感觉到旁边的目光，也正好回过头来，彼此眼中深意无限，各自心怀鬼胎，外人难以知晓。

"其实，我们这边的米可小姐，虽然大家还不是很熟悉，可是也不算新人了。她短短两年就从我们台里的广告部跳跃成了主持人，而且一年时间就在谈话类节目中脱颖而出，大家也该多关注关注她！”胡宁的话一下子就让大家把目光投了过来，有怀疑，有惊叹。两年时间完成这样的蜕变，对任何人来说，都几乎是不可能的事情，所以难怪大家会有如此大的反应。

米可心里扑地跳了一下，心想这两人果然没有这么容易放过自己。一下子突然成为全场的焦点，虽然早有心理准备，但还是让她有点不适应。

“这位米小姐，请问你对于新的节目有什么想法？”

米可定下心神，慢慢回答：“我觉得，这次节目有三个女主持来一同合作，体现了台领导对节目的重视与大力支持，这是很令人鼓舞的事情，相信会有不错的成绩。”

“相比于其他两位有过主持娱乐节目的经验，你从谈话类节目跳跃过来，会不会担心自己的主持风格无法适应其他两位呢？”有记者问的问题，绵里藏针。

米可不慌不忙道：“这个问题其实之前我自己也考虑过，但是想想，既然两位前辈都能够放下身段、顾虑，来和我并肩作战，我又有什么理由退缩，瞻前顾后呢？我只有努力向她们两位优秀的主持人看齐，用尽全力去对待这场挑战！”

全场掌声，很多人都被米可毫不怯场的回答感染了。

可是这时候仍然有记者站起来笑道："米小姐，看来你在台前的确是努力上进的新人，可是有传闻你的私生活却有些娱乐大众呢！"

"这是什么意思？"

"咦？这是哪个报纸的记者？"

场下众人都不由得炸了锅，纷纷把目光投了过来。电视台的工作人员一时之间也有点手足无措，来不及反应。

米可眼皮跳了一下，觉得来者不善。对方却淡定地继续滔滔不绝："我好像听人说，你作为一个新人，短短两年之间爬上如今的位置，除了经常陪同领导出席各种场合，应酬交际之外，还曾经进行某种私下交易，生活作风很有问题。近来，更有不明身份的男士出入办公室，公然进行交易，米小姐作为新人，出手还很是豪爽，一下子给对方那么多钱，不知道是不是跟今天你站到这个主持台上有些许关系呢？"

"你，你是哪家媒体的记者，凭什么这么污蔑我？拿不出证据和正当理由的话，我有权利对你采取法律措施！"米可的脸顿时涨得通红，没有想到提前沟通多次的发布会现场会突然闹出这么一出来。

"大家不要乱，不要乱，电视台不欢迎这种污蔑诽谤的恶趣味问题！这位同行您如果继续恶意针对，我们有权请您离开！"节目部主任慌忙从后台站了出来，暗中已经叫来保安，把这个记者带出去，同时努力来缓和现场有些混乱的秩序。

"这种问题真假还不知道，怎么就能凭她单方面否认就定成污蔑诽谤呢？”

“就是，什么臭毛病，动不动就上纲上线道德绑架！”不少其他媒体的记者不屑地开始议论，他们中的一些人早就反感电视台总是还沉浸在老体制里，自以为是行业老大的强势做派，逮到机会立马开始站队。

“电视台的女主持私生活不能变成笑料，我们也不能随便糊弄。既然来给节目捧场了，我们也有权利发问，搞清楚事情的真相吧！”

现场的记者个个都不是省油的灯，纷纷出口要求弄个明白。米可被众人堵着，强令正视这个问题，一时之间居然不知道说什么才好。

场面彻底失去了控制，大群记者根本不理会保安的阻挡，一点一点向她们围了过来。

“米小姐，真的有这样的男人出现在你办公室吗？请问他是你招来的那种职业的人吗？”

“米小姐，应该不会是你的家人吧，若是你的家人，难道你的同事从没见过吗？”

“米小姐，请问你凭借什么从广告部转到主持部呢？你和领导们私交是不是很好？”

任谁也承受不了这样劈天盖地的质问，何况是一个刚刚蹿红的小主持人。米可当场泪流满面。

08

这件事闹了很长一段时间，米可背后的那个神秘男人照片居然也被某个神通广大的人找了出来，登上了报纸。因为这件事情，电视台也暂停了新节目的推出，并勒令米可休假在家调整，其实谁都知道，休整的真实意思就是无限期雪藏，直到有可能出现的转机。

电视台尽管需要话题来炒作自己的主持人，但是却不允许出现太过负面的话题。这样容易让民众不满，电视台的声誉也会大受影响，甚至有可能招来上级领导部门的批评甚至处罚。

这一回，向剑锋并没有替米可说话。米可也知趣地没有打一个电话给向剑锋，她还能说什么呢，难道还去问问他有没有因此受到波及吗？

米可在家闲得无聊，也并没有出门，只是静静待着，甚至没有告诉养父母和妹妹一声，她并不觉得那个家现在跟自己还有什么关系。如果说当初他们收养自己，只是为了有个人养老，现在看来已经不需要了。如果说当初她只是需要一个家和父母的爱，那么现在她也不需要了。

这几天网上关于她的猜测和话题很多。但是到了昨天下午，她在网上看到了一组照片，居然是一个男人手里拿着大把钞票往电梯走的情形。更过分的是，这个男人在电梯里居然还旁若无人地站在一角数着钞票，他手指往嘴巴里蘸唾沫数钱的动作被分割成了好几张，明明白白摆在那里。米可盯着那个动作好久，看得眼睛酸疼。

这就是自己的亲生父亲。其实自己早就有猜测了，他时隔这么多年再来找自己，原因终究还是为了钱。什么所谓的亲情，在这个年代早就已经流失殆尽了。

娱乐小报的记者们像是疯了一样转载着这组图片，好久没有这样的报道能够让他们觉得给力了。各大网络媒体也极尽所能地深挖着这名中年男子的身份以及各种蛛丝马迹。

中年男人，金钱交易，美女主持人……没有什么比这些元素更能勾起人的好奇心了，各种夸张、耸人听闻的标题不断占据着八卦版面。但是今天下午的时候，一则报道却把事情转向完全相反的方向。

某家娱乐小报对于米可亲生父亲的报道登载上来之后，许多人都惊讶地合不上嘴巴。那个被他们在网上和报纸上疯狂批评谩骂的女主持，原来并不是他们想象的那么不堪，被他们炒作了一把的那个男人不是别人，正是她的亲生父亲。

大众并不了解这个女孩子真正波折坎坷的身世，因为没钱被送去别人家里，孤单地成长，在校学习优秀，靠着优异的成绩进了电视台广告部，一点点奋斗做了主持人……原本捕风捉影的报道如今全部撤下，大篇幅换上了各种宣扬正能量的主题。

原来就是这么一个孝顺上进的女孩，却被大众想象中的不堪而无情的伤害。这个女孩是那么的不容易！几乎所有参与过八卦她的人都忍不住自责，龌龊的从来不是那个女孩子，而是自己。

大众的心思总是这样容易受到外界的干扰而跟风。仅仅半个多月的时间，各种辱骂、愤怒、不平，如今竟然全都变成了赞美、讴歌、敬佩。杨台长当天下午就亲自给米可打了电话，主动请她原谅电视台不经调查就强令她回家休息的草率决定，以及对她不够信任而产生的伤害。甚至还提出要召开记者招待会，为她遭受的不公正舆论平反，同时也希望能为她母亲的病尽一份心意。

09

“感谢大家对我的关注！感谢每个对我有过提携、帮助或者指责、羞辱的人，是你们给我的这一切让我成长，如今我都可以坦然面对。重要的是，一路走来，我一直坚持做我自己。即使被别人放弃，我都要一直努力不放弃自己。也正因为这样，我才能熬过一次次难关，等到你们公正地评价我，公平地对待我……”在电视台的记者发布会上，米可这样说出了自己的心声。

这是她第二次参加这样大型的记者发布会，两次都流泪了。上一次是她自己演的，她被记者刁难到落泪的照片和后来她父亲被采访时假惺惺的眼泪一起上了报纸，引起社会民众很大程度的同情。这一回，她是真的，这段话说得她自己都有点动情。虽然有精心设计，但是更多也是她的心声。

她赢了很漂亮的一仗，娱乐记者的好奇心和耐心层出不穷，报道完她的八卦之后，甚至还“不小心”发现了这次诽谤事件背后的两个推波助澜的主角：胡宁和谢静怡。

大家突然明白过来，这次的话题是电视台主持一姐之争的产物。善良而没有心机的娱乐主持新宠米可，因为实力强劲引起另外两位的不安，所以她们导演了这样的一幕，米可父亲的照片很显然是电视台内部的人员刻意拍了来污蔑的。她们并不知道米可的身世，所以在这件事情上极力抹黑，没想到起了相反的效果。

其实这些都在米可的预料之中，那天中午她没来得及吃饭就去找了向剑锋，和他讨论合计出了这样的计划，特地把自己那个亲生的父亲喊来电视台，不过是为了演场戏，在发布会进行之前，让对手按捺不住。那些照片，不管是胡宁或者谢静怡拍的，还是她自己拍的，都是要把事情闹大，关键是，后续的负面新闻里，胡宁和谢静怡都尽力搅和过了，所以惹得一身麻烦。

她们两位的名气大大受损，公众形象暴跌，相反，米可人气暴涨得厉害。善良、孝顺、知性、漂亮……所有的光环叠加在一起，让她格外引人注目。

新的电视台一姐，居然会在这样的情况下尘埃落定。

“请问，米小姐，你最近人气大涨，不光是本市，在省里和全国都堪称年轻女主持人中的焦点，不知道你接下来是怎么考虑发展自身呢？”

有记者追问的时候，米可沉默了一下道：“我很感谢电视台这么多年对我的培养，那些个钩心斗角尔虞我诈的纷争我已经很害怕了。如今我只想多点机会赚钱，让我亲生母亲的病能够得到最好的治疗。我不想借着这个机会寻求任何帮助，谢谢大家的好意，这是我自己的事情。最近有北京方面的人联系我，可能会去北京发展。”

“啊，恭喜恭喜！”

场中诸位记者纷纷祝贺她，电视台众人却变了脸色。这一次他们都彻底变成了米可的跳板，让她踏着朝更高的目标而去。就在当地电视台正要混得如鱼得水的米可，毅然放弃了自己已经拥有的一切，这里能给予她的已经全部得到，只是她想要的还有更多。

在飞往北京的飞机上，米可看着窗外那个自己生活并为之奋斗了那么多年的城市，在眼前越变越小，她知道她的舞台一定会比这里更大。

第八篇

不是每个宝贝都叫天使

BUSHI MEIGE BAOBEI DOUJIAO TIANSHI

01

星期四下午的咖啡物语，比周末要安静许多。因为这个时间段一般人都在上班，谁会有空来这里闲坐?

闫雨行坐在靠窗的位置已经足足有半小时了，手里拿着一本杂志，反复翻看着彩色的插页，时不时翻到第37页瞄上一眼，然后抬头看看周围。这已经成了他这个下午的习惯性动作，因为37页里面夹着一张照片，就是他今天要相亲的对象。

这张脸很漂亮，他早就牢牢地记住了，男人对于漂亮的女人总是过目难忘。尤其对于他而言，虽然工作七八年了，但是公司里的女孩子多半是很精明干练的那种，很少有这样漂亮得精致的。他再次揣摩着照片背面写着的资料：

安小熙

年龄：24

身高：176

性格：活泼开朗，善良懂事

职业：足球宝贝

闫雨行的目光最后牢牢锁定在了职业那一行，嘴角勾起一丝玩味：足球宝贝？有意思，有意思。

他最近赶上休年假，没做别的，就是相亲。二十九岁的人了，一直忙着工作，根本没有机会好好谈个恋爱。如今，工作上的事情早已经驾轻就熟，事业稳定，家里就开始为他的终身大事着急了，一直逼着他赶紧找女朋友。

年轻人总是渴望自由的，不想急着把自己锁进婚姻的围城里，可是老一辈的观念不同，一心想着让他所有事情都圆满妥帖。这几日，闫家二老甚至每天至少安排了一位女孩子和他相亲，可惜假期都快结束了，闫雨行都没遇到一个让他有兴趣、想继续了解的。

老一辈的眼光还是与自己有些分歧的，以前那些好媳妇标准搁如今显得有些格格不入了。所以，最近闫雨行开始化被动为主动，呼喝了一群朋友来给自己介绍对象。安小熙就是在这样的情况下，被朋友拐了好几个弯子找来和自己相亲的。年纪差不太多，身高也不错，长得又好看，闫雨行心里暗暗给个初步评价：基本满意。

虽然不守时让印象分打了点折扣，但是既然是美女，而且自己还有这闲工夫，不介意多等一会儿。

“请问……您是闫先生吗？”一个女孩子清脆的娃娃音在对面响起。

闫雨行迅速地抬起头，看到对方后露出一抹微笑：“安小姐你好，安小姐请坐。”

“不好意思、不好意思，今天球迷发生了冲突，我们也被连累堵在球场一个多小时才出来，所以很抱歉，迟到了。”安小熙没理会他自认幽默的殷勤，自顾自地连连致歉，坐下来的时候似乎还喘息未定。

闫雨行点头表示理解："没关系，我今天下午也没什么事情，早一点晚一点的都无所谓，况且，接下来的时间足够我们稍作了解了。"

他休假前的两个星期也的确挺累的，能够独自坐着发呆，已经算是一种奢侈的休息了。

安小熙坐下后稍微打量了一下闫雨行，随后从包里掏出一张纸照着念起来："闫雨行，二十九岁，双子座，在一家知名网络公司做软件开发工作，目前处于管理中层，收入稳定可观，一个人独住，对吗？"

闫雨行忍住笑意点头回答："是的，有什么不满意或者不明白的地方，安小姐可以提出疑问。"

"没什么不满意的。"安小熙摆着手笑了起来，"人长得挺精神，工作也不错，而且我跟朋友大概了解过你的为人了，对朋友很仗义，关键是对父母孝顺，每周只要有空都会去邻市陪父母，是个顾家的人。"

02

闫雨行暗暗纳罕，没有想到这个小姑娘年纪轻轻，居然比自己还上心。这样的年纪、这样的身材长相，又常年在狂蜂浪蝶众多的体育圈混迹的女孩子，身边应该不会缺花花草草的追扑，就算让朋友帮忙介绍男朋友，也多半是敷衍玩玩打发无聊的，怎么看她却……

他心里正自疑惑，对方已经主动发问："我只有一个问题，你能接受我的职业吗？"

"什么？"他心里的第一反应就是这样，就不由自主张口问出声来。不是没听清楚，而是不大明白，所以他又补充道："我想知道，安小姐你是认认真真在找男朋友呢，还是只是好玩来打发时间？"

"找的不是男朋友，是可以和我安心过日子，能够想到结婚的另一半！"安小熙一本正经地纠正道，"我是认真的，不然不会出来跟你见面，约我的男生很多。这么说，不知道你明白不明白？"

闫雨行点头："以安小姐你的条件，其实完全可以找到比我更好的，这是我最奇怪的地方，为什么是我？"

"你觉得我这样的女孩儿，应该都是找有钱的富二代官二代，甚至事业有成的钻石王老五或者有钱的老头儿，是不是？以我的年纪完全可以慢慢挑，对吗？”安小熙好像一下子就能猜到他心里的想法。闫雨行毫不避讳地点头，嫁入豪门，不应该是她们这样的女孩子最想达到的目标吗？

“我想说，你可能还不是很了解我。我是一个和大多数女孩儿一样普普通通的女孩子，只想要一份踏实安稳的小幸福，嫁豪门这种不切实际的事情，我从来都没有想过，更不会为之去努力。我以前有过惨痛失败的恋爱教训，所以并不打算再做那种毫无意义的考虑。”

闫雨行点头，他稍微能够明白那么一点儿了，年纪小小就已经能想得这么平实，多半是吃过亏获得的体会。

“你放心，你不是我随随便便选的，起码是对各方面情况都了解得差不多了，觉得合适才会决定和你面对面地坐下来深入了解。”安小熙微微坐直身子道，“现在请回答我刚才的问题，你能不能接受我的职业？”

闫雨行觉得这女孩子很直白，说话坦坦荡荡毫不含糊。足球宝贝这样的职业，他的确有过犹豫，加上之前根本没有预料到对方是这样坦率直接的人，所以一下子差点没接住，索性开门见山：“我对你们这个职业确实不是很了解，你可以给我稍微介绍一下吗？足球宝贝就是一些漂亮姑娘，只要你抱着足球，穿着被改得面目全非的各队球衣，衣不蔽体，摆出各种可人姿态拍照，秀在各大网站上的吗？那你们通过什么挣钱来养活自己呢？”

安小熙的脸微微一红，不禁想到自己在网上点击率颇高的几组性感照片，忍不住翻了翻她那双像洋娃娃一般闪亮的大眼睛，一个大白眼就送了过去："大体上，对于大多数那些只关注这些性感照片的键盘侠来说，你这样的说法也没错。"

闫雨行被她这个可爱的举动逗乐了，颇有兴趣地往前探了探身子，想要更认真地听她接下来怎么说。

"但是，足球宝贝以自己的方式来展现对自己球队的喜爱和支持，也会在足球场上，为活跃气氛，在中场休息时进行各种表演，来支持自己的球队和回应球迷的热情。"安小熙一脸严肃地接着说，"在一定程度上，我们还可以是球队的形象代言，主要任务是增加球队人气，让大家为球队喝彩。"安小熙解释得很认真，顿了顿还不忘补充道："当然，我们职业的特殊性，决定了我们常常要着装性感暴露。许多球队为了博取眼球，甚至要求宝贝穿着异常大胆，出位地做出各种挑逗的动作，多少给人留下了不好的印象，被贴上各种不那么光彩的标签。无论是球迷还是普通观众，长久以来都是这样带着一些有色的眼光来看待我们的，我们自己对此也很无奈，可是毫无办法。"

闫雨行赞同道："老实说，见到你本人之前我也一直以为，足球宝贝就是一群美女穿得少点，如果找这样的女朋友，恐怕不大省心。"

他说的是真心话，但凡是个男人，谁愿意自己的女朋友整天穿得那么少，暴露在别的男人面前？他自问也算开明的

她一直在等一个人，

一个可以用心待她、

用爱接纳她的人……

人，但是对于这种关乎男人颜面的原则问题，还是无法不去介怀。

安小熙点头："我对于你的想法完全能够理解，所以你可以想清楚了再告诉我，要不要继续。但是，眼下有个小麻烦，实在太急，找不到合适的人，今天瞧着你应该可以帮到我。"

闫雨行有些好奇："你说吧，什么事儿？"

03

闫雨行怎么也没想到，安小熙所说的帮忙会是这么一回事儿。他们才不过相了一回亲，见了半小时，他就跟着她上门去见"岳母"了。这事儿也太像狗血偶像剧的情节了。

安小熙的理由却让人无法拒绝。她说自己父亲去世得早，只剩妈妈一个人把她拉扯大，好不容易长大了，早早就懂事地走入社会，独立工作来挣钱养家，安妈妈却只能带着"狗妹妹"在郊区住着，安小熙忙于工作，平时也没多少时间回去陪她。安妈妈近半年来身体不大好，就开始双鱼座特质大爆发担忧起女儿的终身大事来，眼看闺女过年就要满 25 岁了，这准女婿却还是没有一点影子，于是越来越勤地逼着安小熙多接触不同的圈子，抓紧解决这个问题，好让她安心。可指令下了一周又一周，却丝毫不见安小熙半点音讯，于是就在安小熙上周末回家时，安妈妈就放出狠话来了：到了年底，安小熙如果还是只有一个人回家的话，就别想进家门了，她就带着狗妹妹相伴过年了。

安妈妈的这一威胁明显很有力度地彻底刺激到了安小熙，这不刚下赛场她妆都来不及卸就马不停蹄地跑来这儿，找上闫雨行这个“男朋友”了。

一向唯母命是从的安小熙，当然明白这件事情，在年前是必须得解决了。只是马上有场极具影响力的足球赛事，她和队友们都在忙着每天排练、做准备，哪有时间去挑个好的，遇上闫雨行真是巧得不能再巧的好事了，她自然而然就想到了这个办法，过了这一关再说。

“咱们俩才刚刚接触，还没深入了解，我也没确定跟你一定合适，这样就急着去见你妈，会不会……”车停在安家楼下的时候，闫雨行心里不安起来。

安小熙急了，脱口而出就是一堆理由：“这回是真的不能再拖了，再拖下去，我妈那急脾气一操心起来身体更养不好了。她今年身体本来就不大好，上个月还在家摔倒了，幸好小时工阿姨买菜回来及时发现送医院。我要是再不带个男朋友回去哄她开心，真怕她着急上火，又急出个什么毛病来！你这自我介绍是孝子的人，就当为了老人家身心健康，不去也得去呀。”

今天她一看到闫雨行，瞧着这回相亲的对象一副斯文稳重的样子，样貌打扮也是妈妈喜欢的那类型，连哄带骗、威逼利诱，她也得把他给弄进家门，先蒙混过去了再说。

闫雨行听着她的絮叨，想到自己父母对待自己的终身大事也是同样的各种“威逼利诱”，立马产生一种同病相怜的感觉，鬼使神差地居然就这么点头答应了。

安小熙在楼道里反复嘱咐着，眼看着就爬到了三楼。

刚敲了两下，门就开了。开门的是安小熙请来的阿姨，照顾母亲的每日三餐，安妈妈自己操控着轮椅也迎了上来。安妈妈的样子有些清瘦，一脸严肃地邀请闫雨行进门，眼底却是掩饰不住的笑意，不断打量着。

“妈，我回来啦。”安小熙撒娇地喊着，顺手把提着的一堆补品放在桌上，很自然地挽起闫雨行的手说，“这是我电话里跟您说要来咱家吃晚饭的小闫，这些超贵的补品全是他给您买的噢。”

“伯母您好，我叫闫雨行。”闫雨行头一回演练这样的对白，紧张得紧紧握拳，手心微微冒起汗来。

一声伯母把安妈妈叫得笑了起来，上下打量着女儿的“男朋友”，不住点头：“不错不错，五官长得挺端正的，人也精神，快坐快坐，我们好好聊聊。”

闫雨行规规矩矩地坐到老太太对面，开始做自我介绍，突然恍惚自己是在面试。对方并没有咄咄逼人，反倒是个慈祥可爱的老太太。可是自己跟安小熙都才头一回见面，就要帮忙合起伙来欺骗她妈，怎么着都还是有些心虚。

安妈妈丝毫没察觉他的异样，只当是年轻人的紧张。一番交谈后，反而愈加喜欢这个略显腼腆的大男孩，急急叫保姆加菜。

临走的时候，安妈妈还一把拉起了闫雨行的手，再三交代："小闫啊，你是个好孩子，要常来看伯母。我们家小熙也是好孩子，就是性子有点倔。想当初，也是她倔着非要干这工作……"

"妈……"安小熙急忙打断了安妈妈的话。

闫雨行不敢有什么表情，只能老老实实站在门口。安妈妈摇着手道："算了，不说啦不说啦，现在你找到小闫了，妈妈看着也觉得踏实放心，看着是个可靠的孩子。小闫啊，小熙要是跟你犯起倔来，你就告诉伯母，我帮你收拾她，她的脾气我这当妈的最清楚。我这身体不好，她独立得早，要挣钱养家，还要照顾我，整个家就靠她撑着，所以性格难免要强，一般男孩子受不了这么好强的，但她本性善良着呢，希望你多花心思去了解她，去体谅她。"

"伯母，我当然知道小熙是个好女孩，所以才会这么喜欢她，我会尽量对她好的，请您放心。"闫雨行自己都没想到这么肉麻的话他居然如此顺溜地脱口而出了。安妈妈听到这样的话，表情顿时有些激动起来，连连说好，甚至开始抹起了眼角。

"行了行了，妈，卡！卡了！咱今天的苦情戏份杀青了哈。他不了解您，您亲闺女还不知道您呀，大双鱼就是爱演，调皮。”安小熙对于母亲整日跟自己上演的各种戏码已经烂熟于心，为了避免说多错多露了馅，匆忙结束这场道别，拖着闫雨行挥手拜拜，火速逃离现场。

安妈妈是单亲妈妈，辛苦拉扯女儿多年，现在又行动不便，居然还能如此乐观可爱，这是闫雨行没有想到的。这顿饭后，他心里触动不少，敢情这女孩儿还真不容易。要不是亲自来了她们家，他还真是无法相信，她光鲜艳丽的外表下还有如此坎坷艰难的成长经历，难怪她的眼神比这些圈子里混着的女孩清冷淡定许多，经历过生活的苦难，终究没有丢了美好的本质。

闫雨行暗暗在心里给这次的相亲对象加起分来。虽然这个对象家里有个身体不好的母亲，但是对他来说并不算什么大问题，他的收入完全可以承担，何况还是位那么可爱的老太太。想到安妈妈各种夸张的演技，闫雨行忍不住笑出声来，惹来安小熙一阵奇怪的眼神扫射。

经过今天这一番“角色扮演”，看来，要不要开始这段感情，他的确需要认真地划进自己的考虑范围了。

04

回市里的路上，闫雨行一边开车一边用余光观察着安小熙。她一直静静地瞧着车窗外发呆，夕阳的余晖将她面部的轮廓勾勒出了几分柔美来。不得不说，能做足球宝贝，安小熙的外貌条件是绝对出色的。这样的女孩子，本应该万千宠爱，没想到背后居然也会有这么多不如意。

闫雨行主动打破车内的安静："小熙，我今天听你和你妈偶然提起的，你之前的感情，似乎就是因为你这份工作才……"

安小熙收回看向窗外的视线，迟疑了半晌才点头回答："对，他家里很有钱有背景，人也年轻帅气，唯一的缺点就是没办法容忍自己的女朋友穿得那么少而已。"草草几句话，透露着一丝无奈的自嘲。

闫雨行的心里莫名一阵微微发酸，想要找话来安慰她，却被安小熙自己打断了："他一边跟我保持恋爱关系，一边跟他在 MBA 的一个女同学交往着，直到那个女孩怀孕了，他才一声不响地就把我甩了。听他一个哥们说，那个女孩家和他家门当户对，平时也是一副大家闺秀的做派，他很受用，总算不用再潦草地跟周围朋友介绍自己身边的女朋友了。"安小熙慢慢地说着往事，听不出情绪，仿佛只是在讲和自己无关的爱情故事。

"一声不响？"闫雨行惊讶，他有些后悔自己刚刚提这事儿了，哪个女孩的初恋不是付出一颗真心的，非得把她的伤疤揭开来看看，真是好奇害死猫，而这只小猫还莫名让他心疼。最大的问题是，他们才认识一天啊，自己这是从哪突然冒出来的贾宝玉似的风格呀。

安小熙并没有打算结束这个话题，开始发出一声嗤笑："我做足球宝贝怎么了，我穿得少怎么了，起码我干干净净，不挣不该挣的钱，不要不该要的东西。我对得起自己的良心，我靠自己的努力活在这个社会上，我有尊严有自己的价值。他除了靠着家里给的财富和一身帅气皮囊，哪一点是他自己付出过努力的，他活得还没我有模有样呢！"安小熙终于表露出一丝情绪来，脸涨得泛出粉红色来，更加衬得脸庞明媚起来。

闫雨行更加欣赏起这个可人儿来，这样简洁明快的情绪表达是职场上打磨多年的所谓职业女性不可能展现的，她们多半会轻描淡写地掩饰起所有伤害，然后变得更加深沉内敛，默默接受生活锉刀给予的新一轮打磨，随之被打磨掉的也是女性本该有的可爱天性。

闫雨行觉得，眼前这个女孩子让他有种想要深入交往的冲动。在他看来，这样的女孩子，居然不被珍惜，真的有点可惜。

当然，他也想要让她明白，虽然这场失败的恋爱不是她的错，但是她也可以从中对自己的工作或是其他对自身不利的各类因素进行一些反思，那样是不是能避免掉一些伤害呢？才接触一天的时间，他居然担心起她会受到的伤害来。

"其实你也该想想，虽然你很自尊自爱，可是这个圈子里的其他人不一定都跟你一样，某些个别姑娘的轻浮难免让人对整个圈子产生遐想和误会，加上你经常要为了表演进行训练，跟他约会也肯定会时断时续，这样的感情本身很难维持，他也很难有安全感。其实男人……”闫雨行试图帮她分析，却被直接打断了。

“其实男人大多都是没办法容忍自己的女朋友是这样的，还是会从心底看不起，对吗？”安小熙叹气，“我很明白这些，他的顾虑也没有错，只是价值观的不同而已。我的职业需要我投入全部热情，给赛场带来欢乐和活力。他作为男人也需要自尊和面子，需要我作为另一半安安心心做一份正经安稳的工作，环境相对单纯。可是我很喜欢自己的这份工作，你知道吗？我喜欢足球，喜欢为之呐喊，喜欢为之在绿茵场上起舞，那种热血沸腾的感觉不是别的工作能带给我的。”

她说这话的时候，眼里闪现出异样的神采，只觉得那嘴角和眼底的笑意都是发自内心的。那种快乐直接感染了闫雨行，也忍不住陪着她开心地笑出声来。他心里微微一动，的确是很难得的。

闫雨行不由得反省，自己为什么从来没有察觉过赛场上那些短暂出场但却活力四射、让人惊艳的健美身影，能带给自己热情和快乐？他已经习惯了繁重忙乱的节奏，在各种复杂抽象的程序中机械前行，早就磨去了刚开始工作时候的激情。他习惯了朝九晚五，习惯了西装领带，早就不记得当初为什么会选择现在这份工作。

闫雨行陡然惊觉，这些年自己居然过得像一潭死水，眼前这个女孩子口中所说的“喜欢”“热血”于他而言，已经在他的记忆里抽象得仿佛不存在。

05

“喂，喂，闫雨行，想什么呢？听完别人的故事就不想说话啦？你刚刚还在说得欢着呢……你说话呀。”安小熙叽叽喳喳地连续叫了好几声，照着他的胳膊一巴掌拍了下去，总算让闫雨行从突如其来的“思考人生”状态中解脱出来。

他看了看不远处十字路口的路牌，左转就离安小熙所说的足球俱乐部已经很近了，她为之挥洒青春与汗水的这支球队也是他很喜欢的一支球队。

他微笑着告诉安小熙：“我觉得你是个很有思想的女孩子，那样的热情和活力是我羡慕不来的。跟你相处的这一天时间，真的很有收获，我想也许真的是我们这些臭男人太浅薄了，所以不够用心去了解你们这样的女孩。或许我们可以试着交往交往，你愿意给我这个深入了解你的机会吗？”

“啊？你这算表白吗？”安小熙尖叫起来，声音陡然提高了好几个分贝。她没有想到对方这么快就决定了他们关系的发展方向。在她这几个月的相亲经验里，一般对她说“考虑考虑再做决定”的男人，多半都不会再跟她联系。足球宝贝这个特殊的身份真是叫男人既趋之若鹜又敬而远之，所以她设想中，眼前这个男人，今天之后多半也不会再联系自己了。

刚刚还在试图劝服自己认清这个职业确实不受“良家男人”欢迎，怎么转眼间他就表白了，这是什么反转剧情？她甚至怀疑对方在跟自己开玩笑，毕竟这个年代，不正经的或是想占便宜的渣男满街都是。可是，眼前这个看着也不像啊。安小熙疑惑地盯着闫雨行的眼睛，好半天没有眨一下，心底有一个声音在提醒自己，“之前那个多金帅气的初恋男友看着也不像是会劈腿还玩消失的渣男呀”！

“吱”的一声一脚刹车，闫雨行突然停下车，转过身来认真看着她的眼睛，一个字一个字地慢慢说出：“安小熙，你没听错，我刚刚说了，想跟你试着交往下去。尽管这有些荒唐，可事实就是经过这一天的相处，我觉得你会是我喜欢的女生，我会努力尝试去理解你的职业，用心了解真正的你。因为你的确是个难得的好女孩，你不虚荣不浮躁，对自己的人生充满着热情，与那些空洞的女生相比是那么的不同。我想，遇到这样的女孩子，错过会很可惜。”

安小熙陡然就红了脸，没想到会被对方这么夸赞。她还没有从突然降临的惊喜中走出来，前言不搭后语地反复喃喃道：“你真的不介意我的工作吗？我可要再次警告你，穿得很少的，而且很多球迷都是色眯眯的男人，素质很低。网上还到处是各种匪夷所思胡编乱造的绯闻，你的朋友，你的家人，他们会不会理解你找这样的女朋友？如果他们质疑，你该怎么办……”

她一口气说了好多，闫雨行忍不住笑了：“放心吧，我们可以慢慢来，一起解决这些问题。现在就考虑这么多，你是想要第一天就吓跑我吗？”

安小熙郑重地对他说：“我先声明哈，如果你后悔了，可以早点对我说，但是千万不要像我前男友一样，就那么消失了。我再也经受不起这样的伤害。”

闫雨行慎重地点点头，说：“我保证！”

“嗯，那么好，既然你愿意试试，我没有意见。”安小熙稍微放松了一下因为过度紧张而有些僵硬的身体，刚刚还挂着一丝甜蜜的眉间突然爬上了为难的神色道，“可是，我这几个星期都要排练，为了下个月那场球赛，可能跟你约会的时间会比较……”

“你训练的地方就是绿茵场吗？跟星源队的球员们一起？”闫雨行朝车窗外看了看，这里远远就能看到绿茵场上，一群球员身姿矫健地在奔跑着。

安小熙点头，手指了指一边道：“就在那边，那个看台下面，我们一般都在那里排练，排练间隙还可以看他们训练，但是不允许随便出来。”

“好吧，既然你没有时间……”闫雨行叹气，“其实我很喜欢看星源队的比赛，不知道是不是可以走后门进去看训练。”

“啊，这个没问题，甚至下周你来看比赛都没问题，我能帮你搞到票！”安小熙没有想到闫雨行居然也会是星源队的球迷，激动之余依然有些不信道，“你真的是星源队的球迷？软件开发公司的职员不是应该很忙吗？怎么还会有时间看球赛？”

闫雨行耸耸肩：“信不信由你，老球员里面我比较喜欢李肃，其他的，宋志新、莫安凌，这两个新进的球员我也挺看好。”

“啊，宋志新和莫安凌你也知道！”安小熙激动了，这个家伙居然真的是星源队的粉丝。

两个人在车里嘀嘀咕咕又聊了好久，直到车窗外天色已经一片漆黑才作罢。闫雨行真的没有想到，这样娇媚的女孩子，居然也会是足球的狂热粉丝。难怪她这么热爱自己的工作，说自己对足球有一份执着，果然不是那些只会看着小贝尖叫流口水的伪球迷那样随口胡扯空喊的口号。

更让闫雨行惊讶的是，她对球队的每场比赛居然都有认真地看过，甚至还能分析出每个球员的特点和优劣势，对于一些战术打法还有自己独到的见解，更不用提那些一般女孩子不感兴趣完全听不懂的足球专业术语了。

“遇到五分钟以内能理解什么是越位的姑娘就娶了吧”，网上的一个段子不自觉地在闫雨行脑中闪过，他突然坏笑起来。看着安小熙盯着自己，因为好奇而瞪大的漂亮眼睛，闫雨行忽然觉得和这样的一个女孩子谈恋爱，以往沉闷的生活应该不会再是一潭死水了。

看着安小熙朝俱乐部慢慢走去的背影，闫雨行心里居然激荡起了一丝类似“激情”的感觉，他一直以为自己对生活以及其他一切事物的激情早已被现实和时光消磨殆尽了。

06

大约一个月的时间里，闫雨行每天下班来看安小熙训练，然后两个人在足球俱乐部的周边吃饭约会。闫雨行的生活似乎依然像以前一样按时按点，但是却又那么的不同。

安小熙活泼开朗的性格让他觉得原来任何事情都可以那么充满热情，生活似乎也因此变得有了节奏感和质感。今天，他靠着女朋友的便利，得到了看台上比较靠前的座位，能够近距离观看这场自己期待已久的关键性比赛，这以前是从来没有过的。他一般都是在家看电视转播。

快开场的时候，安小熙把手机和衣服、包包丢在闫雨行这里就下场集合了。随着球迷们一浪高过一浪的呐喊声，绿茵场上，一群女孩子身着火红的超短裙奔跑到场中央，那么鲜活整齐的跳跃着，像一团团燃烧着的烈焰，迅速点燃了全场的热情。

闫雨行却有些恍惚地瞧着手里安小熙的手机。前些天他来找她的时候，也是这么坐在看台上替她看着东西。不小心点开了一条刚刚发来的短信，通篇都是火辣辣的字眼儿，暧昧缠绵之意实在让人浮想联翩。那个名字是自己很熟悉的，星源队的知名球员，现在正在国外接受一家堪称豪门的顶级足球俱乐部试训的未来之星——莫安凌，就这么隔着一个太平洋对自己的女神说想念。

刚见面的时候他就想过，自己如果找个这么漂亮的女朋友，肯定会有不少人喜欢她。可是他却差点忽略掉了，那些浑身散发着荷尔蒙的球员，跟这些足球宝贝几乎每天训练都在一起，如此多的见面机会不是更加近水楼台？有这样的一个女朋友，果然很头疼呢！他是想要坚持相信她，可是他们才相处多久，能有多么坚不可摧的感情呢？况且，以球员那么优越的条件，如果人家死缠烂打怎么办？自己总不可能从早到晚就守着这个漂亮的宝贝女友才能安心过日子吧。闫雨行一想到这个问题就心烦意乱头疼不已，他不愿去想，却又不得不想。这几天他一直想要找机会跟安小熙聊聊，那个球员的短信是怎么回事？为什么她从来没跟自己透露一丝半点？她这样做，算是她和那个球员有不可告人的暧昧，还是对和自己的这段恋情坚定不移，不受丝毫干扰呢？

闫雨行坐在看台上，一想到这些，心绪就更加烦乱。连以往听起来热辣奔放的动感舞曲，此刻也是那么地扰乱心神，好像过了半场球赛的时间似的，这恼人的舞曲终于结束了。闫雨行不耐烦地看了看手表，整个热场环节才十分钟时间。漂亮的女孩子们也退场了。开场的球赛不温不火，但总是能够稍稍分散一下自己的注意力。

比赛进行了大半场，尽管占尽主场优势，可星源队一直处于不在状态的窘相。主力球员要么犯规被罚停赛，要么就是伤病在身，没有猛将坐镇，星源队难免处于下风。上半场结束之后，就已经落后了两个球，观众群一阵骚动，叫骂不断，大骂俱乐部不作为。

这样糟糕的比赛闫雨行也觉得兴味索然。比赛下半场星源队的队员们似乎已经毫无斗志，最后竟然在自己主场以 0∶4 的大比分输给了力能队，结束了比赛。不少星源队的铁杆球迷开始叫骂起来：“假球！假球！下课！下课！”看台上不断掷下来各种匪夷所思的物品，从纸屑、打火机、鞋子到自拍杆，甚至还有手机，纷纷砸落下来。直到没东西可扔了，球迷依然久久不肯散去。

闫雨行一动不动地坐在原地，看着这场闹剧，心想这些球迷可真是有钱，手机当板砖砸着玩儿呢。这时安小熙已经颠颠地跑了过来，居然引起了看台上人群的一阵骚动。

这样漂亮的女孩儿的确在哪里都应该是让人注目的焦点。闫雨行正享受那一丝小虚荣带来的得意情绪时，突然人群中传来一声叫骂：“靠，这不是星源队的足球宝贝吗？叫什么小熙的，网上到处都是她的赤裸艳照，够骚够劲啊！”

闫雨行顿时觉得脑部充血，脸上一阵一阵地发热，像是被人狠狠扇了一巴掌。自己女朋友的艳照？居然还传出了这样的版本，虽然他特地到网上看过，那些写真的确穿得很暴露，但是还不至于到了艳照的地步。站在一个男人的角度来讲，他其实很不舒服，自己的女朋友拍这样的照片，一会儿穿比基尼，一会儿穿渔网丝袜，造型那么性感，哪里像是真正给足球做宣传的？分明就是为了吸引那些屌丝和键盘侠为主的粉丝们，恶意炒作博取眼球的低劣手法。

“艳照？这么不要脸？”有人起劲了，“星源队就是被她们这些妖精给坏了名声！”

“就是她，领舞的那个！”

“是，烂货，真他妈的讨厌，整场比赛她们就没消停过，好好的星源队被她们这舞跳得，软手软脚，连球都踢不好！”

“贱人，去死！”

看台上突然炸了锅，一个易拉罐率先丢了过来，砸在安小熙的脸上：“臭婊子！去死！”

从来没有见过这状况的闫雨行顿时傻了，他甚至来不及反应，就眼睁睁看着自己的女朋友在面前被人打了！

07

医院里的消毒药水很刺鼻，医生已经替安小熙清洗了脸部的伤，她额头上仍然在渗着血。闫雨行在旁边担心地看着，问医生：“要不要再打个破伤风的针？我怕伤口会感染。”

“放心吧，还不至于。我给她开点消炎药，后天再来看看，如果不沾水，应该问题不大。”医生熟练地在处方笺上面写着。

安小熙的颧骨高高肿起，眼角还渗着一点泪花。刚刚在被送来医院的路上，她一直在无声地哭泣着。闫雨行一直安慰着她，直到现在才总算停了下来。

闫雨行瞧着她现在哭得眼睛肿起的样子，心里微微有些不忍，总以为自己能够给她足够的支持和理解，可是到头来却眼睁睁地看着她在自己面前被打了。这样的感受真的很难过，他是个男人，怎么会这样的窝囊无力？那么多球迷，都把输球的愤怒和不满发泄在这么一个柔弱的女孩身上，虽然在其他冷眼旁观的观众看来只是球迷的疯狂，但是那一刻，同样作为旁观者的他，显然不是个合格的男朋友。

拿着医生开的药方，他迅速抓完了药，然后带着安小熙慢慢走出来，心里的滋味复杂莫名。

“小熙，要不休息一段时间换个工作吧。你一个女孩子，每天进行那么大运动量的训练，还要穿得那么少在大冷天里跳舞，冻得脸都僵了，还要装作热情似火，这样的工作实在太辛苦了。”在路上，闫雨行一直寻思着怎么跟她说，这样的话题终究不是轻松的，最终他还是选择直接说出自己的主观感受。

安小熙没有接话，默不作声地走了两步后突然拉住他，撩起自己的一只衣袖，露出纤细的胳膊伸给他看：“瞧见没有，这胳膊，被不理智的球迷打断过。还有这后脑勺，缝了好几针，训练的时候试动作摔的。这些都比今天这伤严重多了，我不也挨过来了吗?!”她一边说一边指给他看。

闫雨行惊了，愣愣的半晌不知道该如何反应，心里却在翻腾。他万万没有想到，这样的事情居然不是一次两次。他以为今天这事儿已经算是很暴力、很离谱了，可是原来这女孩承受过更惨更痛的对待。

他感觉心脏被一只坚硬的大手揪住了似的，越收越紧，让他连呼吸都感觉困难起来，“小熙，我们不干了行不行？”闫雨行的声音有些颤抖，“我不是不能理解你的工作。哪怕你穿得少在那么多男人面前跳，没关系，我相信你内心纯真善良。哪怕你要拍尺度很大、很暴露的写真，在网上被那么多人非议，没关系，我知道你迫不得已。哪怕有那么多球员可能对你有意思，离你很近很暧昧，没关系，我相信你会专一不变。可是，今天这事情我不能忍受，我的女朋友如果为了坚持这份工作，连生命安全都要受到威胁，我没法坐视不管，这样的事情我无法接受，我不能让你每天担惊受怕地去工作。如果哪天你会遇到更加可怕的事情呢？你怎么办？我怎么办？那些球迷疯狂起来说不定能做出更过分的举动，这是我最担心的，你明白吗？”

安小熙瞧着这个男人，一个月还不到的时间，从他礼貌性地拒绝自己，到陪着自己回家应付妈妈，再到被自己的真实打动开始交往……仿佛已经过了好久好久了。

她以为，自己从事了这样的职业，就注定不会被理解、被尊重，甚至被爱，连拥有一份平实的爱情都变成了奢侈的事情。可是，闫雨行这样一个男人出现了，他跟自己同样喜欢足球，他选择相信她、支持她。可是现在，他难道也害怕了，犹豫了，想要退缩了吗？

安小熙知道，即使是这样也不能怪他。他已经为自己牺牲了很多，忍受了很多男人都无法忍受的事情，他尽力了。她不能这么自私地仅仅因为自己的那份执着而毁了他原本正常安稳的生活。

一个念头在她心里一瞬间产生了，他这样美好温暖的男人，应该找一个比自己省心安稳的女朋友，带得出去，领得回来，叫朋友羡慕，叫父母满意，那才是属于他的生活。

“我们分手吧。”安小熙几乎没有片刻犹豫地说出分手。

闫雨行愣住了，他本来也是想跟她说，是不是可以放弃工作，不然他们恐怕也坚持不了很久。有些事情，他真的无法接受。可是，对方直接就跟他说分手。

他深吸一口气，问她：“真的不能放弃工作吗？喜欢足球我们可以每场都看，真的不用这么拼命。”

“没办法，我喜欢这个工作，要就这么放弃，我真的做不到。”安小熙努力挤出一丝笑容，嘴里却有些苦涩。看来，这一份感情自己注定是又要错过了，“你还是找个安安稳稳的女朋友吧，那才是你最需要的，而我就是你看到的这个样子，我就是我，不可能成为别人的样子，所以我们都不是彼此要找的人。这样说，你明白了吗？我相信你能理解我，我也能理解你。”

闫雨行想了想，点头道：“好，我明白了。不管怎么说，我们以后还是朋友，是吗？”

“嗯，是好朋友！因为你是第一个愿意用心去看待我的人，只可惜你看到的全部的我却不是你要找的那个女孩。我一直在等这样一个男人，他能用心看到我，又那么恰好的，那个最真实完整的我也正是他在寻找的人。”说这句话时，安小熙眼睛里亮亮的。

“我相信一定会有那么一个人，我会等。”安小熙并不是在安慰自己，因为她一直相信那样一句话：

好的感情值得等待……

第九篇

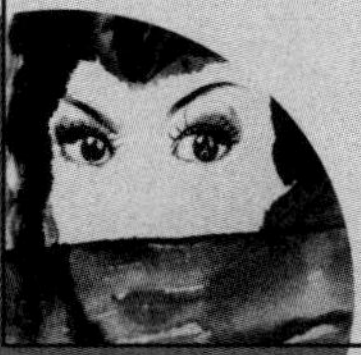

功夫马杀鸡

GONGFU MASHAJI

01

深夜，出租车停靠在A市国际航班的出发层，一只踩着高跟鞋的长腿一迈出车门，就吸引了无数目光，毕竟在这样的深秋，机场鲜少有人这样穿。一个靓丽的身姿从出租车中优雅而下，轻轻捋了捋自己的齐肩长发，不顾众人的目光，踩着高跟鞋旁若无人的大步流星走进出发层大门。

正当人们还沉浸于深秋的这一双美腿时，一个身影冲了过来，一把拉住长发美女大喊一声："你终于来了，等死我了，快把你娃抱上，怎么哄都不行，一个劲的哭，你赶紧看看。"

美不过三秒，长发美女一脸慌张与尴尬，刚才的美艳气质荡然无存，喊了一声"等我一下下"，转身就冲进了候机楼的厕所里，再出来时令一众大跌眼镜，平底鞋、牛仔裤，宽大的T恤，还有绑在脑勺后面的马尾，整个一个中年妇女的形象，与刚才的高冷判若两人，一脸宠溺地接过朋友手里的孩子，嘴里一边说着："哦哦，乖乖，不哭不哭，妈妈这就找地方就给你喂奶。"一众围观的吃瓜群众一看是个已婚已育并且在哺乳期的妇女，顿时失去了兴致，在一声声的讥笑声中散去，只留下两人抱着孩子在风中凌乱。

机场母婴室里，小妖实在控制不住自己的好奇心，看着身边正在喂奶的王凯和怀里安静闭眼吃奶的宝宝，小声问：“哎，处理的怎么样？”

王凯愣了一下神，自言自语的喃喃：“怎么样？还有什么能比我现在的境遇更糟糕的了，未婚先孕，单亲妈妈，渣男不负责，还有什么能比这样更坏呢？”说到这里，王凯冷笑了一声，紧咬着嘴唇，两眼开始放空。

“哎，你也别这么说，不是还有宝宝么，他才是你以后最重要的人，就让我们忘记以前的一切不愉快吧，反正也要离开这个令人糟心的地方了。我的意思是，你今天不是去谈判了么，有什么结果没有？”小妖依旧不死心地问。

“结果？有啊，孩子归我，以后与他无关。”

“就这？”

“那还要有什么呢？”

“难道他就没有说什么精神补偿啊、孩子的抚养费啊之类的问题？”小妖将这句话问出口，机场的广播里礼貌地播放起她们飞往泰国的航班即将起飞，请立即到检票口登机。

王凯心里清楚地记得，那个渣男将那张卡向她扔过来的那副嘴脸，和那一句像刀子一样的“拿着钱，以后不要再来找我”的话，回想曾经的自己是那么的骄傲，作为跆拳道界备受瞩目的新秀，渣男曾也是万千迷弟中的一员，他追求自己时是那么的真诚与用心，知道自己怀孕时的那句“我会负责的”，听起来是那么的诚挚和温暖。然而，当王凯的肚子九个月大的时候，他却突然不明不白地消失了，这一消失就是一年。而这一年中，他根本不知道王凯承担了多少，由于未婚先孕，她被跆拳道队开除，父母逼她去医院，她离家出走，一意孤行的成了一名单亲妈妈。她无数次在给孩子喂奶的深夜崩溃得哭倒在自己的床上，自己这么多年努力换来的一切就被这个渣男以这样的方式毁掉了。想到这里，王凯轻轻拭去自己的眼泪，看看怀里安睡的孩子和身边陪伴自己的闺蜜，大步流星地朝飞机走去："去他妈的男人，老娘不要了。"

两人在飞机上安顿好，合起小桌板等待起飞，小妖悄悄凑近看向窗外的王凯，轻轻说了句："要离开了。"

没等王凯开口，小妖突然放大分贝喊了起来："A 市，去你大爷的伤心往事，老娘要去泰国花天酒地了，等我偶遇个高富帅荣归故里吧！让你们那些曾经伤害过我的人都来给我点头哈腰，我要花钱买下那个电台，开除掉所有落井下石的人，我还要让经纪公司封杀那个渣男，我 ..."

王凯看着身边的小妖笑笑。小妖是一家电台的小 DJ，因为一次节目偶然认识了一个鲜肉小明星，一来二去两人竟然睡在了一起，用小妖的话说就是"娱乐圈太乱了"，结果没几天就发现自己只是小明星众多女友大军中的一员，情急之下想要曝光鲜肉的嘴脸，结果却被部门主管和经纪公司知道了，双方一合计，直接把小妖开除了。丢了工作、丢了爱情的小妖这才愿意跟着王凯一起远走他乡，躲避这伤心之地。尽管这个姑娘一副饱受情伤的样子，但这时候还想着偶遇高富帅，至少证明她伤得不深，应该很快就能复原。但想想自己，王凯忍不住苦笑一声，小妖立马暖心地握了握她的手。

两个人相视一笑。飞机起飞了，穿过云层，城市的霓虹闪烁，熟悉的人们或早已入睡，或抱着手机，但，从这一刻起，这里的一切终于可以暂时不再和她们有任何关系。

“我，特别好奇，又不敢问，憋死我了。”

“怎么了，你说？”王凯平淡的回答。

“哎，快给我说说呗，你当初是怎么看上渣男的？”小妖不依不饶地继续问。

“我以为自己跟了富二代就可以荣华富贵了，结果如意算盘打错了呗！”王凯一副无所谓的样子。

“你少来了，你要是这样的人，追你的比他有钱的多得是，你就装吧，最后只有自己心里苦。”小妖不再说话，闭上眼睛准备入睡。

王凯心里知道，每一个婚姻失败的人都不愿意承认自己曾经就是那么瞎了眼地爱上了这样的渣男，更何况这一段爱情连婚姻都算不上，曾经最看重他的真诚，到最后却发现他什么都有，唯独没有真诚，现在的自己也有些看不起自己了，因为，她最后还是拿上了那张卡，因为王凯已经没有什么能力养活孩子了，自尊终究要向生活屈服，算了，不想了，把这些都留给这座城市吧，去新的城市，找寻新的生活。

飞机消失在无尽的黑夜里。

02

迎着朝阳，飞机停靠在了泰国曼谷的机场，一下飞机，潮湿的空气中渗透着陌生的生活气息。小妖和王凯取了自己的行李准备搭计程车，把孩子背在胸前的王凯拉着自己一大一小两个箱子，小妖更是夸张，准备了三大箱的东西托运过来了，吃力地推着推车赶上了王凯的脚步。

“哎呀，你慢点好不好，真不愧是运动员，拿那么多东西还走那么快。”小妖边追着王凯一边嘟囔着小声抱怨。

“你怎么这么多东西啊？”王凯不解地问。

“我把所有装门面的东西都带来了，万一遇到高富帅呢，我得随时保持战斗状态。”小妖挺了挺她的小蛮腰，说的底气十足。

“哎呀，真是要死了，出门带这么多，你又不是穷鬼，买不起东西啊。”王凯无奈地说，耸了耸肩。

泰国的机场人潮涌动，或许是因为旅程不远又太过便宜的原因，总是有大批的中国人来这里，搞得像个菜市场一样。小妖和王凯抱着孩子，拿着大包小包的行李被人群蜂拥而出，小妖嘴里还不停的喊着“哎哎哎哎，别挤别挤，这还有孩子呢，看着点”，嘈杂的人群哪里听得到这些，没一会功夫两人就被挤得狼狈不堪。

"想当年老娘在国内怎么样也是一出机场就有人接的，现在要自己找车，什么世道！怎么走，我们要去哪？"小妖翻着白眼无奈地问道。

是啊，两个受伤的女人，只想着逃离熟悉的城市，没想过要逃向哪里，匆匆地买了一张泰国的机票，就这样来到了这个陌生的城市，下一步要去哪里，谁都不知道。

正当两个人迷茫地看着来来往往的人流，一个中国样貌的男人围了上来。

"萨瓦迪卡，你们是中国人？"

"是啊，你是？"小妖接话。

"我是出租司机，也是中国人，在这里拉客，问问你们是不是在等出租车？"男人说。

"是，哎，也不是。"小妖有些语无伦次了。

"师傅你好，我们来的时候没有订酒店，这样，你可以把我们带到一个中国人多一点的酒店吗，环境好一些。"王凯张口问。

"没问题啊，上车吧。你们上，行李我来帮你们拿。"说着就搬起行李来。

小妖朝王凯做了一个鬼脸，意思是遇到了好人这么热情，两人相视一笑。

泰国的街头是出了名的拥挤，在世界上都排得上名号，司机显然已经习惯了这里的节奏，不紧不慢地走着，车里的两人一夜没睡，有些昏昏欲睡了，一觉醒来已经到了酒店门口，司机师傅正在往下搬行李。

“姑娘，你们到了，这个酒店是泰国本地比较好的酒店——威斯喜，中国人很多，希望你们有一个愉快的假期，1000泰铢谢谢！”司机说。

王凯翻翻自己的行李，拿出钱给师傅。两人开始弄行李，或许是因为酒店生意太好，压根没看到行李生，两个人的几个大箱子实在没办法搬运，司机师傅又凑了上来：“姑娘，你们的行李要是没办法搬运，我可以帮忙的。”

“太谢谢您了，这是一点小费您收下吧。”小妖赶紧掏了50泰铢送了上去，王凯狠狠地瞪了一眼，但此时的司机已经收下了钱，开始搬运行李。

小妖连忙对王凯说：“出门在外，别在乎这点钱，我把所有的身家都背在身上了，还在乎这50泰铢？哈哈哈……”

两人走进酒店。

“萨瓦迪卡，您有什么需要帮助的吗？”前台小姑娘微笑着说。

“我们要一间豪华套房。”小妖傲娇地说。

“好的，有的，一晚是8000泰铢，谢谢！”服务员不失礼貌地说。

“不，我们不要这个，我们要标间。”王凯马上改口，小妖心里不舒服地撇撇嘴说：“反正都是刷渣男的卡，干嘛给他省啊。”

“您好，我看您带着婴儿，可以再给您加一张婴儿床，一共是1500泰铢每天。”小姑娘说。

"是不是有点贵了？"王凯掩面问小妖。

"哎呀，豪华套都不给住，就住个标间还嫌贵，出门在外不能亏待了自己，我们已经是两个受伤的女人了，如果再不对自己好，那还有谁心疼我们！住，我们身上有全部的家当，还住不起这个酒店了？住，给我们开一间，开三天。"小妖斩钉截铁地说。

这个女人不能允许自己的生活品质太差，王凯也不好说什么，自己在专业队这几年也攒了不少钱，但是想到后面的生活，想到宝宝的未来，不免还是有些担心，眼下就先入住吧，后面的事情后面再说。

两人抱着孩子，带着拿行李的司机师傅，一路来到了自己的房间。司机师傅放下行李，环顾四周，悄悄地离开了。两人还在看风景，回首就不见了司机的踪影，两人还打趣地说，这里的师傅还挺好的，默默出现，默默离开。没多想什么，但是万万没想到这才是她们"泰囧"的开始。

两人收拾东西准备开始泰国之旅，在接下来的几天里开始血拼，逛古庙，游景区，短暂地将烦恼抛之脑后。

03

在国内的，麦克周一脸满足地从五星级酒店出来，正了正自己的领带，身旁跟着一个漂亮的姑娘，姑娘还想跟麦克周说声什么，但是麦克周径直走到了自己的车旁，拉开车门坐上去，直接开走，向姑娘招了招手，留了一句："爷还有事，今天就不奉陪了！"

说完，就看见一沓红色的"毛爷爷"高高地飘向空中，姑娘一手接着空中飘下的钱说了一声："切，有钱了不起啊。"踩着高跟鞋走了。

"叮叮叮"，电话响起来了。

"大少爷，你在哪呢？"一个陌生男人的声音。

麦克周不耐烦的回应："你管小爷我在哪？什么屁快放！"

"重大消息，关于你叔叔的。你不是一直怀疑这老家伙图谋不轨吗？我要是告诉你我找到证据了呢？"

麦克周惊得直接靠边停车，"什么？你说什么？你找到什么证据了？"

"你赶紧过来，老地方，我给你慢慢说。"

"好，你等我！"麦克周一脚油门，帕拉梅拉以 180 迈的速度冲了出去。

A 市一个僻静的小巷子里，帕拉梅拉停在了一个修理厂的门口，这个修理厂看起来其貌不扬，没什么生意，这其实是几个富家公子哥合伙开的，不接待一般的消费者，只针对 VIP 客户。麦克周迫不及待地冲下车，将车钥匙扔给店里的伙计，自己径直跑上了二楼的包间里。

"呦，来的还挺快！"乔震说。

“少废话，快说，什么证据？”麦克周说。

“你来看，你看这个视频，你看视频里和你叔叔一起吃饭的这个人。”

“这个人怎么了？赶紧说。”

“这个人是个泰国人，和你叔叔好像在谈什么生意。前几天这家伙去夜店玩，叫了一帮人，其中还有我一个小弟，这货喝醉了在那说，说是和你叔叔最近在做生意，做得都是一些大买卖，跨国的。我小弟不是多少知道你家的事么，问了一嘴是不是物流，泰国人喝的晕晕乎乎地说，什么物流，物流算是大买卖？之后不说话了，但是身边人给我小弟说了，这家伙是泰国出了名的毒王，不过有一些正经生意做掩护，所以一直也没有暴露，但是估计和你叔叔在一起也是干这事。”乔震一口气说完了所有。

麦克周明白事情的严重性，心里盘算。

“你倒是说话啊，你准备怎么办？是报警还是去告诉你们家老爷子？”

“报警？你有确凿的证据吗？这一切不都是怀疑？告诉老爷子？这个企业是我爸和我叔一起成立的，让我去告状简直就是自己找死，最后保不齐还会被我叔弄死，到时候还有我什么事？你当我真的傻啊。”

“那你家不是完蛋了？你叔叔如果真的利用你们家的物流产业贩毒，等到东窗事发，你家就等着一落千丈吧，说不定你

2017.1.20

生活往往很狗血，
可再怎么狗血，
也要努力向前……

妈和你老爹也要吃官司了。”乔震无奈地摆摆手。

“哎，也不是没有办法，我们去找证据不就行了吗？有没有兴趣跟我去一趟泰国？”麦克周诡异地笑。

“你说什么？哎，我可没有答应你去泰国。你，哎，你把我的钱包还我！哎，我的护照！哎，我的身份证！哎，我的电话！哎，哎哎，你给我啊……”乔震惨叫。

四下无人的角落里，电话震动：“喂，一切都照计划进行。”男子的嘴角微微上扬，说了一声：“好。”

04

落地泰国，麦克周与乔震深深地呼一口气。

“哎，你家的事，你说你拉我来这里干嘛？我国内还有一大票妹子需要哥哥我的呵护呢。”乔震撇着嘴说。

“呵护个屁！我打电话问了，我叔叔最近一直称病在家，可我的眼线告诉我他来泰国了。如果可以找到他贩毒的证据，既可以把他从家族企业里踢出去，还可以让他坐牢，这样既能保全我的家产，也能清除这个毒瘤。”麦克周说。

“你当你是谁啊，CIB 还是 FBI，抓毒贩，你好莱坞大片看太多了吧！你把我的行李还给我，我要回去，我家就我一个，还等着我继承家业呢。哎，你别走，你等等我！”没等乔震说完话，麦克周已经坐进了出租车，驶向自己事先定好的酒店威斯喜。

05

王凯和小妖的出游总是遇到莫名搭讪的男子，两人窃喜看来自己的姿色还不错，血拼游玩，很是开心。王凯没有让小妖花一分钱，都是刷渣男给的卡。

酒店晚餐之后，两人酒足饭饱，准备去做 SPA，挥挥手，服务生走了过来，王凯递上了自己的卡，像往常一样。

“不好意思女士，您的这张卡刷不了，您还有其他的卡吗？”服务生从吧台过来说。

“刷不了？什么意思？”王凯有些尴尬，渣男给的钱都在里面。

“你没有别的卡了？”小妖问。

“没了，我就这一张，这么多年我自己的工资也就够养活我自己，这次出门想着要往死了花那渣男的钱，卡就带这张了。”王凯说。

“我，我，你也知道，我，我们这种混娱乐行业的，钱都用来买奢侈品装点门面了。我，我带的钱也不多。”小妖也有些尴尬了。

“别着急，我打电话问一下。”王凯说。

拨通了手机里最不想打的一个号码：“你给我的卡为什么被封了？”

“我爸妈改主意了，他们想要孩子。你把孩子送回来，我就把卡解封。”

“你就是个王八蛋，当初生下孩子的时候你们全家什么态度，现在还想来抢我的孩子，门都没有！”

“好啊，好大的口气，离开了跆拳道队，你没有一点经济来源，我看你怎么养活你自己！对了，顺便给你说一声，你好闺蜜的所有信用卡我都已经替她挂失了，你让她自己回国解冻补办吧。你应该看得出来我这次是做了充足准备的，没有商量余地，你想好了记得告诉我。”

电话被挂断了。

“我们真的身无分文了。”王凯一下瘫坐在椅子上。

没等小妖说话，酒店的大堂经理走了过来：“您还有什么需要帮助的吗？”

还没等王凯想到办法，小妖先发制人的说：“是这样的，我们所有的卡被封了，嗯，我们能不能，嗯，能不能……”小妖也想不出什么理由和解决的办法了。

酒店经理原本满脸堆笑，一瞬间晴转多云，不耐烦地拿起自己的对讲机说了一句泰语，不一会儿，几个彪形大汉冲进了餐厅。

“你们，你们要干什么？”小妖惊慌地说。

“消费完不想给钱了，是不是？别给我来那一套，你们这借口我几年前就听过了，没钱是吧？好啊，打工来抵债吧，去后厨刷盘子去，一个盘子 1 泰铢，刷到你们还清债务为止，去吧！”酒店经理挥挥手，几个大汉就要过来拉人。

小妖吓得满屋子乱窜，不停地乱叫，引来了许多围观的人。

王凯悄悄地走到经理旁边，耳语了几句，经理对手下挥挥手示意停下，和王凯走到一边说了起来，不一会儿，经理满脸堆笑地带着大汉们离开，留下了一句：“赶紧离开这里，去你们该去的地方。”

王凯欢快地应了一声：“好的，您走好。”

“你到底跟这个神经病说了什么？他居然愿意放过我们？”小妖一边从沙发上下来，一边疑惑地问。

“没什么，我就是告诉他咱俩会按摩，就是他们泰国很有名的马杀鸡，还给他按了两下，你也知道我的手劲啦，当年在专业队，队医也不是白给我按的，全在脑子里。”王凯边说着兴奋得抓起小妖的胳膊狠按了两下，“你在国贸的那个美容店里也经常做啦，一定没问题，我承诺在这里做按摩赚钱还足酒店的钱之外，还多做两天，挣的全部提成都给她当作感谢。”王凯眨了眨眼说。

“你简直太机智了，面对渣男也没这么机智吧！”小妖嘴上没有把门的。

“你不说话没人把你当哑巴，收拾收拾东西，我们搬到员工宿舍去住，今天下午就开始干活吧。刚才经理说了酒店的精油按摩流程，都有现成的东西，早一天挣够钱，我们就能早一天离开了。”王凯推着孩子往出走。

06

“你订的酒店就是这里啊？——威斯喜”乔震不满地说，“你当它是威斯汀的近亲吗？!”

“有得住就不错了，别忘了你是来干嘛的，要全世界都知道你的行程那么高调吗？提上行李，跟上了。”麦克周扶扶自己的墨镜，径直走了进去，不得不说他小开的气质走到哪里都比较惹眼，不少正妹频频回头。

拿了房卡的麦克周没心思逗留，回到了自己的房间，左思右想不知道应该从哪里下手，闭目凝神了很久，掏出手机熟练地拨通一个号码。

“喂，是我，给你一个号码，给我查一下定位，还有最近24小时的行动轨迹，发到我手机上。”麦克周挂了电话继续闭眼。

“你给谁打呢？”乔震疑惑地问，但是没有得到回应，自己只好知趣地去洗澡了。

等到他从浴室出来的时候，房间里早已经没有了麦克周的身影了。他只能默默地在酒店看看有没有什么服务可以叫。

“叮咚——”门铃响了起来。

“谁？”乔震懒懒地说。

“那个您好，那个，那个我是，我是，我是精油按摩的，请问是你们叫的按摩吗？”乔震一开门，小妖满脸堆笑地说。

“精油按摩，我没叫。可能你找错房间了，不过正好有一位需要的男士，你可以吗？”乔震挑逗地说。小妖有些不耐烦了，抬脚想走。

“进来吧，我刚好洗完澡，我给双倍的价钱。”乔震打开房门，自己径直回到床上趴好，一副等待享受的模样，心里暗暗盘算着什么。

小妖看到这样的小开，心里十分不爽，“想当年这样的腿子追我，我看都不会看一眼，今天还要在这里给他服务，真是世道变换啊！不过看在双倍价钱的面上，不挣白不挣！”小妖心里默默地想。

按摩开始了，倒精油，开背，按摩，乔震舒服地一边享受，一边低声呻吟。小妖强忍住了心里的恶心，但是手下还是要继续按摩，自己以前觉得和帅哥的身体接触总是一件美好的事情，但是今天这事还是很让人恶心的。

小妖沿着乔震的身体一路按摩到了两腿之间，从大腿跟部开始捏腿的时候，手不小心碰触到了乔震的私密部位，一下子激起了乔震的欲望，翻身将小妖压在身底下，诡异地笑着说：“小样，还在这里假模假式地按摩什么，你不就是希望这样吗？”

“神经病，你快放开我，你快、快点放开我！”小妖一边呼喊，一边挣扎。

“呦呦呦，想挣钱还要立贞洁牌坊啊，想得美，今天让哥哥在床上教教你怎么样做按摩，你的手法还是太业余。”乔震说着就要开始撕扯小妖的衣服。

没想到小妖这些年遇到的渣男多了，早已经懂得如何保护自己，毫不犹豫地抬腿一踢，正中要害，乔震疼得滚到了地上。小妖顾不上拿自己的东西，趁机跑回了宿舍。

王凯正哄着孩子，看见慌慌张张冲回来的小妖，逼问之下才知道了小妖刚才的经历，虽然现在落魄了，但还不至于被人欺负了不还手，随即将孩子往背上一背，就要去找乔震算账，给小妖出气。

“咚咚咚——”王凯敲开了乔震的房门，见一个男的开了门，想都没想上去就是一拳，直接打得男人倒在了地上，自己骑上去就是一顿暴打，倒地的男人根本无力还手。

这时候，跟着冲进来的小妖看到了骑在倒地男人身上的王凯，再看看刚从厕所出来的乔震，尴尬地说了一声：“王凯，你打错了，是他。”小妖指指乔震。

乔震看着被打的没有人形的麦克周，疑惑地说：“你，不是你，你什么时候回来的，怎么被打成这个样子了？”

王凯意识到自己打错人了，尴尬地站了起来。这时麦克周自己拍拍身上的土，站了起来，但脸上已经是青一块紫一块了，眼神里充满怒火，说：“喂，你是疯子吗？上来就打人，我要报警，还背着个孩子出来，你以为这样我们就会同情你？我告诉你，我要去告你。”

“对、对、对不起，对不起，我，那个我……”王凯有些语无伦次了，毕竟是自己理亏。

“道歉，道歉个屁呀，道歉如果有用，要警察干嘛？”麦克周一点都不买王凯的账，火冒三丈地说。

王凯本来还有一丝内疚，被他这嚣张的态度一激，顿时按捺不住自己心里的火气，把孩子交给身边的小妖说：“你先带着宝宝回去，我等会回去找你，这里交给我。”

说完，小妖带着孩子回宿舍。王凯转过身来看着麦克周，上去就是一巴掌，打完就跑，一边跑一边说：“打的就是你，最讨厌你这种趾高气昂的人，怎么样，有钱就比别人高一头吗？旁边那个下次再找你算账！”

麦克周被突如其来的一掌打懵了，醒过神来赶紧追了上去，终于在电梯关门之前追了进去。电梯里只有王凯和麦克周，王凯专业运动员出身，根本不怕这种一对一的单挑，几个回合下来，电梯里传出了麦克周的惨叫，随着电梯“哐当”一声，里面的灯黑了，一切都安静了。

“出什么事情了？电梯怎么不动了？”王凯疑惑地问。

“不要，不要，好黑，好黑啊，不要，不要……”这时候麦克周慌张地大喊起来，顺势抱住了刚才还在暴打自己的王凯。

王凯有些奇怪，这是求饶么？看着也不像，那是有什么病吗？不会是怕黑吧，她心里暗暗发笑。

时间一分钟一分钟的过去了，麦克周除了一直表现出的害怕之外，慢慢地靠在墙上。王凯一看情况不妙，千万不能出人命，就开始呼叫：“哎，你醒醒啊，你别睡着啊，哎，你醒醒！”

但是似乎没什么用，麦克周嘴唇发白，呼吸紧促，应该是缺氧了，这个时候人工呼吸应该是最好的办法，她想也没想就把嘴凑了上去。

正在这个时候，电梯门被救援人员打开了，同时麦克周依靠在电梯间，王凯吻上去的照片也被一个路过的记者拍了下来，作为国内知名富二代，这条新闻必火无疑。门一打开，人们蜂拥而入救人，根本没人理会那是接吻还是救人。

乔震幸灾乐祸地说：“你可以啊，到了泰国啥事都没干，就来了一段艳遇。”

麦克周气不打一处来，自己本次来泰国就是秘密来的，这样一闹行程全曝光了。他气呼呼地冲到王凯的宿舍想去质问，结果一推门，王凯正在给孩子用奶瓶喂奶，穿着宽松睡衣的她睡眼惺忪，头发披在肩上，温柔地对着怀里的孩子笑着。在他接触过的女人里，见到的大都是很谄媚、妩媚、妖娆的笑，从来没有这样母亲般的温暖笑容。

许久，王凯发现了麦克周的到来，不好意思地说：“那个什么，昨天的事情不是你想的那样，你在电梯里有些窒息了，我就给你做了人工呼吸。”

麦克周心里的怒火一丝都没有了，甚至有些好奇这样的一个女人。“我看你手上戴的也是卡地亚的戒指，还带个孩子，怎么住到这里了？孩子的爸爸呢？”

王凯不想说这个话题：“孩子没有爸爸，我也是从中国来这里的，不小心欠了酒店的账，就这唬人的戒指酒店要是肯收，还用得着你提醒啊！如果你没什么事，我要换衣服上班了！”

麦克周知趣地离开了，神秘电话又响起，麦克周接起电话眉头紧锁，电话那头传来一句简单的话：“下午 3 点，威斯喜酒店交易。”

麦克周自己安安静静地在酒店里想，来了这么久，终于狐狸尾巴要露出来了，如果现在不把握住，以后估计也就没有机会了。他转身找乔震商量：“如果你提前安装摄像头，一是可能拍不到具体细节，二是收声也是个问题，必须有近距离的，但是如果在近距离的物件上安装，一定会被发现的。”

“我想到一个办法。”乔震想到了一个馊主意。

王凯正在酒店等待生意的时候，麦克周走了过来，邀请她到房间说件事，有了之前的交流，王凯现在对麦克周的戒心慢慢减弱。

麦克周开门见山地说：“我需要你的帮忙，下午浴池会清场，所以我们都进不去，你是工作人员应该没问题。你可以进去帮我偷拍里面的交易吗？”

"什么交易？可以告诉我吗？"

"没什么，就是走私一些物品。"麦克周自言自语。

"你们是警察吗？"王凯问。

"我们不是，但是这个证据对我和我们家来说很重要……"

"好，这个忙我帮你。"还没等麦克周说完，王凯就爽快答应，径直转身走了。麦克周此时觉得这个女人和自己认识的其他女人都不一样，果断而干脆。

07

"咚咚咚——"

门开了，"你还挺准时啊！"麦克周调侃地说。

"现在要怎么做？"

"你把这套衣服换上吧，孩子呢？"说着，麦克周指指床上的衣服，指指卫生间，意思是自己不会偷看。

"小妖帮忙带着呢。"王凯在卫生间换好衣服后出来了。

"你现在就是酒店的金牌按摩师，我已经和经理打好招呼了，下午3点在浴池里将会有几个男人谈生意，你需要做的就是去给他们按摩，或者尽量靠近他们。你身上有一个摄像器，我需要你拍下他们所有的行为和对话，听到了吗？"

浴池比往常更加的戒备森严，门口的人大声地呵斥："干什么的？"王凯强作镇定地指指自己手里的按摩器材，又指指自己的嘴巴，佯装自己是个哑巴，发出啊啊啊的声音，同时指指里面。

"快滚！"一个男人说。

"哎，一个哑巴按摩有什么的，我刚好有些累了，你过来吧。"另一个男人招招手。

王凯径直走了过去，男人们继续谈话。

这个男人就是麦克周的叔叔，而他对面，就是之前到中国的泰国毒贩，两人继续说着，交易的方式与地点，毫不避讳王凯的存在。

摄像头里很顺利地记录下了交易的细节与过程，王凯心里暗想终于可以结束了，而这时候，麦克周的叔叔一把抓住了王凯的手，色眯眯地说："姑娘，哑巴也装累了吧？坐下来和我玩一会儿。"

也就在这时，麦克周被两个男人押了进来，一脚踢倒在麦克周叔叔的面前。

"呀，这不是我的大侄子吗？你怎么在这里啊？"叔叔得意地说。

麦克周愤怒地说："你这个卑鄙小人，你给我下套。"

"想得美，你们还想来害我，门都没有。现在，就给我把他们带到车上去，丢海里喂鲨鱼。在国外，你的亲爹亲娘也救不了你了，带走！"叔叔话音刚落，门外响起了警笛声。

一帮警察冲了进来，叔叔带着人仓皇逃走，也顾不上这几个人。

“我们接到报警，说这里有非法的毒品交易，在场的人都给我趴下！”警察大喊道。

“毒品？”王凯愣住了，心里有种不祥的预感。

王凯做完笔录，便跑回自己的住处，发现孩子和小妖都不见了，同宿舍的人说是被一群黑衣人带走了，她疯了一般地冲去找麦克周。

麦克周还在配合警方做笔录。

“孩子，孩子，孩子不见了，还有小妖。”王凯有些慌了神。

“你慢点说，怎么回事？”

“我刚刚一回去，发现孩子和小妖不见了，宿舍的人说刚才冲进去了几个黑衣人，怎么办？孩子！你要是早告诉我是毒品交易，我打死也不会答应的，我还有孩子，孩子还那么小。”王凯有些要哭出来了。

“你，你一定要帮帮我！”王凯有些语无伦次，扑通一下跪下了。

麦克周没说话，拉着王凯的手就冲回了自己的房间，打开电脑，就看见几个小红点在屏幕上不停地动。这时候乔震进来了，麦克周立刻警觉地合上电脑：“王凯的孩子和小妖不见了，我们分头去找，你往南走，我往北走，王凯往西走，快！”

不容得乔震说话，几个人已经出了酒店的门，但是王凯没走多久就被一个身影拉进了小巷子，没错，这个人就是麦克周。

“你干什么？不去找孩子和小妖？”王凯埋怨地说。

“我可以相信你吗？”

“当然，为什么不可以？”

“因为我最信任的人已经背叛我了！”

“你是说？”

“你现在跟我一起走，去看看乔震在做什么。”

于是麦克周打开手机，手机屏幕的地图上有一个小红点在不停地移动。麦克周在乔震的口袋里放了一盒香烟，那其实是一个追踪器。麦克周、王凯两个人开始追踪乔震，没过多久就追上了。

乔震来到一个废旧的厂房里，王凯、麦克周紧紧地跟在后面。

“你来了，这次多谢你了，多亏了有你，我们才顺利地避开了危险。”

“没事的，反正他比较信任我，这点小事举手之劳，爸爸。”

没错，说话的两个人正是乔震和叔叔。

麦克周的脑子有点懵，回想起自己三年前认识乔震的场景：莫名其妙的，自己被一帮人打，然后乔震就突然出现，救了自己。原来这都是叔叔安排的一场好戏，而这个乔震，正是外界传闻叔叔的那个私生子。

想到这里，麦克周觉得脑子里一切都明晰了。

叔叔身后的凳子上就是孩子，小妖去哪里了呢？王凯顾不上想，奋不顾身地要冲出去，但是被拦住了。麦克周说："这种事情应该男人来，你等我把人安全地给你带回来吧！"

这时候，两把枪已经抵在了他们的脑袋上。

"你们也不用生离死别了，因为你们即将一起死！"叔叔冷冷地笑着，看着被押过来的两个人。

"放开那个孩子，你不就是让我死吗？好啊，你抓我就行了！"麦克周冲着他们喊道。

叔叔和乔震都很惊讶，但是叔叔诡异地笑着："哈哈，想当英雄啊，好啊，给你这个机会！反正你一死，你家的家业就到我们父子俩手里了。哦对了，你想看看你爸妈在国内的情况吗？"叔叔举起手机，视频里，麦克周的爸妈被绑着，而这一切，都是他一手操纵的。

"你在泰国一死，你爸妈在国内一死，我只需要花点钱找个替死鬼来证明贩毒的是你们父子，因为分赃不均被毒贩报复！那么大的家业就是我的了，哈哈哈哈哈哈……"叔叔已经笑得合不拢嘴了。

"但是，看起来你好像爱上了这个女人，那我今天还就不杀你了，先杀了她的孩子，让这个女人记恨你一辈子，这样看起来好像很有趣啊！"叔叔一手举起了孩子，伸出了窗外。

"不要，不要啊，我求求你不要啊，千万不要啊，我的命给你，你放过我的孩子吧！”王凯撕心裂肺地喊叫着，但是叔叔无动于衷，继续伸手。

“等等，我用我的命，加上你贩毒的证据，这些够换那个孩子了吗？”麦克周冷冷地说。

“证据？”

“没错，你们刚才在酒店浴池的交易都已经被我录制下来了，就在这个手机里，你看！”说着他掏出手机，叔叔面色凝重，极不情愿地拉回了孩子。

“好啊，一手交东西，一手交孩子！”叔叔一只手伸出去拿手机，一只手抓着孩子。

麦克周一只手将手机递出去，一只手试探着向前去抓孩子。叔叔在拿到手机的一刹那，忽然将孩子往窗外一扔，麦克周顺势扑出窗外，抓住了孩子的一只腿，另一只手紧紧地抓住了窗框。

王凯哭喊着上前去帮助麦克周，毕竟是练过的，一把拽住了麦克周。麦克周跟孩子暂时不至于掉下去，但要同时把他们都拉上来，王凯还是有些吃力。

“呦，好一对苦命鸳鸯啊，好啊，我就成全你们！”说到这里，叔叔掏出准备好的手枪，刚准备开枪就听见警笛声响起了。

与此同时，一伙中国特警从楼下冲了上来，一把抓住了持枪的叔叔和乔震。一个身手矫健的警察一把拉起了窗外的麦克周，王凯接过孩子，喜极而泣。

王凯上前拥抱麦克周，不可思议地说："警察为什么会来？"

"在我们分头行动的时候，我已经将视频资料交给了大使馆和朋友，就是帮我定位的朋友，他是我们中国驻外缉毒队的队长杨刚。这一切都是我们精心安排好的，为的就是引虎出洞、引鱼上钩。"麦克周自豪地说，并且拍拍杨刚的肩膀。

"这里面还有我的功劳呢。哎，快拍快拍，你们快拍啊！"小妖笑着出现了，并指导身边的记者们拍照。当初得知麦克周是国内某物流企业的小开时，新闻感敏锐的她知道这里面一定有大新闻，于是就发动了自己的媒体人脉关系，记者们就蜂拥而来了。

王凯考虑到孩子不能曝光，急忙抱着孩子躲避。麦克周立即上前将王凯和孩子揽入怀中，挡着记者的拍照。

"小妖，你够了，被那个渣男看到，我们没有好日子过的。"王凯有些在祈求。

"为什么会没有好日子过？你帮了我这么大的忙，以后你和孩子，我罩着。"说完麦克周将二人搂得更紧了。

这时，警察带着叔叔走过麦克周的身边，他上前一步。

"叔叔，你想不到吧，乔震是你儿子的事情我早就知道了，所以这次才会带着他来泰国，也只有这样才能引你出手啊。另外告诉你一声，你身边的强哥是我的人，绑架我爸妈的第二天，他就带着警察救出了我爸妈，并且抓到了绑匪，他们也供出了你是幕后主使，警察才能一路追到泰国。绑架、贩毒，数罪并查，你觉得法官会怎么判呢？”麦克周冷笑着说。

乔震被押走的时候，路过了小妖的身边：“我不是故意要绑你的，要是重来，我相信我一定会爱上你的，后会有期！”警察把他们父子俩一起带走了。

“你小子这回舒坦了。就这两个家伙，持枪绑架就够他们受的了，更别说什么贩毒运毒了，你回去可以向你爸妈交差了。”杨刚敬了个礼，带着大部队的警察离开了现场。

这时候，孩子不停地啼哭，像是受到了惊吓，王凯和小妖怎么哄都哄不下。

麦克周像是和这孩子很熟似的，轻轻地抱起孩子，温柔地来回摇晃，嘴里还一边念着自己小时候的儿歌。不一会儿，孩子就睡着了。

“或许，我们可以尝试经常在一起了，因为我是一个哄孩子高手。”麦克周自豪地一只手揽住了王凯，王凯也甜蜜地笑了。

小妖羡慕地说：“得，本来是我打算来泰国艳遇的，看你俩这样子，估计可以回国直接结婚了。”

王凯故意说：“谁要跟他在一起啊，说不定也是渣男一个！”

麦克周有点急：“我已经为你这样出生入死了，还是渣男啊？你这也太伤人心了。”

“你是不是渣男谁知道呢，反正那个渣男故意把我跟小妖的卡都给封了，才害我们遇到这么多倒霉事！”想到这里，王凯还是忍不住火大。

“刷我滴卡！”麦克周学着泰国人的样子，双手合十，然后把自己的卡放在王凯的手里，“这是我的副卡，随便刷！”说完抱着孩子，留下一个潇洒的背影走远了。